4,50 RB
W S- ①

MEMORANDA

$v = c$!

March 18, 1937

Willy Ley

DIE INVASION

UND ANDERE SCIENCE-FICTION-GESCHICHTEN

Herausgegeben von Wolfgang Both

MEMORANDA

Willy Ley: *Die Invasion und andere Science-Fiction-Geschichten*
Deutsche Erstausgabe, Oktober 2024

Die ursprünglich auf Deutsch erschienenen Texte von Willy Ley wurden an die neue Rechtschreibung angepasst.

Gestaltung: s.BENeš [http://benswerk.com] und Hardy Kettlitz
Umschlagabbildung unter Verwendung des Titelbilds von
Howard V. Brown für ASTOUNDING STORIES, Februar 1937
Fotos im Nachwort: Xenia Ley Parker
Redaktion: Wolfgang Both und Ralf Neukirchen
Korrektur: Steffi Herrmann
Druck: Schaltungsdienst Lange, Berlin

Memoranda Verlag
Hardy Kettlitz
Ilsenhof 12 | 12053 Berlin
Kontakt: verlag@memoranda.eu
www.memoranda.eu

ISBN 978-3-911391-02-3 (Klappenbroschur)
ISBN 978-3-911391-03-0 (E-Book)

INHALT

Vorwort

Diese Sammlung vereinigt fünf Science-Fiction-Erzählungen von Willy Ley, die alle unter seinem Pseudonym Robert Willey veröffentlicht wurden. Seine lebenslange Liebe zur Science Fiction wird durch den Artikel im sozialdemokratischen VOR-WÄRTS von 1930 deutlich. Er brachte als Erster diesen Begriff nach Deutschland. Nach seinem Roman *Die Starfield Company*, der 1929 in einigen Tageszeitungen als Fortsetzungsroman erschien, wegen der Weltwirtschaftskrise aber nicht in Buchform herauskam*, sind dies weitere literarische Arbeiten des bekannten Raumfahrtchronisten. Die Geschichten waren über zehn Jahre verteilt in verschiedenen Magazinen zu lesen. Die erste, noch auf deutsch, in DAS MAGAZIN. Hier geht Ley einem seiner Lieblingsthemen, der versunkenen Welt der Saurier, nach. Schon als Schüler war er begeisterter Besucher des nahe gelegenen Museums für Naturkunde in der Berliner Invalidenstraße. Zu seinen Studienfächern gehörten dann Zoologie und Paläontologie.

Die folgenden vier Geschichten erschienen in amerikanischen Pulp-Magazinen. Ley war im Frühjahr 1935 aus Deutschland in die USA emigriert. Zwar hatte er bereits in der Schule Englischunterricht gehabt. Aber sein Schulenglisch besserte er nun durch Kinobesuche auf. Als Immigrant suchte er nach Möglichkeiten, sein Einkommen zu verbessern. Mit Übersetzungen hielt er sich über Wasser, hatte aber viel Konkurrenz. Mit dem

---

*   Eine Buchausgabe erfolgte erstmals 2011 im Shayol Verlag, Berlin.

Verfassen von Geschichten und Fachartikeln erschloss er sich eine bessere Quelle. Bereits in seiner Zeit auf dem Berliner Raketenflugplatz hatte er in Briefen an SF-Magazine von den Fortschritten in der Raketenentwicklung berichtet. An diese Kontakte konnte er nun anknüpfen.

Die Story »Am Perihel« ist nicht nur ein Weltraumabenteuer. Sie ist auch eine Auseinandersetzung mit den politischen Verhältnissen in der Sowjetunion unter Stalin. Auf der einen Seite spielt er hier seine Kenntnisse zur Raumfahrtmechanik aus. Auf der anderen Seite demaskiert er stalinistischen Terror ohne Rücksicht auf Opfer.

Die längere Erzählung »Orbit XXII-H« bietet uns einen Blick in seine Arbeitsweise. Hier sind ein kurzer Abschnitt aus einem Fachartikel sowie ein Zeitungsartikel zur Entdeckungsgeschichte der Erde beigefügt. Die vorgelagerte Information zur Raketengleichung stellt den physikalisch-technischen Hintergrund seiner Geschichte dar. Ein neuartiger Raketentreibstoff mit einem hohen Impuls bietet die Möglichkeit für schnellere und weitere Reisen im Sonnensystem. In der technischen Skizze ist eine Art Ionentriebwerk enthalten, in dem Quecksilbertröpfchen in einem elektrischen Feld beschleunigt werden. Dies ist wohl die erste literarische Darstellung eines solchen Aggregats. Beeindruckend sind seine Schilderungen des Sonnenaufgangs hinter der Erde und des Saturnaufgangs über seinem Mond Titan. Die Geschichte über die Entdeckung einer Insel nutzt er in seiner Erzählung, um einen abgelegenen Handlungsort zu gestalten.

In der Geschichte »Nebel« verarbeitet er seine Erfahrungen mit den vielen Attentaten und Putschversuchen in der jungen Weimarer Republik. Als Jugendlicher erlebte er nicht nur die Novemberrevolution 1918, sondern auch den Kapp-Putsch, den Hamburger Aufstand und den Hitler-Putsch. Attentate und Straßenkämpfe waren Teil dieser unruhigen Zeit. Diese Verhältnisse finden wir in dieser Geschichte wieder, ergänzt um das SF-Element eines Funkwellen-Blockadeschirms.

In »Die Invasion« muss sich die Menschheit eines scheinbar übermächtigen, rücksichtslosen und emotionslosen außerirdischen Eindringlings erwehren. Fremde Raumschiffe zapfen die Energie eines Wasserkraftwerks an einem Staudamm an und widerstehen allen Angriffsversuchen. Erst menschliche List kann die Feinde besiegen. Die 1940 erschienene Story ist auch als patriotischer Beitrag zur Motivierung des Wehrwillens in den USA zu sehen.

Eine Biografie des Autors schließt die Sammlung ab. Sie geht natürlich über die Arbeit des SF-Schriftstellers hinaus, beschreibt seinen Lebens- und Schaffensweg, der in Berlin begann und in New York endete. Der Science Fiction und der Raumfahrt war er ein Leben lang verbunden. Das belegt unter anderem seine fast zwanzigjährige Kolumne in GALAXY. Zwei Mal wurde er mit dem ›Hugo Award‹ ausgezeichnet. Die Raumfahrtcommunity würdigte ihn unter anderem mit der Benennung eines Kraters auf dem Mond.

Mit dieser Ausgabe liegen erstmals alle SF-Storys von Robert Willey auf deutsch vor.

Herausgeber und Verleger danken seiner Tochter Xenia Ley Parker für die Genehmigung der deutschen Übersetzungen.

Wolfgang Both   Berlin, Weihnachten 2023

Science fiction in USA.
Von Willy Ley.

Aus Amerika will wieder einmal etwas Neues nach Europa kommen. Nach Jazz, Keep Smiling und Sex-Appeal ist Science-Fiction der amerikanische Begriff, der nun auch Europa erobern möchte, und wer will nach den Erfolgen der genannten Schlagworte mit Bestimmtheit sagen, dass sich Europa der Science Fiction verschließen wird?

Was Science Fiction bedeutet? Glatt übersetzen, mit ein oder zwei deutschen Worten, lässt sich das nicht, denn es ist ja ein neu geprägtes Wort, das die Amerikaner selbst ihren Lesern zunächst noch kommentieren müssen, und zwar mit den Worten »Prophetic Fiction is the Mother of scientific Fact«, zu deutsch etwa: »die prophetische Annahme ist die Mutter der wissenschaftlichen Tat«.

Es handelt sich gewissermaßen um ein Spiel zwischen einer Reihe bestimmter Schriftsteller und dem Publikum. Die Autoren schreiben WONDER STORIES (Wundergeschichten), und die Leser geben in einer ausgedehnten Spalte »The Reader Speaks« (der Leser spricht) ihre Meinung dazu. Das Wort »Wunder« hat dabei aber die Bedeutung des wissenschaftlichen oder technischen Wunders, einer Fahrt zur Venus, dem Einfall der Bewohner eines fremden Weltkörpers auf die Erde mit all seinen Folgen, Verwandlung eines Metalls, Bau einer neuen gigantischen Wolkenkratzerstadt, Entdeckung einer Strahlenart, die mikroskopische Urtierchen zu Riesengröße anwachsen lässt.

Das Haupterfordernis dieser Geschichten ist zunächst dem Leser »thrill« zu geben, ein gewisses angenehm aufreizendes

Gruseln, das zweite Erfordernis ist dabei, dass sich wissenschaftlich gegen die Möglichkeit dieser Erkenntnisse nichts sagen lässt, wenn man die Voraussetzungen des Autors anerkennt. Wenn da zum Beispiel ein Autor eine Geschichte wie »Das geheimnisvolle Metall« schreibt, in der durch Anwendung einer neuen Strahlenart Gold in ein minderwertiges Metall verwandelt wird – ein Geisteskranker, der der Entdecker dieser Strahlen ist, will damit das Gold und gleichzeitig das Verbrechen aus der Welt schaffen –, so erhebt sich eine rege Diskussion darüber, ob durch das Auslöschen allen Goldes auf der Erde wirklich die Verhältnisse der Menschen gebessert werden würden. Es wird debattiert, ob man einfach das neue minderwertige Metall an die Stelle des Goldes setzen oder ob man Platin oder Radium oder Elektrizität oder was sonst als neuen Wertmesser einführen würde.

Denn solche Strahlen sind zwar unbekannt, aber man hat keinen Grund, ihre Existenz zu leugnen.

Würde ein Schriftsteller aber etwa sich die Aufgabe stellen, von den Abwehrmaßnahmen der Menschheit gegen eine neue Eiszeit zu erzählen und diese Eiszeit entstehen lassen, indem alle Vulkane plötzlich Eis statt Feuer speien, dann würde man diese Geschichte gar nicht erst drucken. Neben dem Redakteur, der die Geschichten ohne »thrill« ausscheidet, wacht nämlich eine ganze Reihe von Wissenschaftlern verschiedener Gebiete über die andere Seite der Sache.

Seit etwa einem Jahr ist dies Spiel von einem geschäftstüchtigen Verleger, der von den Wandlungen des Publikumsinteresses keine Ahnung hatte, organisiert worden. Hugo Gernsback in New York hatte alle Bestrebungen dieser Art in drei riesigen Magazinen zusammengefasst: den SCIENCE WONDER STORIES, den AIR WONDER STORIES und SCIENCE WONDER QUARTERLY – illustrierte Magazine vom Format eines ausgewachsenen Geschäftsbriefbogens und von 100 Seiten durchschnittlicher Stärke. Gernsback bringt zu den Leserdiskussionen um vorliegende Geschichten noch etwas Neues.

Ihm fällt irgendetwas Unglaubliches ein, sein Zeichner wird instruiert, zeichnet die Sache hübsch anschaulich und bunt auf, das Bild wird das Titelblatt des neuen Magazins – und nun, Leser, schreibe die beste Geschichte um dieses Bild, dann wird sie gedruckt, dein Bild und Lebenslauf mit Adresse dazu, und 300 \$ sind dir sicher. Und die Leser machen mit Begeisterung mit, zunächst wegen des Dollarsegens, denn 300 \$ sind auch drüben viel Geld für den Durchschnittsbürger, dann aber auch, weil es augenscheinlich viel Spaß macht. Es macht auch viel Spaß nachher zu sehen, welche Gedanken ein und dasselbe Bild in den verschiedenen Gehirnen ausgelöst haben. Da war zum Beispiel ein Titelblatt, das zwei riesige quallenartige Scheiben mit Fangarmen zeigte, und an diesen Fangarmen hingen der Eiffelturm und das Woolworth Building. Jeder der vier Preisträger hatte eine ganz andere Idee dazu. Der eine schilderte das schreckliche Erlebnis des Überfalls der Marsbewohner als Traum, der zweite berichtete, er habe das am Fernseher des Rundfunks gesehen und sei zu Tode erschrocken, bis plötzlich der Ansager ihn belehrte: »Sie sahen einen Abschnitt aus dem neuen deutschen Film ›Räuber aus dem Weltenraum‹. Der Film läuft ab morgen da und da in New York, und wir sind sicher, er wird Ihnen gefallen.« Der dritte schildert das Ganze aus der Perspektive des Jahres 3000, inzwischen sei die Erde durch giftige Rieseninsekten unbewohnbar geworden, die Menschheit sei zur Venus geflüchtet und habe nun den Wunsch gehabt, sich ihre berühmtesten Bauwerke von der Erde als Andenken zu holen. Beim vierten wird die ganze Geschichte dann zur gegenwärtigen Tatsache.

Natürlich lässt sich der Gebrauch der Science Fiction ganz nach Belieben abwandeln. Irgendwo hinten zwischen den Inseraten steht eine Tabelle: »Wie weit ist der Mond von der Erde entfernt? Was wissen Sie von den Atomen? Wie sah der Brontosaurus aus? Welches Atomgewicht hat Sauerstoff?« Und am Schluss dieser Tabelle steht: »Wenn Sie alle Geschichten dieses Magazins aufmerksam gelesen haben, können Sie diese Fragen beantworten. Wenn Sie es nicht getan haben, dann schlagen Sie noch mal auf Seite ...«

Für uns ist das sympathischste mit an der Science Fiction, dass sich die Leiter dieser Magazine nicht auf amerikanische Schriftsteller allein beschränken, sondern eifrig in Europa und insbesondere Deutschland Ausschau halten, was sich hier Brauchbares bietet. Deutsche Autoren wie Otto Willi Gail werden übersetzt, mit Artikeln kommen auch Hans Dominik, Max Valier und andere zu Wort. Unnötig zu sagen, dass auch zwischen der New Yorker Gernsback-Edition und dem Berliner Verein für Raumschiffahrt, dessen Ziele neuerdings mehr konkret und ernsthafter sind, Freundschaft besteht. Auf jeden Fall scheint sich hier eine ziemlich neue literarische Erscheinung energisch anzubahnen, der phantastische wissenschaftliche Roman nicht als gelegentlicher amüsanter und nicht ganz für voll genommener Außenseiter der übrigen Unterhaltungsliteratur, sondern als kräftiger selbstständiger Literaturzweig, getragen vom begeisterten Interesse eines ausgedehnten Publikums.

1000 Meter unter dem Nordpol

Ein Abenteuer des Piloten Wilhelm Kraus

Erzählt von Robert Willey

1.

»Der rechte Motor klopft!«, schrie der Pilot am linken Steuer des Verkehrsflugzeuges seinem Kollegen zu.

»Ich höre es«, brüllte der zurück, seine Steuerung auf der des links sitzenden Piloten schaltend und sich erhebend. Nun führte der andere die große Maschine allein. Einen Augenblick stand der Pilot wie zögernd in der Führerkabine, dann öffnete er die Tür zur Passagierkabine, durch die er hindurchgehen musste, um den Bordmonteur zu erreichen, der hinten im Schwanzende des Flugzeugs saß und telefonisch nicht verständigt werden konnte.

Der Pilot Wilhelm Kraus ging durch die Passagierkabine des Verkehrsflugzeuges DV 3303.

Fünf Fluggäste saßen da und machten es sich bequem, was leicht war, da jeder drei Plätze zur Verfügung hatte. Das war nämlich einer der Vorzüge dieses Flugzeugtyps, dass sich der Gang an der Seite befand. Die gut gepolsterten drei Sitze jeder Reihe waren somit durch keine Lücke unterbrochen. Wer Lust hatte, konnte sich lang legen; der ab und zu durch den Gang schlendernde Bordsteward merkte daran, dass ein Paar Schuhe oder Stiefel in den Gang hineinragten, wenn jemand schlief. Es muss gesagt werden, dass die Fluggesellschaft für diesen Zweck eine Anzahl Kissen hatte bereitlegen lassen.

Von großem Nachteil wäre es, hätte eine Maschine jemals alle fünfzehn Passagiere, auf die sie berechnet war, geladen. Aber das kam bei dieser Linie, die wöchentlich einmal von Finnland aus nach Alaska beflogen wurde, nie vor. Es war auch selten, dass einmal die Zwischenlandung in Nordnorwegen vorgenommen wurde. Gewöhnlich flogen die Flugzeuge die Strecke durch, über das Polarmeer und Grönland in gerader, kürzester Linie von Nordeuropa nach Nordamerika.

Der Pilot Wilhelm Kraus machte die Tür zur Führerkabine hinter sich zu und der Schall der Motoren wurde schwächer. Man hörte leise und hohl das Klappern der Reiseschreibmaschine, auf der ein Berliner Journalist einen Reisebericht für sein Blatt tippte.

Er sah auf, nickte dem Piloten zu und las sich die letzte Zeile noch einmal durch.

»Ein scharfes Auge kann am Horizont einen schwachen Schimmer wahrnehmen, das sind die Berge von Spitzbergen.« Noch einen Augenblick überlegte er, dann klapperte die Remington ihren Text weiter. Der Amerikaner in der zweiten Reihe lag lang und schnarchte. Pilot Kraus stieg vorsichtig über die Beine des Schlafenden hinweg, bemüht, ihn nicht aufzuwecken. Der finnische Holzhändler in der dritten Reihe hatte eine in russischen Lettern gedruckte Zeitung in der Hand, lehnte den Kopf an die Wand und schlief auch. Der vierte und der fünfte Passagier teilten sich die vierte Bank, es waren der Sohn eines anderen finnischen Holzhandelskapitalisten, der in Geschäften seines Vaters reiste, und eine französische Sängerin, die zu einem Gastspiel und zur bestmöglichen Verwertung ihres Sex-Appeals nach Kanada wollte. Sie las angeblich in französischen Magazinen und beobachtete ihren Nachbar, der sich mit seinem Notizbuch und seinem Zigarettenetui beschäftigte und vergeblich auf eine günstige Gelegenheit wartete, an das vor zwei Stunden eingeschlafene Gespräch wieder anzuknüpfen.

In dem kleinen Raum im Schwanzende des Flugzeuges bastelte der Monteur an der Radioanlage. Als er den Piloten sah, legte er die Zange weg und meldete in einem harten Deutsch mit stark finnischem Akzent, dass die Funkanlage irgendeinen Defekt aufweise, den er nicht gleich finden könnte.

»Schon gut, es wird ein Kontakt gebrochen sein«, antwortete der Pilot und fühlte im gleichen Augenblick, dass das Flugzeug eine schwache Neigung annahm.

»Juroff hat die Route korrigiert«, dachte er dabei. Juroff, das war der andere Pilot.

»Der rechte Motor klopft«, wiederholte der Pilot. »Ich höre es am Gang, meine Instrumente zeigen es aber nicht an.«

Der Monteur hätte gern ein paar Worte der Überraschung gerufen, aber seine mangelnde Kenntnis der dafür notwendigen Ausdrücke der deutschen Sprache ließen es nicht zu. Er konnte deshalb nur »Ja« sagen.

»Bringen Sie Ihren Werkzeugkasten mit«, befahl Kraus und der Monteur sagte wieder »Ja«; – diesmal aber schwang der Satz »Ich freue mich, dass meine Antwort einen Sinn hat« darin mit. Er nahm den Kasten und folgte dem Piloten, der vorausging.

Pilot Kraus prüfte nochmals die Instrumente seiner Schalttafel, aber Öldruck, Benzinstand und Tourenzahl stimmten. Der Benzinzufluss zum Motor war etwas unregelmäßig, aber das musste gar nichts bedeuten. Er befahl dem Monteur, alle Zuleitungen zum rechten Motor eingehend nachzuprüfen, und setzte sich wieder an seinen Platz.

»Licht wird uns nicht fehlen, wenn wirklich etwas geschieht«, dachte der Pilot und überlegte, dass sie bald über unerforschtem Gebiet sein würden. Es war ein eigenartiges Gefühl.

Der Monteur meldete nach geraumer Zeit, dass er nichts finden könne. Alles sei in Ordnung, ob er nun die Funkanlage wieder in Betrieb bringen solle?

Kraus sah zu Juroff hinüber. Der beugte sich über seine Schalttafel und bestätigte nach einer Weile, von oben bis unten ein Ausdruck der Unzufriedenheit mit sich selbst, dass er auch nichts finden könne. »Aber es klopft stärker«, sagte er und beugte sich wieder über die Zifferblätter, »wir wollen einmal vollste Kraft fliegen.«

Sie gaben beiden Motoren Vollgas und donnerten durch die eisige Luft, – eine halbe Stunde, eine ganze Stunde – der Motor lief. Aber er klopfte, es war nun wieder ein wenig stärker geworden. Juroff sah sich Kraus' Instrumente noch einmal an. »Der Benzinzufluss ist unregelmäßig.«

»Das habe ich auch gesehen«, antwortete Kraus, »aber was heißt das?« – Er unterbrach sich, »Augenblick – – Wart' doch mal, – ja … wenn vielleicht die Streben, in denen der Motor hängt, nicht ganz fest sind …«

Bei dem Flugzeug hingen beide Motoren frei neben dem Rumpf unter den Tragflächen. Es kam ab und zu vor, dass sich die Verbindungen durch die Erschütterungen der Maschine etwas lockerten. Einmal hatte eine Maschine dieses Typs sogar einen Motor verloren, was aber niemandem geschadet hatte. Juroff musste zugeben, dass Kraus mit seiner Vermutung Recht haben könnte. »Der Monteur soll hinausklettern und nachsehen«, meinte er und schaltete beide Motoren auf halbe Kraft. »Wir sind übrigens etwas vom Kurs abgekommen«, fügte er hinzu, »wollen wir eine Zwischenlandung vornehmen? Dann können wir den Schaden leicht beheben.«

»Ich will erst sehen, ob es auch stimmt, was wir vermuten«, widersprach Kraus, »wir können dann landen, wenn es nötig ist. Aber ich will selbst hinausklettern, der Monteur versteht weniger davon als ich.«

Die beiden Piloten ließen das Flugzeug fallen, langsam gingen sie auf 800 Meter hinab, tiefer auf 300, auf 150, auf 80, auf 20 und schließlich jagten sie kaum zehn Meter hoch über dem Neuschnee, der weit und breit alles bedeckte. Es lag tatsächlich eine ganz glatte Schneefläche unter ihnen, sodass sie ohne Gefahr landen konnten, wenn es nötig wurde, »Komisch«, meinte Kraus, »von oben sah es aus, als lägen dünne Nebelschleier am Boden, jetzt kann ich sie aber nicht sehen.«

Langsam drosselte er seinen Motor vollkommen ab, bis nur noch der Fahrtwind den Propeller drehte. Juroff hielt mit dem linken Motor allein das Flugzeug in der Luft. Ihre Geschwindigkeit übertraf die mittlere eines Eisenbahnzuges nicht mehr, Kraus hängte sich eine Werkzeugtasche um, öffnete vorsichtig die Tür und trat auf das Gestänge hinaus. Es war nicht so kalt, wie er geglaubt hatte. Unter ihm jagte der Schnee und an den Fenstern der Passagierkabine sah er die teils ängstlichen, teils neugierigen Gesichter der Fluggäste. – Er fasste mit den zum Schutz gegen die Kälte eingefetteten Händen die starken Stahlstreben an, arbeitete sich näher an den Motor heran und gewann einen sicheren Sitz. Vor ihm hing jetzt der schweigende Motor, der Propeller drehte sich langsam im Fahrtwind. Er sah hinten am Horizont einen kleinen Eiswall sich türmen – Juroff wird rechtzeitig ein wenig höher gehen müssen –, dann prüfte er die einzelnen Stangen.

Wirklich, die eine schien etwas gelockert zu sein, die andere wackelte sogar fühlbar – er griff fest zu und rüttelte …

Juroff in der Kabine fühlte ein Schwanken des Flugzeuges und riss die Maschine hoch. Als sie wieder richtig in der Luft lag, hörte er das Schreien der Passagiere und sah die rote Notlampe glühen. Er blickte nach rechts und konnte Kraus nicht entdecken, die eine Stange ragte mit ihrem unteren Ende in die freie Luft.

Der deutsche Journalist riss die Tür zur Führerkabine auf – was streng verboten war – und schrie: »Mann über Bord!« »Landen Sie sofort!«, rief ein anderer ihm zu. Er nickte und sah auf das Gelände unter sich. Man konnte eine Landung versuchen – Juroff drehte die Maschine in Spiralen zur Erde.

2.

Als Pilot Kraus die Besinnung zurückerlangte, lag er im tiefen weichen Schnee. Die Periode der Besinnungslosigkeit konnte nur Sekunden gedauert haben, wenn er sich nicht überhaupt nur einbildete, bewusstlos gewesen zu sein. Denn er konnte das Flugzeug noch sehen und merkte bei genauerem Hinblicken auch, dass es kreiste, als ob es eine günstige Stelle zur Landung suchte. Einen Augenblick schloss er die Augen, um Kraft zu sammeln. Das linke Bein tat sehr weh – er versuchte, die Augen immer noch geschlossen, die Zehen zu bewegen. Es ging nicht, irgendwas mochte gebrochen sein. Also liegen bleiben, anderes blieb ihm nicht übrig. Gefahr hatte es nicht, Juroff suchte ihn ja.

Er öffnete die Augen und sah zum Himmel. Der Flieger kreiste in Spiralen abwärts. Warum nur flog Juroff so weit gegen Westen?

Angenehm war es, hier im warmen, weichen Schnee zu liegen. Man ruhte sich aus von dem anstrengenden Flug. Außerdem wusste man, warum der Motor nicht einwandfrei gearbeitet hatte … Ob es eigentlich sehr lange dauern würde, bis man ihn fand? Ob man große Angst um ihn ausstand?

Er fühlte eine leichte Mattigkeit, und im Einschlummern fiel ihm ein, dass das gefährlich war, sehr gefährlich sogar. Große Kälte schadet keinem Menschen, solange er wach ist. Schläft er ein, so wacht er auch bei geringerer Kälte nicht wieder auf.

Ob das der Grund war, weshalb die Urwelttiere ausstarben? Kraus hatte als Kind gern populäre Bücher darüber gelesen, in denen geschildert wurde, wie in Deutschland vor der Eiszeit ein Tropenurwald grünte, belebt von Herden riesiger Säugetiere. Als dann die Eiszeit kam, ganz langsam und unmerklich im Laufe von Jahrtausenden, da verschwand der Urwald und seine Tiere mit ihm. Viele wanderten aus, einige passten sich den veränderten Verhältnissen an, noch mehr starben aus. Waren es die, die im Schlaf am leichtesten einer Frostnacht zum Opfer fielen?

Herrlich musste dieser Tertiärurwald gewesen sein – vielleicht schimmerte in der Sage vom Paradies noch eine urweltalte Erinnerung an diese Zeit durch? – Vielleicht – –

Als er erwachte, lag er in der warmen Flugzeugkabine und alle bemühten sich um ihn.

Kraus lächelte. »Hatten Sie mich schon als tot betrauert?«

»Well«, fing der Amerikaner an, »ich habe einmal eine Hochtour gemacht und wäre dabei auch beinahe erfroren. Wenn es Sie interessiert, dann erzähle ich Ihnen die Geschichte; die Sache war nämlich so …«

Juroff unterbrach ihn, nahm Kraus an den Arm und führte ihn an seinen Platz. Kraus wunderte sich über seinen eigenen Gang, er fühlte sich so leicht und frei wie kaum jemals im Leben.

»Die Geschichte fängt an, unangenehm zu werden«, begann Juroff. »Wir nebeln langsam ein. Sehen Sie hinaus. Wenn wir nicht schleunigst abfliegen, dann sitzen wir fest. Fühlen Sie sich kräftig genug, an Ihrem Platz zu bleiben? Die Führung übernehme ich natürlich allein.«

Kraus lachte und setzte sich an das Steuer. Mit dem Fuß, den er für gebrochen gehalten hatte, stieß er an einen Schalthebel, es schmerzte kaum, also hatte er sich wohl geirrt. – Leicht und frei erhob sich das Flugzeug, viel leichter und schneller, als jemals sich ein Flugzeug erhoben hatte. Auch die Motoren donnerten nur gedämpft, nicht so laut wie sonst – ob der Nebel das machte?

Jetzt schweben sie über den Eiswall hinaus, den Kraus vorhin gesehen hatte. Und im gleichen Augenblick waren sie im allerdicksten Nebel. Sie zogen das Höhensteuer, aber der Nebel wurde immer dicker.

»Verirrt«, sagte Juroff auf Russisch, Kraus verstand das Wort, er blickte auf seine Instrumente und sah: Der Kompass schwankte leise hin und her, kein Wunder, dass er nicht Ruhe fand in diesen Breiten. Die Motoren arbeiteten einwandfrei – auch der rechte – und der Höhenmesser zeigte Null.

»Das ist unglaublich, wir müssen mindestens 300 Meter hoch sein.« – Juroff löste die Schießvorrichtung des Behmschen Echolotes, es dauerte lange, bis die Antwort kam. Der Zeiger der Sekundenuhr sprang, das Echolot gab weit über achttausend Meter Höhe an.

»Ich lande jetzt«, sagte Juroff. »Das ist Zauberei.«

Das Flugzeug drehte Spiralen nach unten, langsam erst, dann etwas schneller. Und sie fuhren ins Bodenlose, dreitausend Meter, viertausend Meter. Immer in dichtestem Nebel. Juroff sagte nichts, er schien zu leiden unter dem Phänomen. Kraus wunderte es, ihm schien das Ganze zwar nicht selbstverständlich, aber er hatte ein Gefühl von Sicherheit und Frieden, das er selbst nicht zu nennen wusste.

Sechstausend Meter mussten sie nun schon gefallen sein, da wurde plötzlich der Blick klar. Der Nebel wich, sie schwebten unterhalb einer lichten Wolkenschicht. Unten war grünes Land. Ein großer grüner Wald in der Mitte, umgrenzt von wiesenartigen Matten, die langsam in kahles Gestein übergingen. Von oben her, aus der Wolkenzone, kamen Gletscher über die Felsen herab und verliefen in langen Steinmoränen. Man sah, sie hatten einmal tiefer hinabgereicht.

In Juroff war ein Gemisch aus Furcht und Staunen. Aber Kraus war sich mit hellsichtiger Deutlichkeit des Wunders klar. Das, was sie hier durch einen Zufall gefunden hatten, war eine übergebliebene Landschaft aus der Urwelt. Ein Urweltasyl, das wunderbarste, das es auf Erden gab. An manchen anderen Stellen der Erde kannte man kleinere, die Insel Komodo beispielsweise, einige Klippen bei Neuseeland – gewisse Teile der Kongourwälder, noch nicht erforscht, konnten auch dafür gelten. Aber das hier übertraf das alles bei Weitem und übertraf auch jede Phantasie. Ein gewaltiger Talkessel mitten in Grönland, so tief, dass das heiße Erdinnere ihn erwärmte. Oben wurde er bedeckt von einer sich nie verziehenden weißen Nebel- und Wolkenschicht, die einen trefflichen Schutz

gegen zu große Wärmeverluste bildete. Darum musste diese Landschaft auch durch einen Zufall entdeckt werden. Die Flugzeuge, die hoch darüber hingezogen waren, mussten die weißen Wolken für Eis halten oder für dünnen Nebel über kompaktem Binneneis.

Vielleicht noch zweitausend Meter unter ihnen lag eine grüne Fläche um einen lang gestreckten See. Langsam, ganz langsam ging es tiefer, bis man sogar die Pflanzen erkennen konnte. Es war mannshohes Elefantengras. Eine Anzahl braungrauer Klumpen lagen herum. Als das Flugzeug über sie hinweg schwebte, im Gleitflug mit stillstehenden Motoren, da wurden sie lebendig, sprangen auf, erwiesen sich als große Elefanten mit vier Stoßzähnen: Mastodons.

»Hier ist also«, schloss Kraus, in Bruchteilen einer Sekunde, »die Erdoberfläche seit einer Million Jahren unverändert geblieben.« Die Tertiärzeit herrschte hier noch.

Lautlos setzte der Apparat auf. Ein großes graues Tier, wenig größer als ein Elefant, tauchte aus dem Riesengras auf und musterte die Maschine, trottete dann lautlos davon, wie vorhin die Mastodonelefanten.

Juroff öffnete die Tür zur Passagierkabine. Die sieben Menschen darin standen an den Fenstern, sie wussten nichts zu sagen. Juroff brach das Schweigen und meldete in drei Sprachen: »Wir sind gelandet.«

Kraus öffnete die Außentür und sprang als Erster hinaus, ohne die Treppe zu benutzen. Im Sprung wunderte er sich bereits, war hier die Schwerkraft geringer? Zehn Kilometer näher am Erdkern hätte sie größer sein müssen. Aber er fühlte sich so leicht und frei, dass es ihm schien, als wäre das Gegenteil der Fall. Die anderen folgten nicht gleich – der Amerikaner rief ihm von der offenen Tür aus nach, er solle zurückkommen und erst mit ihnen frühstücken, bevor sie die Entdeckungsreise in das neue Land anträten. Juroff erschien hinter ihm und schrie, sie wollten dann erst einen Rundflug unternehmen.

Doch Kraus schritt aus, ohne sich darum zu kümmern, dass es keinen Weg gab, dass er das Flugzeug in dem hohen

Elefantengras längst aus den Augen verloren hatte und dass in diesem hohen Gras Gefahren lauern konnten.

Links von ihm lag das lang gestreckte Wasser, vorn lockte der Wald. Einmal öffnete sich eine Lichtung zum Wasser hin, da sah er auf einer Sandbank eine gigantische Eidechse liegen, größer als das größte Krokodil. Es war ein Riesenwaran, ähnlich den Waranen von Komodo, aber noch größer, vielleicht ein Verwandter jener eiszeitlichen Riesenwarane, von denen die Sagen der Australier berichten.

Am Waldrand rauften sich zwei tigerähnliche Tiere um einen Kadaver. Man sah das Aufblitzen gewaltiger Reißzähne – Machairodonten, Säbelzahntiger waren es. Er machte einen Umweg und geriet in den Wald. Sumpfzypressen, Palmen, immergrüner großer blättriger Ahorn. Dazwischen Ginkgos und einige Nadelgewächse. Bernsteinkiefern konnten es sein, so genau wusste er nicht Bescheid in der Wissenschaft, um das sagen zu können.

Stundenlang dauerte seine Wanderung. Oft begegnete er Tieren, Lang- und Kurzhalsgiraffen gleich dem Okapi, einmal ein Riesengürteltier, einmal ein gewaltiger Dickhäuter aus der Familie der Titanotherien. Durch die Gipfel der Bäume jagten Affen, vor einem einsamen Baumnest hielt ein großer männlicher Affe mit gewaltiger zottiger Brust und zerfranstem Backenbart Wacht.

Einen kurzen Augenblick dachte Kraus an Umkehr. Aber er hatte ein Gefühl, als stehe noch etwas bevor, etwas Großes, Unerhörtes, die Krönung des Ganzen.

Nun wurden die Bäume lichter, er glaubte, das Ende des Waldes erreicht zu haben. Weit schimmerten die Berge, die das Tal abschlossen und sich in den Wolken verloren. Die Lautlosigkeit des Landes bedrückte ihn, ein Frösteln überlief ihn beim Anblick des Schnees – wie kam denn Schnee hierher? –, er füllte seine Lungen mit der seltsamen Luft und wollte rufen. Aber es wurde ein Schrei aus seinem Ruf, wie ihn nur ein Mensch in höchster Lebensgefahr ausstößt.

Lange brauchte das Echo, um zurückzukommen. Gleichzeitig schien ihm, als bewegte sich etwas vor ihm. Er ging darauf zu und fühlte plötzlich einen heftigen Schmerz im Fuß. Auf den unterirdischen Bau eines grabenden Tieres hatte er nicht geachtet und war eingebrochen. Ob das Flugzeug ihn hier finden würde, wenn es unmöglich war, weiter zu laufen?

Vor ihm wuchs eine Pflanze mit sonderbaren stängelartigen blauen Blüten. Es konnte eine unbekannte fleischfressende Pflanze, eine Nepenthes, sein. Er brach einen Stil ab und roch daran. Der Duft war süß und betäubend, das ganze große Tal schien plötzlich in blaue Düfte gehüllt zu sein; weich und ermüdend waren sie. Und die hohen Berge gewannen eine Leuchtkraft, als beständen sie aus Gold und Edelgestein. Ein Klingen erfüllte die Luft, als seien die alten Träume von der Sphärenmusik zur Wirklichkeit geworden.

3.

Das Verkehrsflugzeug DV 3303 erreichte seinen Bestimmungsort mit 16 Stunden Verspätung. Der Verkehrspilot Leonid Juroff erstattete der Behörde den von allen Insassen des Flugzeugs als Zeugen unterschriebenen Bericht, dass der Verkehrspilot Wilhelm Kraus aus Dortmund über Grönland aus geringer Höhe abgestürzt war. Da die Höhe sehr gering und gerade eine Schicht Neuschnee gefallen war, hatte man Hoffnung auf einen glimpflichen Ablauf des Unglückes gehabt und war an der nächsten günstigen Stelle gelandet.

Die von allen Männern abwechselnd vorgenommene Suche nach dem Verunglückten hatte aber erst nach dreizehn Stunden Erfolg.

Der Pilot Wilhelm Kraus war bis auf einen Knöchelbruch nahezu unverletzt. In der Zwischenzeit bis zur Auffindung aber hatte er den Tod durch Erfrieren gefunden.

AT THE PERIHELION

A great science novel

by
ROBERT
WILLEY

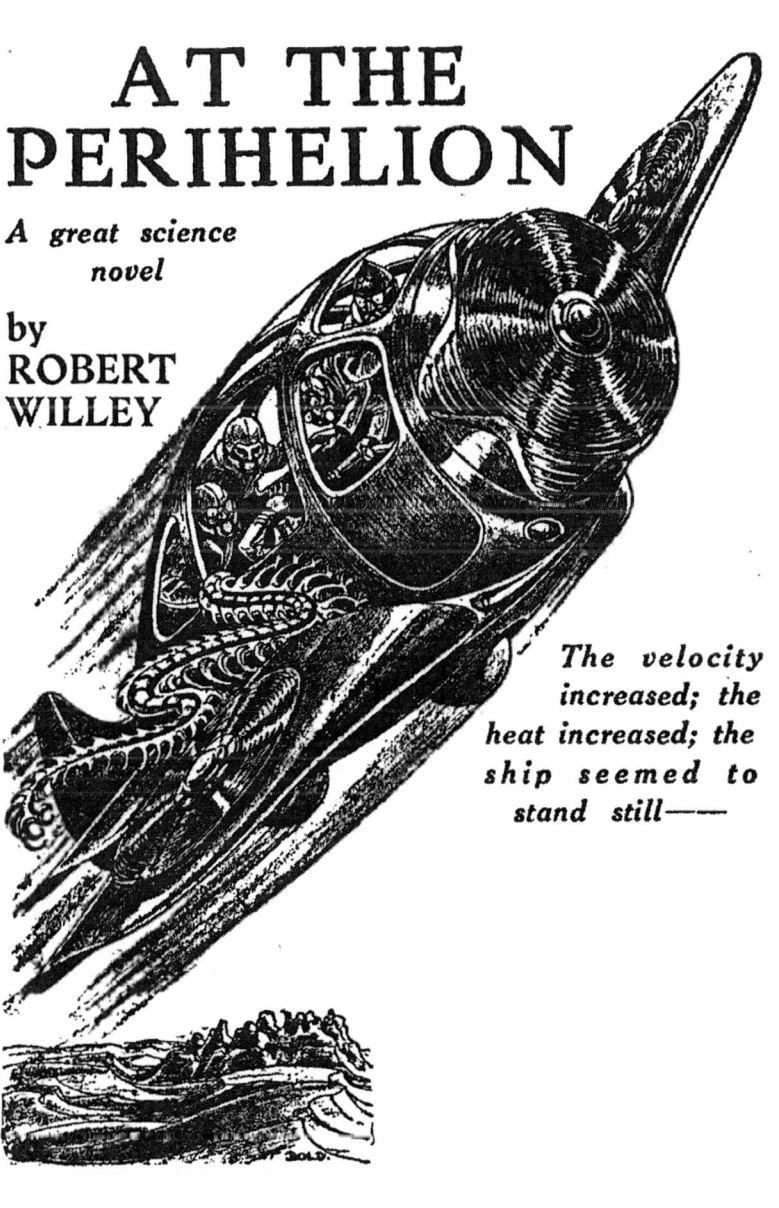

The velocity increased; the heat increased; the ship seemed to stand still——

ASTOUNDING STORIES, Februar 1937

Am Perihel

Ein großer Wissenschaftsroman

I.

DAN BENSON blickte von der astronomischen Zeitschrift auf, die er gerade las. Das Fenster zu seiner Rechten war plötzlich dunkel geworden, und er glaubte, den Grund dafür zu kennen. Obwohl er geistig darauf vorbereitet war, konnte er sich eines leichten Schreckens nicht erwehren, als er das Ding sah, das über das Fenster aus unzerbrechlichem Glas kroch und sich als scharfe, schwarze Silhouette gegen den grünen Himmel des Mars abzeichnete. Der Schatten sah aus wie ein etwa einen Fuß breites Band, an dessen beiden Seiten Beine krabbelten. An den Beinen klebten so etwas wie Kugeln, ungefähr so groß wie Golfbälle. Es sah aus, als ob sie in eine Art Netz aus ziemlich dicken Fäden eingewickelt waren. Die Fäden erinnerten an ein Spinnennetz, zäh und flexibel, hart und klebrig zugleich.

»Ein Weibchen mit Eiern«, sagte er leise zu sich selbst. »Warte, du Mistvieh, ich kriege dich!«

Er sah sich in dem einzigen Raum seines kleinen halbkugelförmigen Aluminiumhauses um, das ihn vor den vielfältigen Gefahren der Marswüste schützte. Es gab sechs runde Fenster, wie die in den Kabinen von Hochseeschiffen, die gleichmäßig über den Umfang des Hauses verteilt waren, etwa einen Meter über dem Boden. Eines davon war durch den Körper des Dings verdunkelt; durch die anderen schaute er sich nach weiteren unerwünschten Gästen um. Es gab keine; alle fünf Bullaugen gaben ihm einen ungehinderten Blick auf den rötlich-gelben Sand der Marswüste und den grünen Marshimmel frei.* Er murmelte wieder vor sich hin. »Nur einer, der auf der Suche nach Feuchtigkeit hier herumkrabbelt. Die Flüssigkeit, die am einfachsten zu bekommen wäre, ist mein Blut, aber das bekommst du nicht. Warte, Tschort, ich gebe dir etwas anderes.«

Neben der Tür befand sich eine kleine Öffnung mit einem Durchmesser von etwa einem Zoll. Er stellte eine würfelförmige Metallbox in die Nähe der Öffnung, an der eine seltsam aussehende Düse von einem Metallschlauch baumelte. Dann nahm er ein weiteres kleines Instrument, bestehend aus einem kurzen Stück dünnen Kupferrohrs und einem Gummiball. Nachdem er sich vergewissert hatte, dass der dunkle Schatten noch auf dem Fenster lag, öffnete er die Luke, schob das Ende des Kupferrohrs hindurch und drückte auf den Ball. Ein Wasserstrahl spritzte aus dem Rohr und landete – aufgrund der geringeren Schwerkraft des Mars – fast vierzig Fuß entfernt im Sand.

Bevor das Wasser im Sand versickerte, begann es zu gefrieren, da es nicht salzig war, wie das meiste Wasser auf dem Mars. Sofort sprang der Körper eines langen, schlanken Tieres darauf zu. Es war der Schatten vom Fenster, ein Tausendfüßler von gigantischen Ausmaßen. Sein Körper, mehr als sechs Fuß lang, war von hellblauer Farbe; die vielen Beine bewegten sich schneller, als das menschliche Auge folgen konnte. Es handelte sich um ein ausgewachsenes Exemplar des blauen Skolopenders vom Mars, dem einzigen bisher entdeckten großen Tier auf dem Planeten. Die Siedler nannten es die »Blaue Bedrohung«.

---

* Tatsächlich haben die Marssonden MAVEN (NASA) und ExoMars (ESA) Bilder mit grünschimmerndem Nachthimmel vom Mars zur Erde gesendet. (Alle Fußnoten vom Herausgeber.)

Die Russen, die hauptsächlich auf Thyle II lebten, wo Dan sich niedergelassen hatte, nannten sie einfach »Teufel« – in ihrer Sprache »Tschort«.

Dan erschauderte und lächelte gleichzeitig grimmig.

»Geh nach Hause in die Hölle, wo du herkommst, Tschort«, murmelte er, schob die seltsam geformte Düse der Metallbox durch die Luke und drückte mit dem Fuß auf einen Hebel. Ein weiterer Flüssigkeitsstrahl schoss aus der Düse, aber ein viel dickerer Strahl als der dünne Wasserstrahl, den er als Köder versprüht hatte. Die ölige Flüssigkeit traf auf das Tier und umhüllte es. Dan drückte einen Abzug an der Düse; ein Funke erschien an der Mündung, und die dicke, ölige Flüssigkeit fing sofort Feuer. Die Flamme raste am Strahl entlang, und das Tier fand sich inmitten einer flammenden Wolke wieder. Als das Feuer kaum zwanzig Sekunden später erlosch, war nichts mehr zu sehen – nichts als ein schwarzer Fleck und etwas Asche im Sand der Marswüste.

Dan schaute noch einmal durch alle sechs Bullaugen, dann zog er sich einen schweren Pelz an und öffnete, die Mündung des Flammenwerfers im Anschlag, die Tür. Nichts Lebendiges war zu sehen, nichts außer ein paar kupferfarbenen, bräunlichen Pflanzen mit dicken, ledrigen Blättern. Sie schmiegten sich flach auf dem Boden und schickten ihre riesigen Wurzeln tief in den Sand, sechzig bis achtzig Fuß tief, bis dorthin, wo der Boden noch Spuren von Feuchtigkeit aufwies.

ER KNÖPFTE seinen Pelzmantel zu; es war kalt, obwohl es für die südliche Hemisphäre des Mars Sommer war. Der marsianische Sommer des Jahres 1978. Dan atmete langsam und tief. Nach anderthalb Marsjahren war er gerade in der Lage, es ohne Sauerstoffmaske auszuhalten. Das galt natürlich nur für die Freizeit am Boden. Wenn es um körperliche Arbeit ging, oder er sich auf den Gipfeln der marsianischen Berge befand – von denen keiner höher als dreitausend Fuß war –, war die Sauerstoffmaske unerlässlich.

Es gab nur wenige abgehärtete Siedler, die unter allen Bedingungen ohne sie auskamen. Nun, er hatte nicht vor, lang genug zu bleiben, um die gleiche Befähigung zu erlangen. Er hatte Heimweh nach der Erde, und er war entschlossen, das nächste Passagierraumschiff zur Erde zu nehmen. Aber das würde nicht abfliegen, bevor die Planeten in einer viel günstigeren relativen Position waren, in zweihundertdreißig oder vierzig Marstagen – von jetzt an.

Dan schaute sich noch einmal um, dann ging er zurück ins Haus. Es war gefährlich, von der Dunkelheit in der Wüste überrascht zu werden. Auf dem Mars gab es praktisch weder Dämmerung noch Morgengrauen, und die blauen Tschorts konnten im Dunkeln sehen. Später, nach Mitternacht, waren sie vergleichsweise harmlos, weil die extreme Kälte der Marsnacht sie steif gefrieren ließ. Aber niemand, der sich in der Wüste verirrte, hatte das Glück, bis Mitternacht zu überleben.

Drei Dinge waren für eine Reise durch die Marswüsten unerlässlich, abgesehen von der Versorgung mit Nahrung und Wasser. Das waren: ein Sauerstoffgerät, ein Flammenwerfer und das sogenannte Wüstenauto. Dabei handelte es sich um kleine, schnelle Fahrzeuge, die hermetisch verschlossen werden konnten. Äußerlich sahen sie den irdischen Stromlinien-Limousinen sehr ähnlich. Entdecker und Abenteurer, die die Sicherheit der gläsernen Siedlungen verließen, aßen und schliefen in diesen Autos; im Inneren herrschten irdischer Luftdruck und irdische Wärme. Zusätzlich zu diesen Annehmlichkeiten boten sie Schutz vor den blauen Skolopendern.

Für einen längeren Aufenthalt in der Wüste wurden jedoch die sogenannten Wüstenzelte verwendet. Es handelte sich um eine Aluminiumkonstruktion, die perfekt halbkugelförmig war, einen Durchmesser von zwanzig Fuß hatte und in der Mitte zehn Fuß hoch war. Zwischen den beiden Schichten aus nicht korrodierenden Aluminiumlegierungsblechen, die die Wände bildeten, war eine Schicht aus einem neuen glasartigen Material eingearbeitet; es war ein hervorragender Wärmeisolator, unempfindlich gegen die wildesten Angriffe aller erdenklichen Tiere und auch unempfindlich gegen die zufällige Explosion eines Flammenwerfers.

Das Unternehmen, das diese Wüstenzelte herstellte und vermietete, behauptete auch, dass die Isolierung den Abgasspritzern der Raketenmotoren eines landenden oder startenden Raumschiffs standhalten könnte. Die Siedler misstrauten dieser Aussage etwas, aber sie wussten, dass die Isolierung bis zu einem gewissen Grad kugelsicher war – eine zusätzliche Eigenschaft, gut zu wissen.

Dan schloss die Tür seines Zeltes hinter sich und stellte die irdische Wärme wieder her, der Regler für den Luftdruck war zwischen marsianischem und irdischem Druck eingestellt.

Während er sein Abendessen zubereitete, dachte er über die Pläne für die nächsten Tage nach. Er musste nach Space Port, der größten Stadt auf Thyle II. Es gab etwas mit der örtlichen Regierung zu regeln, und es war notwendig, persönlich vorzusprechen. Vor zwei Wochen, als das reguläre Raumschiff der Interplanetary Transport Corporation angekommen war, war er in Space Port gewesen, um seine Post abzuholen.

Er fand einen schweren Brief von der lokalen Regierung vor. Vor mehr als einem Jahr, als die Marsbezirke den wichtigsten Ländern der Erde zugeteilt worden waren, wurde die große Insel Thyle II zum sowjetischen Territorium erklärt, weil die Mehrheit der ständigen Siedler in diesem Bezirk Russen waren.

Allen Siedlern auf dem Mars war zu verstehen gegeben worden, dass sie innerhalb von vier Wochen in das Gebiet ihrer eigenen Nation umziehen sollten. Nach diesem Zeitpunkt wurden sie Untertanen des Landes, dem ihr Gebiet zugewiesen war. Es sei denn, sie stellten einen speziellen Antrag auf »Beibehaltung ihrer irdischen Staatsbürgerschaft«.

Dan Benson hatte weder die Absicht umzuziehen noch seine amerikanische Staatsbürgerschaft aufzugeben. Er hatte den Antrag ausgefüllt, ein Dokument von außergewöhnlicher Länge. Die Antwort war dieser Brief, der eine Mischung aus einer amerikanischen Einkommenssteuererklärung, einem deutschen Fragebogen über arische oder nicht-arische Abstammung und einem Fragebogen der G. P. U.* für potenzielle Mitglieder der russischen kommunistischen Partei war. Das war ausufernde Bürokratie.

Dan war Hochschulabsolvent, ein bekannter Schriftsteller und ein Spezialist auf einigen wissenschaftlichen Gebieten – aber diesen Fragebogen ohne die Hilfe eines Regierungsbeamten zu beantworten überstieg seine Fähigkeiten. Er hatte stundenlang darüber gegrübelt und sich seine Vergangenheit ins Gedächtnis gerufen, bis ihm schwindelig wurde vor lauter Erinnerungen – nicht alle davon waren angenehm. Es hatte nichts genützt. Da die Antwort persönlich eingereicht werden musste, um gültig zu sein, hatte er beschlossen, nach Space Port zu fahren.

II.

ES WAR schon spät, als er am nächsten Morgen aufwachte. Er war bis tief in die Nacht auf gewesen und hatte geschrieben. In den Magazinen und Zeitschriften der Erde gab es eine wissenschaftliche Kontroverse über die Natur der ausgestorbenen intelligenten Marsbewohner, und er hatte hinzugefügt, was er aus seinen persönlichen Beobachtungen wusste. Es war eine schwierige Frage. Diese ursprünglichen Bewohner, die seit mindestens zehntausend Jahren ausgestorben waren, hatten Steinhäuser und Städte gebaut, die heute Ruinen und von der »Blauen Bedrohung« befallen waren. Niemand wusste, wie die Marsbewohner ausgesehen hatten, wie sie lebten und wohin sie gegangen waren. Die verbreitete Ansicht war, dass sie Menschen waren, mit einer Zivilisation, die mit der europäischen Kultur des Jahres 1700 vergleichbar war, und dass die blauen Skolopender sie wohl ausgerottet hatten.

---

*   G. P. U. ist der sowjetische Militärgeheimdienst

Aber es gab auch andere Theorien. Eine Gruppe von Wissenschaftlern war der Meinung, dass es sich um riesige Insekten gehandelt hätte. Eine andere Gruppe hielt sie für Vögel, weil es keine Straßen und offenbar auch keine Türen zu ihren alten Gebäuden gab. Und ein chinesischer Professor hatte die Theorie aufgestellt, dass sie vom Mars geflohen waren, als die Blaue Bedrohung zu groß wurde. Er stützte sich dabei auf die chinesische Legende, dass ihre Kaiser »Söhne des Himmels« waren, und er hatte darauf hingewiesen, dass das feuerspeiende chinesische Drachensymbol durchaus als verzerrte heraldische Darstellung einer Weltraumrakete gedeutet werden könnte. Er hatte sogar zwei alte chinesische Gemälde ausgegraben, auf denen das »verlorene Land« abgebildet ist und die zwei Monde am Himmel zeigen. Doch ein Kenner der chinesischen Schrift hatte darauf hingewiesen, dass die Schriftzeichen, die der phantasievolle Professor als »verlorenes Land« gelesen hatte, die Bedeutung von »träumendes Land« haben.

Es war ein Krieg bis aufs Messer unter den Anthropologen des Mars, die nicht wussten, ob sie sich Anthropologen nennen durften. Eines Tages könnten sie gezwungen sein, den Namen ihrer Wissenschaft zu ändern, denn das griechische Wort *anthropos* bedeutet »Mensch«. Sollte sich herausstellen, dass die Marsmenschen Vögel waren, würde sich ein sprachliches Problem ergeben, das nur durch die Erfindung eines neuen griechischen Begriffs gelöst werden könnte. Deutsche Philologen hatten bereits einige Begriffe geprägt, die die verschiedenen Möglichkeiten abdeckten.

Eine schwarze Linie erschien am Horizont – die gläserne Außenwand von Space Port. Alle Siedlungen auf dem Mars waren von diesen Mauern aus hartem, schwarzem Glas umgeben. Sie waren einhundert Fuß hoch und aus T-förmigen Teilen gebaut. Kein Skolopender konnte diese Mauern erklimmen, und die wenigen Tore waren mit Batterien von Flammenwerfern gesichert.

Aus der Luft betrachtet sah die Stadt Space Port wie eine Acht aus. Eine Ringmauer umschloss die Stadt, die andere den

Raumhafen, der der Siedlung ihren Namen gegeben hatte. Dort, wo sich die beiden kreisförmigen Mauern berührten, gab es eine Allee, die das riesige Feld des Raumhafens und die Siedlung verband.

Dan fuhr langsam durch die Hauptstraße zum Verwaltungsgebäude. Es gab Gebäude und Häuser in allen Größen, viele davon Aluminiumbauten, die in ihrer Konstruktion der von Wüstenzelten entsprachen, aber auch Steinhäuser und wenige hoch aufragende Bürogebäude aus Stahl und Glas. Es gab keine Holzhütten, denn Holz musste importiert werden. Die wichtigsten Baumaterialien waren Aluminium, Stahl und Glas, deren Rohstoffe auf der Marsoberfläche im Überfluss vorhanden waren.

Während er in einem Restaurant zu Mittag aß, hörte Dan aus den Lautsprechern die Ankündigung, dass die Raumschiffe der Regierung noch am selben Nachmittag landen würden. Da er nichts anderes zu tun hatte, beschloss er, sich die Landung anzuschauen, die immer ein spektakulärer Anblick war. Im Schutz einer durchsichtigen Glaskuppel sah er einen schwarzen Punkt am grasgrünen Himmel auftauchen. Er bewegte sich in einem weiten Bogen auf den Raumhafen zu. Plötzlich verwandelte sich der schwarze Punkt in eine flammende Wolke. Dan wusste, dass die Raketenmotoren auf Hochtouren liefen, um den Abstieg zu bremsen. Die Flammenwolken verschwanden und tauchten wieder auf, das große Schiff war nun auch mit bloßem Auge deutlich zu erkennen. Als es weniger als eine Meile hoch war, schossen die Flammen erneut aus den Düsen der Raketenmotoren.

Dan wusste, dass der Pilot nun die schwierigste Aufgabe der gesamten Reise in Angriff nahm. Der Rückstoß der Raketenmotoren musste gerade stark genug sein, um den Fall des Schiffes zu bremsen, damit es nicht härter auf den Boden aufschlug als ein Gegenstand, der aus etwa einen Meter Höhe fällt. Außerdem musste das Schiff auf seinen Düsen ausbalanciert sein; ein Abweichen würde es wie einen Stein fallen lassen.

Dan hatte ein sehr gutes theoretisches Wissen über die Raumfahrt, und er hatte sogar einmal ein kleines Schiff auf eine Reise zum Mond geschickt. Aber das war einfach: Man musste nur eine gewisse Zeit lang alle hinteren Düsen mit voller Kraft laufen lassen. Die Landung erforderte mehr als theoretisches Wissen und Erfahrung; der Pilot musste ein Künstler sein. Wenn bei der Landung in einer Atmosphäre alles schiefging, konnte er noch den Fallschirm des Schiffes auswerfen. Aber das galt als Ungeschicklichkeit, obwohl es eigentlich Schiff, Passagiere und Besatzung rettete, wenn es nicht zu spät war.

Mehrere Wagen fuhren los, um die Passagiere aufzunehmen. Sie hielten plötzlich an, als eine der kleineren Düsen wieder zu arbeiten begann, worüber sich Dan wunderte. Einen einzelnen Raketenmotor auf dem Boden zu zünden war sinnlos. Aber nach einigen Augenblicken des Nachdenkens verstand er: Das nächste Raumschiff sollte in ein paar Stunden landen, und das Schiff, das gerade angekommen war, befand sich dann wahrscheinlich immer noch auf freiem Feld und könnte bei der Landung des zweiten Schiffes getroffen werden. Deshalb verbrauchte der Pilot den restlichen Treibstoff in seinen Tanks, um eine mögliche Explosion zu vermeiden. Dans Vermutung erwies sich als richtig.

Etwa eine halbe Stunde später, als die Autos mit den Passagieren und die Lastwagen, die Waren geladen hatten, vom Raumschiff abgefahren waren, leuchteten die grünen Signallampen auf. Das bedeutete, dass Besucher Zutritt zum Landeplatz hatten, bis die Signale wieder auf Rot wechselten.

Dan und eine Reihe anderer schlenderten über das Feld. Im Gespräch mit einem der Beamten, der Englisch sprach, erfuhr Dan, dass das Schiff nur sieben Passagiere befördert hatte, allesamt Regierungsbeamte aus Moskau. Aber das Schiff hatte auch ein paar Dutzend Säcke Post mitgebracht; er könne seine Post nach 19:30 Uhr im Postamt abholen.

Es war ein großes Schiff neuester Bauart, das bis zu zwanzig Passagiere befördern konnte und allen Komfort bot, den ein

Raumschiff nur bieten konnte. Dan entzifferte die russischen Schriftzeichen am Bug: »Lenin… Leningrad«. Er stellte dem Wachmann an der Tür des Schiffes eine Frage, aber der Mann schüttelte den Kopf. Offenbar verstand er kein Englisch.

Dan sah sich um und wollte gerade zurückgehen, als etwas seine Aufmerksamkeit erregte. Bei diesem »Etwas« handelte es sich um den Abdruck eines menschlichen Fußes an einer Stelle, an der Öl, das aus einem der Autos ausgetreten war, eine dicke Paste mit dem Marssand gebildet hatte. Der Abdruck war der eines Mädchenfußes, äußerst klein und schlank. Dan wunderte sich. Mädchen waren selten auf dem Mars – schöne Mädchen, die solche Abdrücke hinterlassen würden, waren sogar äußerst selten. Aber das Wichtigste war, dass der Beamte des Raumhafens ihm gesagt hatte, dass sich nur Regierungsbeamte an Bord des Schiffes befunden hatten. Und so wie er es gesagt hatte, konnte man davon ausgehen, dass es sich um höhere Beamte handelte.

»Hat einer von diesen Leuten seine Sekretärin mitgebracht?«, erkundigte sich Dan und vergaß dabei, dass der Wachmann bereits auf seine erste Frage nicht geantwortet hatte. Der Mann blieb stumm. Dan kramte die notwendigen russischen Wörter in seinem Gehirn hervor und wiederholte die Frage auf Russisch: Der uniformierte Wachmann schaute verwirrt.

»Ja nje ponimaju – ich verstehe nicht.«

Dan versuchte es noch einmal, aber vergeblich. Als er sich umdrehte, ertappte er sich dabei, dass er sich wünschte, das Mädchen zu treffen. Es war nun ungefähr tausend Tage her, dass er wie ein Einsiedler in der Marswüste gelebt hatte. Tausend Tage, in denen er auf der Jagd nach Wissen und Schätzen war, Skolopender bekämpfte und auf seine Schreibmaschine einhämmerte. Er fühlte sich sehr einsam, als er den Landeplatz überquerte und zu seinem Fahrzeug zurückging.

III.

ES WAREN ein paar Briefe für ihn dabei: Berichte seiner Agenten auf der Erde, Kopien von wissenschaftlichen Zeitschriften und Briefe von wissenschaftlichen Gesellschaften. Es gab auch ein Formular der Regierung, das sein Erscheinen um 22 Uhr in der Torgsin-Konditorei* an der Ecke Marx-Boulevard und 12. Straße verlangte.

Die »Torgsini Konditerskaja« war eines der besten Restaurants in Space Port. Er wunderte sich über die Lokalität und die für das Treffen gewählte Zeit, war aber pünktlich. Nachdem der Türsteher den Brief, den Dan ihm zeigte, gründlich geprüft hatte, rief er einen uniformierten Wachmann, der Dan höflich in eines der Hinterzimmer geleitete.

Abgesehen von den beiden Wachleuten, die an der Tür standen, befanden sich fünf Personen in dem Raum. Sie saßen um einen Tisch herum, auf dem sich kleine Stapel von Papieren und Formularen befanden. Zwei der fünf sahen für Dan typisch russisch aus, dunkeläugig und dunkelhaarig. Er hatte diesen Typus schon oft auf Thyle II gesehen. Derjenige, der der Chef der fünf zu sein schien, war ein großer, schlanker Mann mit einer langen Nase. Obwohl er recht jung wirkte, hatte er nur noch wenige Haare, die grau waren; ursprünglich waren sie wahrscheinlich braun gewesen, dachte Benson. Seine Augen vermittelten Dan den Eindruck eines Fanatikers, und die nachlässige Kleidung, die schlechten Zähne und die Tatsache, dass er sich seit Tagen nicht rasiert hatte, bestätigten diesen Eindruck. Dan hatte das Gefühl, dass er in ihm tatarisches Blut erkennen konnte, obwohl die große, hagere Gestalt einer solchen Vermutung zu widersprechen schien.

Der nächste war ein wahrer Riese, bestimmt zwei Meter groß. Er hatte einen massiven Brustkorb und einen riesigen

---

* »Torgsin« war in den Jahren 1931 bis 1936 eine Handelskette in der Sowjetunion, wo man für Devisen höherwertige Waren erwerben konnte.

Kopf, und er war der Einzige, der den sprichwörtlichen russischen Bart trug. Aber seine haarigen Hände waren weiß und weich und verhältnismäßig klein, und seine blauen Augen waren freundlich. Die fünfte war ein Mädchen; Benson hatte sie zuerst gesehen, als er den Raum betrat, und hatte sie seitdem immer wieder angeschaut. »Am einfachsten kann man sie beschreiben«, dachte er, »wenn man sagt, dass sie eine Schönheit ist. Eben ein bezauberndes russisches Mädchen.« Er sah, wie sie ihn mit großen grauen Augen anschaute, er sah dunkelblondes Haar in hübschen Locken. Dan hätte sie noch viel länger angestarrt, wenn der Riese ihn nicht unterbrochen hätte.

»Erlauben Sie mir mich vorzustellen, Genosse«, sagte er langsam, mit tiefer Bassstimme in russischer Sprache. »Ich bin Professor Konstantin Kyrillowitsch Rakolski vom Zoologischen Institut in Stalingrad.«

»Ich verstehe kein Russisch«, antwortete Dan auf Englisch, »aber wenn Sie kein Englisch sprechen, können wir es mit Deutsch versuchen.«

»Wii spreken all Englisch«, unterbrach der hagere Mann.

»Lassen Sie mich die anderen Herren hier vorstellen«, fuhr der Professor auf Englisch fort. »Das ist Genosse Tschernikoff, der neue Gouverneur.« Das war der hagere Mann. »Das ist Genosse Djilinski.«

Einer der dunkelhaarigen Männer erhob sich ein wenig von seinem Stuhl. »Das ist Genosse Tischtschenko.« Der andere dunkelhaarige Mann nickte. »Und das ist die Genossin Tscherskaja.«

Das Mädchen murmelte einen russischen Gruß und hob für einen Moment die rechte Hand. Benson bemerkte, dass ihre Zähne weiß und makellos waren und dass sie kleine, schöne Hände hatte.

»Setzen Sie sich zu uns, Genosse«, fuhr der Professor fort.

Als Benson Platz genommen hatte, ergriff der hagere Mann, Genosse Tschernikoff, der neue Gouverneur von Thyle II, das

Wort. »Genosse Benson, wir haben Sie gebeten zu kommen, weil wir einen intelligenten und gebildeten Mann mit praktischer Erfahrung brauchen.« Er blickte auf ein Blatt Papier, das neben ihm auf dem Tisch lag.

»Sie sind Amerikaner, sechsunddreißig Jahre alt, haben in Amerika Astronomie studiert und einen deutschen Doktortitel in Chemie erworben. Ihr Beruf ist der eines Autors zu wissenschaftlichen Themen. Sie waren Professor für Astronomie an der Columbia University und wollten vor etwa drei Jahren heiraten. Plötzlich kündigten Sie Ihre Stelle, heirateten nicht und flogen zum Mars. Seitdem waren Sie ein recht erfolgreicher Schatzsucher und ein erfolgreicher Autor. Gelegentlich schreiben Sie Geschichten unter dem Pseudonym Herbert H. Harr.«

Er sah Dan fragend an.

»Diese Fakten sind korrekt«, antwortete Benson. »Lassen Sie mich noch hinzufügen, dass ich Heimweh nach der Erde habe, dass ich vorhabe, bald zurückzukehren, und dass ich wahrscheinlich wieder unterrichten werde, dann haben Sie einen ziemlich vollständigen Überblick über mein Leben.«

Tschernikoff nickte und schwieg einen Moment lang.

»Sie gehören keiner Partei an, nicht wahr?«

»Nein.«

»Das ist schon in Ordnung. Wenn Sie in unsere Dienste treten, werden Sie als ausländischer Experte eingestuft. Sie haben beantragt, auf unserem Territorium zu bleiben, ohne Bürger der Union der Sozialistischen Sowjetrepubliken zu werden. Diesem Wunsch kann natürlich entsprochen werden. Aber mit meiner Ankunft werden sich auf Thyle II einige Änderungen ergeben, und wir möchten, dass Sie an diesen Änderungen mitwirken. Von nun an wird Thyle II den Namen Nowaja Respublika – die Neue Republik – tragen. Diese wird ein unabhängiges Land innerhalb der Union der Sowjetrepubliken sein, ich werde ihr Gouverneur sein und gleichzeitig das, was Sie als russischen Botschafter bezeichnen würden, obwohl dieser Begriff nicht in seiner vollen Bedeutung verwendet werden kann. Die Genossen

Djilinski und Tischtschenko sind politische Kommissare. Sie werden morgen die Aufsicht über die Polizei und die gesamte Kommunikationstechnik übernehmen. Genosse Rakolski wird nicht ständig auf dem Mars sein; er ist wissenschaftlicher Berater beziehungsweise auf Sondermission.

Sie, Genosse Benson, werden dasselbe sein, wenn Sie unser Angebot annehmen. Wir benötigen Ihre Dienste für fünfundsiebzig Tage auf dem Mars, und wir bieten Ihnen eine Bezahlung von fünfundzwanzig Dollar pro Tag, zahlbar alle zehn Tage, entweder hier oder auf der Erde, je nach Wunsch. Sie müssen uns während dieser Zeit jederzeit zur Verfügung stehen, dürfen keine privaten Arbeiten verrichten und müssen sich zu äußerster Verschwiegenheit verpflichten.«

Er hielt eine Minute inne und fragte dann: »Nehmen Sie an?«

»Was soll ich tun?«, fragte Benson, dessen Misstrauen durch dieses Angebot, das irgendwie zu gut klang, geweckt wurde.

Der hagere Mann antwortete mit der Haltung eines leicht verärgerten Diktators: »Der Plan für die Kolonisierung von Nowaja Respublika sieht zunächst die vollständige Ausrottung der blauen Skolopender vor. Wir haben die gesamte notwendige Ausrüstung vorbereitet. Genosse Rakolski ist als Zoologe beauftragt, die Ausrottung zu leiten, und Sie, wenn Sie akzeptieren, sollen ihn unterstützen und beraten.«

Das klang für Benson wie ein Angebot an einen Fischer zur Ausrottung von Haien. Er nahm ohne zu zögern an und unterzeichnete ein Dokument in russischer und englischer Sprache, das bereits vorbereitet war.

Der Gouverneur fügte seine Unterschrift neben der von Benson hinzu und erhob sich von seinem Stuhl.

»Es ist noch früh«, sagte er. »Ich schlage vor, dass Sie und Genosse Rakolski jetzt die ersten Schritte besprechen.«

Der Professor erhob sich ebenfalls und ging voran, Benson folgte ihm. Draußen wählten sie einen Tisch, und Benson erzählte dem Professor alles, was er über die Skolopender wusste. Dass die ersten sechs Beinpaare giftig waren und dass schon ein kleiner Kratzer für Menschen und alle Tiere auf der Erde tödlich war. Dass Feuer wirklich das einzige Mittel war, sie zu töten. Dass die Weibchen ihre Eier an ihren Beinen mit sich herumtrugen und dass der beste Köder frisches Wasser war. Da sie anscheinend nicht riechen konnten, versuchten die Kreaturen auf ihrer ständigen Suche nach Feuchtigkeit, jede Flüssigkeit in Reichweite zu schlucken, aber sie verabscheuten Salzwasser. Daher war die Meeresküste vergleichsweise sicher, denn das Mare Australe, der einzige Ozean auf dem Mars, ist extrem salzig.

DER PROFESSOR machte sich eifrig Notizen und stellte unzählige Fragen. Als Bensons Wissen schließlich erschöpft schien, sagte er: »Ihre persönlichen Beobachtungen sind für uns von unschätzbarem Wert. Sie können sich vorstellen, dass ich mit der wissenschaftlichen Literatur über diese Tiere bestens vertraut bin, aber es besteht ein Unterschied zwischen einer persönlichen Erzählung, wie der Ihren, und einer gedruckten Beschreibung. Ich glaube sogar, dass Sie ein paar Fakten erwähnt haben, die in der wissenschaftlichen Beschreibung nicht vorkommen. Seien Sie versichert, dass ich den Genossen Tschernikoff und Tscherskaja mitteilen werde, wie wertvoll Ihre Information ist.«

Das war die Gelegenheit, auf die Benson gewartet hatte.

»Was ist der Auftrag von Fräulein Tscherskaja?«, fragte er.

Der Professor sah ihn freundlich an und sagte mit leiser Stimme: »Ich weiß nicht, ob Sie es wissen sollen, aber ich werde es Ihnen sagen: Sie gehört zur G. P. U. und soll uns beide beaufsichtigen.«

»Uns beaufsichtigen?« Benson war erschrocken. »Was will die G. P. U. von uns, solange wir für die Regierung Skolopender ausrotten?«

»Wir benutzen militärische Ausrüstung«, sagte der Professor hastig und erhob sich von seinem Stuhl. Benson glaubte, dass er sich zurückziehen wollte, und stand ebenfalls auf. Aber

45

dann sah er, dass das Mädchen, Genossin Tscherskaja, sich ihrem Tisch näherte. Er betrachtete sie mit Misstrauen, seine Vorstellung von G. P. U.-Agenten war ohne Zweifel nicht sehr schmeichelhaft. Aber er konnte nicht umhin zu bemerken, dass ihre Figur makellos war und sie lange, schlanke Beine hatte.

»Setzen Sie sich doch, meine Herren.« Das Mädchen lächelte. »Ich brauche eine Erfrischung, und ich dachte, Sie hätten nichts dagegen, wenn ich mich zu Ihnen setze. Wenn Sie Ihre Diskussion noch nicht beendet haben, nehmen Sie es mir bitte nicht übel. Aber wenn Sie es getan haben, bin ich sehr gespannt zu hören, was Sie zu tun gedenken.«

Sie warf einen Blick auf die Getränkekarte. »Ziemlich viele amerikanische Getränke«, murmelte sie, »aber ich denke, zu Ehren unseres angesehenen ausländischen Beraters wäre es in Ordnung, heute Abend etwas Amerikanisches zu trinken. Was ist das, Mint Julep?«, fragte sie mühsam. »Nun, wenn sie ihn so wie in den Südstaaten machen, denke ich, werde ich einen trinken.«

Benson war verblüfft. Seine Überraschung war offensichtlich, und das Mädchen lächelte.

»Woher können Sie so gut Englisch?«, fragte er.

»Siebenundfünfzigste, Ecke Broadway, Mr. Benson«, antwortete sie. »Ich habe dort drei Jahre lang gelebt. Das ist lange genug für eine Frau mit nur wenig mehr als durchschnittlicher Intelligenz, um eine Sprache zu erlernen. Mein Chauffeur war ein Schwarzer aus Florida, was die Sache noch interessanter machte.«

Während sie an ihrem Drink nippte, berichtete der Professor ihr seine neuen Erkenntnisse auf Russisch. Benson verstand hier und da ein Wort, und soweit er es mitbekommen konnte, war es tatsächlich der Plan, den sie eben besprochen hatten.

So hatte er Zeit, das Mädchen zu betrachten. Sie war schön, daran gab es keinen Zweifel. Sie hatte auch eine angenehme Stimme, und es gab auch keinen Zweifel an ihrer Intelligenz. Plötzlich unterbrach er das Abdriften seiner eigenen Gedanken.

Er musste aufhören, an sie zu denken; er durfte nicht anfangen, von ihr zu träumen; in ihrer Funktion war sie wohl das Mädchen, in das man sich besser nicht verliebte. Aber angenommen sie wären verliebt – beide natürlich –, wie könnte ihr Vorname lauten, wie würde er sie nennen?

Sie unterbrach seine Gedanken. »Sagen Sie, Mr. Benson, gibt es auf dem Mars keine anderen Lebewesen als diese schrecklichen Skolopender? Und ist es wahr, dass man krank wird, wenn man sie ansieht?« Es waren nicht nur ihre Augen, die ungläubig blickten; es war nicht nur ihr Mund, aus dem ein deutlicher Zweifel sprach. Ihr ganzer Körper war skeptisch.

»Es sind keine größeren Marstiere bekannt«, antwortete Dan. »Nur ein paar Insekten, die nicht viel größer sind als unsere auf der Erde, ein paar kleine insektenfressende Vögel und natürlich Fische in den Meeren, und Krebse, Quallen und Seesterne. Auf Ihre andere Frage, ob man beim Anblick dieser Dinger krank wird, kann ich nur antworten, dass ich Ihnen dringend davon abrate, sie zu betrachten. Ich habe Leute gesehen, die in Ohnmacht gefallen sind, als sie den konservierten Kopf eines Tausendfüßlers im Museum gezeigt bekamen. Sie sehen wirklich abscheulich aus, und man braucht starke Nerven und einige Erfahrung, um in ihrer Gegenwart ruhig zu bleiben.«

Der Unglaube in den Augen der jungen Frau wandelte sich in Entsetzen, und Dan ertappte sich dabei, dass er Mitleid mit ihr hatte. Sie würde noch genug von ihnen zu sehen bekommen, auch wenn sie durch Metall und unzerbrechliches Glas geschützt sein würde.

Ein paar laute englische Worte von Passanten ließen ihn den Kopf wenden. Und eine halbe Sekunde später schwand sein Mitleid. Auf der linken Seite des Raumes befand sich ein großer Spiegel, der vom Boden bis zur Decke reichte. Darin konnte er unter seinen eigenen Tisch blicken. Und er sah, wie der Fuß des Mädchens an den Stiefel des Professors klopfte. Unmittelbar danach stand der Professor auf und bat um Entschuldigung, weil er müde sei.

»Die erste Prüfung durch die G. P. U. ist fällig!«, dachte Dan, und für einen kurzen Moment war er bereit, sich ebenfalls zurückzuziehen.

Aber dann hatte er Lust, sich dem zu stellen, was kommen könnte – und blieb.

WENN DAS eine Prüfung war, dann war es eine sehr clevere. »Erzählen Sie mir etwas über den Mars«, bettelte sie. »Nadja Tscherskaja ist zum ersten Mal auf diesem Planeten.«

»Das war ein sehr kluger Anfang«, dachte Dan. »Jetzt verrät sie mir ihren Namen, damit ich weiß, was ich von ihr halten soll.«

»Da gibt es nicht viel zu erzählen«, sagte er laut. »Es ist ein kalter Planet – kalt im Sommer und sehr kalt im Winter. Das Klima ist zwar gesund, aber das Leben ist hart, selbst wenn es uns gelingt, die Blaue Bedrohung auszurotten – er wird immer menschenfeindlich bleiben.«

»Erzählen Sie mir von den Menschen, die hier leben«, sagte sie. »Ihr eigenes Leben. Ich möchte ein Gefühl für den Planeten bekommen, damit ich mich leichter an ihn gewöhnen kann.«

Das klang aufrichtig genug, aber Dan war immer noch zögerlich.

»Ich habe einige Ihrer Geschichten gelesen, Mr. Herbert H. Harr«, fuhr sie fort, und in ihren Worten lag eine winzige Spur von Spott. »Aber sie handeln nicht mehr vom Mars, seit Sie hier sind.«

Er zögerte immer noch.

Dann meinte sie: »Ich habe nichts dagegen, wenn ein Wissenschaftler Geschichten schreibt – wenn es gute Geschichten sind. Und ich habe nichts gegen Ihre, Dan Benson!«

»Es stimmt«, antwortete er langsam. »Als ich auf der Erde lebte, dachte ich oft an dramatische Geschichten aus dem Weltraum. Und ich erzählte Geschichten über Schatzsucher, die gegen blaue Skolopender kämpften; ich habe den grünen Himmel des Mars beschrieben, seine gelben Meere und seine roten Wüsten. Ich kannte mal einen Autor, der Kriegsgeschichten schrieb. Dann zog er in den Krieg. Es war ein unbedeutender Krieg, aber er sah unzählige Männer sterben. Er selbst konnte entkommen, aber seitdem schreibt er Friedensartikel. Jetzt bin ich auf dem Mars; also schreibe ich jetzt über die Liebe unter dem blauen Himmel der Erde. Ich ziehe unseren Mond den beiden Marsmonden vor. Ich bewundere unsere schäumenden Meere und grünen Wälder. Ich habe Heimweh nach den Fjorden Norwegens und den Koralleninseln der Südsee.

Nadja – Verzeihung – Frau Tscherskaja, dieser Planet ist tot. Tot sind seine gelben, salzigen Meere und die Fische in diesen Gewässern. Wissen Sie, dass sie blaue Gräten und grünes Fleisch haben? Es ist ein Irrtum, dass sie lebendig sind. Sie sind tot, tot wie das Wasser, das keine schäumende Brandung hat. Die roten Pflanzen sind tot, und die roten Wüsten sind es auch. Die Zivilisation liegt in Trümmern, es gibt nur noch ein Wesen, das lebt – die blauen Skolopender.«

Er nahm einen langen Schluck aus seinem Glas. Die junge Frau sah ihn an; in ihren Augen stand Mitleid. Ihre Hand berührte für einen Moment die seine.

»Ein schwerer Fall von Heimweh«, kommentierte sie. »Du wolltest abreisen, nicht wahr? Warum bleibst du dann bei uns? Brauchst du das Geld? Oder willst du dich rächen, indem du blaue Tschorts tötest?«

Dan hatte das Gefühl, als könnte das Mädchen seine Gedanken lesen.

»Ich will sie auf jeden Fall töten«, antwortete er. »Es sollte nichts Lebendiges auf einem toten Planeten geben. Und das Geld kann ich auch gebrauchen.«

Das Mädchen sah ihn lange Zeit an. Ihre Augen schienen eine Botschaft zu übermitteln; er konnte nicht herausfinden, welche es war.

Dann sprach sie mit gesenkter Stimme. »Dan Benson, ich durchschaue dich. Heute Nacht hast du vergessen, was dich von der Erde weggetrieben hat. Ich bin nicht sicher, ob ich dich beglückwünschen soll; das kann ich erst in Wochen entscheiden. Jetzt hast du Heimweh nach der Erde. Und sobald der Vertrag, den du heute Abend unterschrieben hast, ausläuft, wirst du auf deinen Planeten und in dein Land zurückkehren.«

Ihre Stimme änderte sich und begann geschäftsmäßig zu klingen. »Ich weiß nicht, ob Ihnen jemand gesagt hat, dass ich von der G. P. U. bin, denn diese Institution weiß alles. Sie weiß, dass Sie pleite waren, als Sie hier ankamen. Sie weiß, dass Sie zweitausendsiebenhundertfünfzig Dollar mit literarischen Arbeiten und fast achtzehntausend Dollar mit dem Verkauf Ihrer marsianischen Juwelen verdient haben. Sie weiß also, dass Sie das Geld für den heutigen Vertrag nicht wirklich brauchen.« Ihre Stimme veränderte sich wieder und war wie zuvor. »Die G. P. U. weiß sogar, was du nicht weißt: warum du den Vertrag unterzeichnet hast. Aber die G. P. U. kommentiert nicht, sie handelt. Wenn du mich schön findest, Dan Benson, dann bitte ich dich um eines: Lass mich immer den ersten Schritt machen. Das ist besser so. Lass deine Männlichkeit nicht dazwischenfunken. Versprichst du das?«

»Ich verspreche es!«, sagte er, ohne zu zögern.

Sie leerte ihr Glas, lächelte und sagte: »Schritt Nr. 1: Ich gehe ins Bett. Und du auch. Morgen um elf Uhr auf dem Landeplatz. Gute Nacht.«

Nach zwei Schritten drehte sie sich um. »Sie haben einen deutschen Doktortitel in Chemie, nicht wahr? Also gut: (auf Deutsch) *Du kannst mir vertrauen!*«

Auf dem Weg zurück in sein Hotel wiederholte Dan ihr Gespräch Wort für Wort. Es gab keinen Zweifel: Er hatte sich verliebt – und sie wusste es. Sie wusste es genauso gut, wie sie wusste, warum er die Erde verlassen hatte. Wahrscheinlich kannte sie sogar den Namen des Mädchens, das der Grund für seine Entscheidung war, auf den Mars zu gehen. Sie wusste alles, und sie war ehrlich genug, es ihm zu sagen. Er dachte an den letzten Satz, den deutschen Satz: »Du kannst mir vertrauen.« Sein Verstand sagte ihm, dass er es nicht tun sollte.

Aber er wollte es. Und er beschloss, ihr zu vertrauen; sie sollte immer den ersten Schritt machen.

Er verstand nicht ganz, was all das bedeutete – und so konnte es kaum schaden, ihr zu vertrauen. Man würde nichts gegen ihn haben, solange er seinen Job machte. Man konnte ja nie wissen. Immerhin war sie Kommissarin der G. P. U. Das hatte sie ihm selbst gesagt. Wollte sie die Indiskretion des Professors decken? Auch das schien etwas rätselhaft. Aber es war nicht zu leugnen, dass sie sehr, sehr schön war.

IV.

BENSON UND DER PROFESSOR hatten beschlossen, die Methode, die sie zur Ausrottung der blauen Skolopender entwickelt hatten, zunächst in kleinerem Maßstab auszuprobieren. Wenn das Experiment erfolgreich war, würde die Methode allgemein eingesetzt werden, wenn nicht, mussten sie sich etwas Neues einfallen lassen.

Auf dem Landeplatz wartete bereits ein Flugzeug auf sie – ein von der Regierung für einen Tag gemietetes Charterflugzeug. Einer der Soldaten war für Bombenangriffe aus Flugzeugen ausgebildet. Dan nahm ihn mit. Die anderen Passagiere waren der Professor, das Mädchen und er selbst. Da das Fenster der Kabine für die Bombardierung geöffnet sein musste – ein Flugzeug einer privaten Gesellschaft für Rundflüge hatte natürlich keinen Bombenabwurfschacht –, mussten sie alle Sauerstoffmasken und schwere Pelze tragen. Der Professor sah aus, als würde er eine Tonne wiegen, während das Mädchen auch unter den schweren Pelzen ihre anmutige Schlankheit nicht verlor.

Das Flugzeug steuerte auf eine einzelne uralte Ruine in der Wüste zu. Dan wusste, dass es dort Skolopender im Überfluss gab. Er hatte immer gehofft, diese Ruine erforschen zu können und sie nach alten Edelsteinen zu durchsuchen, die auf der Erde so teuer waren. Es hatte sich immer als unmöglich erwiesen, denn die blauen Skolopender hatten sein Auto in solcher Zahl angegriffen, dass er befürchtete, das Dach würde einbrechen. Nicht einmal während der kältesten Zeit des marsianischen Winters war eine Annäherung möglich. Dan fragte sich, wovon sich die Skolopender wohl ernähren mochten. Das war einer der Fakten, der die terrestrischen Wissenschaftler am meisten interessierte.

Sehr früh am Morgen hatten Lastwagen Soldaten und Ausrüstung an den Ort gebracht. Die Soldaten hatten in der Zeit, in der die Kälte die Tiere unbeweglich machte, einen flachen Graben um die Ruine ausgehoben. Dann hatten sie sich in die geschlossenen Lastwagen zurückgezogen und mit Flammenwerfern bewaffnete Männer als Wache zurückgelassen. Als das Flugzeug in Sichtweite der Soldaten kam, wurden große Fässer mit Kerosin in den Graben geleert. Es gab nur einen Ausgang, der von Batterien von Flammenwerfern geschützt wurde.

Das Flugzeug kreiste über der Ruine. Eine erste kleine Thermitbombe, kaum größer als ein Ei, wurde von dem Soldaten abgeworfen. Der Wurf des Soldaten war genau, sie schlug gleich neben dem Graben auf und entzündete das Kerosin darin. Dicke schwarze Wolken und ein Feuerring umgaben nun die Ruine.

Das Flugzeug kreiste weiter und ließ noch mehr Bomben fallen. Sie explodierten mit einem dumpfen Geräusch und setzten ein schweres, gelbliches Gas frei, das wie eine Flüssigkeit in die Ritzen der alten Mauern sickerte und sich seinen Weg in den Keller bahnte. Das Gas war das stärkste Gift, das der irdischen Kriegsführung bekannt war.

Schon bald sah man blaue, sich windende Körper aus den Ruinen strömen, die in alle Richtungen rannten, um dem Gas zu entkommen. Dan schaute nach dem Mädchen. Ihr Gesicht war blass, aber sie hielt sich tapfer. Die Skolopender kamen mit dem brennenden Kerosin in Berührung; einige wurden verbrannt; die meisten wichen zurück und rannten minutenlang hin und her. Dann entdeckten sie die Lücke im feurigen Kreis. Sie wurden von noch mehr Feuer begrüßt; die Flammenwerfer schossen lange

Lohen auf sie, sengende Hitze verschlang die öligen Körper. Doch es kamen immer mehr, und langsam wichen die Männer zurück. Plötzlich herrschte Verwirrung. Die Tiere rannten über die brennenden Kadaver hinweg. Benson rief dem Piloten Befehle zu, das Flugzeug wendete umgehend und folgte den Skolopendern. So schnell sie auch rannten, mit dem Flugzeug konnten sie nicht mithalten. Ein Regen von Thermitbomben ging auf sie nieder. Benson war in heller Aufregung. Der Anblick der blauen, schlanken Körper, die in der glühenden Hitze des Thermits verbrannten, machte ihn rasend vor Rache.

Der Vorrat an Thermitbomben war bald erschöpft. Aber ein paar Tiere waren noch am Leben und rannten in einer Linie durch die endlose Eiswüste. Das Flugzeug hatte einen Flammenwerfer an Bord; so etwas gehörte zur Standardausrüstung eines jeden Fahrzeugs auf dem Mars, und Benson befahl dem Piloten zu landen. Er entleerte einen Wasserbehälter durch das einzige offene Fenster und nahm seinen Posten ein, die Mündung des Flammenwerfers in der Hand.

»Achtung jetzt!«, sagte er. »Sie werden von dem Wasser, das ich verschüttet habe, angelockt. Sobald sie in Reichweite sind, eröffne ich das Feuer. Sollte der Flammenwerfer auch nur für eine Sekunde versagen oder sollte sein Ölvorrat erschöpft sein, bevor alle tot sind, muss einer von euch sofort mein Fenster schließen. Wenn nur einer der Tschorts hereinspringt, sind wir alle verloren. Wenn es nötig ist, rufe ich dich, Larry.« Der Pilot nickte. »Dann startest du sofort. Also, lass den Motor laufen.«

Wieder nickte der Pilot verständig. Er wusste, wie man mit marsianischen Skolopendern umging; sie starben in größeren Höhen an mangelndem Luftdruck. Der Bombenkanonier nahm seinen Platz an Bensons Seite ein. Er griff nach dem Knauf, mit dem das Fenster geschlossen wurde.

Die Skolopender kamen in einer geraden Linie auf das Flugzeug zu. Das Wasser lockte sie an. Benson wartete so lange, wie es seine Nerven zuließen, dann eröffnete er das Feuer. Die ersten drei Tiere starben in der feurigen Explosion, zwei weitere wurden erwischt, als sie versuchten wegzulaufen. Dan war gerade bereit, die Flamme auf den letzten Überlebenden – ein besonders großes Exemplar – zu richten, als die Intensität der Flamme nachließ und diese erlosch. Der Treibstoffvorrat war erschöpft.

»Abheben! Fenster zu!«, schrie Dan.

Die plötzliche Beschleunigung des Flugzeugs ließ ihn schwanken; er hörte das Dröhnen der Motoren, sah einen blauen Körper springen und versuchte gleichzeitig, das Fenster zu schließen. Er spürte, dass sie in der Luft waren. Der Soldat lag sterbend neben ihm auf dem Boden.. Benson sah den hässlichen Kratzer auf seiner Stirn; dann blickte er auf und sah den schweren Körper des Tieres am Fenster, zwei der Beine waren eingeklemmt. Sie befanden sich innerhalb der Kabine und strampelten wild durch die Luft. Der Pilot hatte es ebenfalls gesehen und jagte das Flugzeug spiralförmig nach oben, bis es seine Maximalhöhe erklommen hatte. Der Skolopender musste jetzt tot sein. Benson zog sich ein Paar schwere Lederhandschuhe an, damit er nicht versehentlich die Gliedmaßen der Kreatur berührte. Er schob das Fenster auf, der Skolopender rutschte hinaus. Er sah ihn fallen; falls er doch noch lebte, würde ihn der Aufprall auf dem Boden zerschmettern.

Dann kehrte das Flugzeug zu den Ruinen zurück. Das Kerosin brannte noch und war ein ausgezeichneter Orientierungspunkt. Der Leutnant des Bodenpersonals befahl den Rückzug seiner restlichen Soldaten in die Lastwagen. Elf Leichen lagen im Sand, getötet durch den plötzlichen Ansturm der Tiere. Es blieb nichts anderes übrig, als sie zu begraben und einen gut ausgerüsteten und versorgten Trupp zurückzulassen, der den Ort bewachen und mögliche überlebende Skolopender töten sollte.

Benson war unzufrieden, als sie zum Raumhafen zurückkehrten. Der Unfall im Flugzeug war unvorhersehbar gewesen. Aber er fühlte sich verantwortlich für den Tod der elf Männer am Boden. Er hätte darauf bestehen sollen, zu warten, bis die gesamte Ausrüstung bereit war. Auf dem Rückflug funkte Nadja eine

Nachricht an Tschernikoff. Dan konnte nicht verstehen, was sie sagte, aber er hatte den Eindruck, dass Tschernikoff zufrieden war.

Nachdem das Flugzeug gelandet war, übergab ein Bote Dan einen Brief. Er enthielt ein kurzes Glückwunschschreiben und die Einladung zu einem Abendessen mit dem Gouverneur und den anderen Regierungsmitgliedern.

Nach dem Essen lud der Professor Dan zu einer Besprechung ein. Es waren dieselben Personen anwesend wie bei der vorangegangenen Sitzung, aber zusätzlich zwei Männer, die die Uniformen von Offizieren der Roten Armee trugen. Der Gouverneur eröffnete die Sitzung und erläuterte die Pläne der Regierung in Moskau. Zunächst sollte Thyle II, oder Nowaja Respublika, von den Skolopendern gesäubert werden. Dann sollten neue Städte an bestimmten Stellen gebaut werden, an denen geologische Untersuchungen das Vorhandensein von Erzen angezeigt hatten. Ziel war es, aus den Marsressourcen alles Mögliche herzustellen und ausreichende Mengen zu produzieren, nicht nur für Thyle II und seine Bevölkerung – die wachsen sollte –, sondern auch für die anderen Marsbezirke, die eine kapitalistische Regierung hatten. Natürlich waren die auf dem Mars hergestellten Produkte, so ineffizient die Produktionsmethoden auch sein mochten, viel billiger als importierte Produkte, die durch die extrem hohen Transportkosten verteuert wurden.

Kurzum, Thyle II sollte das Industriemusterland des Mars werden. Gleichzeitig sollte es kommunistisch werden. Private Arbeit jeglicher Art sollte bald verboten sein. Jeder, der sich zu einem bestimmten Zeitpunkt auf Thyle II aufhielt – mit Ausnahme von Regierungsangestellten anderer Nationen – sollte Angestellter des Sowjets werden. Es sollte keine Alternative geben, und eventuelle Anträge auf Erlaubnis, Thyle II zu verlassen, sollten als »versuchter Hochverrat« betrachtet und entsprechend bestraft werden.

Dann meldete sich einer der beiden Armeeangehörigen zu Wort. Er stellte fest, dass sechshundert Soldaten und etwa doppelt so viele Arbeiter im Raumhafen zur Verfügung standen. In

Planetogorsk, der anderen Stadt auf Thyle II, gab es etwa acht-hundert Arbeiter und einhundertfünfzehn Soldaten. Zusätzlich zu diesen Kräften gab es siebzig Männer der motorisierten Poli-zei. Die übrige männliche Bevölkerung bestand aus etwa vier-hundert Mann. Er, Kommandant Koltschakoff, forderte jeden Mann im Alter zwischen siebzehn und fünfundfünfzig Jahren für das Militär an.

Als Nächstes sprach der Polizeipräsident. Aufgrund des stren-gen Registrierungssystems war jeder auf Thyle II der Polizei bekannt. Danach gab es insgesamt 3189 männliche und 236 weib-liche Einwohner. Nur etwa zweihundert Männer waren jünger oder älter als angegeben.

Tschernikoff hörte sich all diese Berichte an, die der Professor für Dan kurz übersetzte. Die Diskussion dauerte Stunden und begann, sich endlos zu ziehen. Alle waren müde, und Tscher-nikoff, der eine Entscheidung treffen sollte, sagte kein Wort. Plötzlich erhob er sich.

»Ich erkläre hiermit den Kriegszustand für Nowaja Respu-blika! Genossen, an eure Aufgaben!«

V.

ZWEI TAGE SPÄTER durchsuchten Flugzeuge jeden Quadrat-meter des Territoriums. Wo immer sie ein Auto oder ein Wüstenzelt sahen, warfen sie einen kleinen Zylinder ab. Beim Fall durch die dünne Luft stieß er ein Heulen aus, das über große Entfernungen zu hören war. Wenn er auf dem Boden auf-schlug, entstand eine Rauchsäule, der sich jeder näherte, um sie zu untersuchen. Dabei entdeckte er einen auf einer Aluminium-platte eingravierten Befehl, die an dem Zylinder befestigt war. Es war der Befehl, sich sofort zum Raumhafen zu begeben, um dort Dienst zu tun.

Über das Radio wurden die Regierungen der anderen Teile des Mars informiert, dass Thyle II das Kriegsrecht verhängt hatte. Der gesamte Mars wurde gewarnt, sich von dem Areal fernzuhalten; weder Flugzeuge noch Seeschiffe durften landen, es sei denn, sie hatten einen Motorschaden.

Alle privaten Aktivitäten wurden verboten; alle Einwohner konzentrierten sich in den beiden Städten, vor allem im Raumhafen. Vor der Glaswand standen Panzergeschwader aufgereiht, auf dem Landeplatz standen Flotten von Flugzeugen bereit.

Dan war übermüdet, nervös und unruhig. Auch alle anderen arbeiteten fieberhaft an den Details und warteten auf Tschernikoffs Marschbefehl. Es herrschte Kriegsstimmung, der erste Krieg der Geschichte, der sich nicht gegen andere Menschen richtete. Der Kampf gegen die Blaue Bedrohung begann.

Dan war nervöser als die anderen. Es gab viele Dinge, die er nicht verstand. Oft war dies auf sprachliche Schwierigkeiten zurückzuführen, häufiger jedoch nicht. Er hatte das Gefühl, außerhalb der eigentlichen Aktivitäten zu stehen, obwohl er zu jeder Beratung der Regierung eingeladen war. Zumindest zu jeder, von der er erfuhr. Sicherlich gab es andere, die vor ihm geheim gehalten wurden. Es gab Fragen, die er stellte und die nicht beantwortet wurden. Und es gab Fragen, die ihm gestellt wurden, die er sich nicht erklären konnte. Er antwortete nach bestem Wissen und Gewissen, und manchmal schien es, als ob seine Antworten denen gefielen, die die Fragen gestellt hatten, aber warum es ihnen gefiel und warum diese Fragen gestellt wurden, konnte er nicht nachvollziehen.

Er sah Nadja überhaupt nicht mehr, außer bei den offiziellen Treffen. Einmal schickte sie ihm einen offiziellen Brief. Er enthielt einen Kurs für eine Reise zur Erde, der nach »den Positionen der beiden Planeten zum gegenwärtigen Zeitpunkt« berechnet war. Sie bat ihn, die Berechnungen zu überprüfen. Er machte sich an die Arbeit und entdeckte eine Reihe von schwerwiegenden Fehlern. Um sie zu korrigieren, musste er die ganze Arbeit noch einmal machen und einen völlig neuen Kurs berechnen. Er tat es und schickte ihn ihr zurück. Die Antwort war eine der Fragen, die er wieder nicht verstand: Es ging darum, wie viel Zeit er für diese Arbeit benötigt hatte. Er antwortete wahrheitsgemäß – und hörte nie wieder etwas davon.

Als er eines Morgens in das ihm zugewiesene Büro im Verwaltungsgebäude kam, fand er einen Zettel aus rotem Papier – den Marschbefehl.

Die Astronomen in den Mondobservatorien und die Piloten in ihren Raumschiffen sahen, als sie ihre leistungsstarken Instrumente auf die rötliche Scheibe des Mars richteten, Thyle II in Rauch und Flammen aufgehen. Über die Insel zog sich tagsüber eine schwarze Linie und nachts eine Linie aus flackerndem Feuer. Sie schritt langsam voran, und während sie voranschritt, wussten die Menschen, dass dies die Ausrottung der blauen Skolopender bedeutete. Doch während dies von anderen Teilen des Universums aus betrachtet wie eine Errungenschaft aussah, war es das für die Männer, die den Befehl dazu hatten, nicht.

Sie hassten die Blaue Bedrohung, aber die Freude, die sie in den ersten Wochen des Krieges empfunden hatten, als ihre Flammenexplosionen die Tiere zu Tausenden töteten, verschwand langsam. Die Befehle Tschernikoffs, ausgeführt von Koltschakoff, Nadja und dem wissenschaftlichen Komitee – bestehend aus Dan und dem Professor –, trieben sie rastlos voran, die Männer hatten praktisch keine Ruhezeiten.

Gräben wurden ausgehoben und mit brennbaren Flüssigkeiten gefüllt, deren Dämpfe von unangenehm bis giftig reichten. Panzer rumpelten durch die Wüste, die Männer froren nachts und litten tagsüber unter den ultravioletten Strahlen der Sonne, die von der dünnen Marsatmosphäre nur unzureichend absorbiert wurden. Ihre Haut schmerzte von der beißenden Kälte, ihre Finger und Zehen waren erfroren. Sie hatten einen unerträglichen Sonnenbrand und ihre Haare und Augenbrauen waren von den Flammen, die sie gegen die Skolopender richteten, versengt.

VIELE MÄNNER starben an der Marskrankheit, bei Unfällen im Umgang mit dem flüssigen Feuer, durch die Thermitbomben und die Sprengstoffe. Unvorhergesehene Angriffe der

Skolopender forderten einen hohen Tribut. Die Männer, vor allem in den Trupps, in denen Berufssoldaten in der Minderheit waren, begannen zu rebellieren. Sie forderten an Tagen mit extremer Kälte Ruhe.

Der Plan musste erfüllt werden.

Es herrschte Lebensmittelknappheit, da eine Reihe von Treibstofftanks explodiert war, wobei auch die Vorräte verbrannten.

Der Plan musste erfüllt werden.

Es gab Sektoren, in denen zwei Drittel der Männer den verschiedenen genannten Todesursachen erlegen waren. Der Rest war völlig erschöpft.

Der Plan musste erfüllt werden.

Eines Morgens streikte ein Trupp. Sein Leutnant funkte Koltschakoff und Tschernikoff an und stellte dann seine Männer auf.

»Genossen«, sagte er, »es ist Krieg! Ein Feind bedroht die Prosperität des sowjetischen Territoriums. Dass der Feind kein Mensch ist, spielt keine Rolle. Es ist Krieg, aber ihr könnt mir sagen, wer heute zu krank für den Dienst ist.«

Von den zweihundertfünfzig Mann traten etwa zwanzig heraus. Der Leutnant ließ sie ein paar Hundert Meter weit wegbringen. Dann wandte er sich an die anderen: »Genossen, ich verstehe, dass die Anwesenheit dieser Leute eure Arbeit behindert hat. Jetzt sind sie nicht mehr bei uns, und unser Kommando ist nun wieder so effizient wie am ersten Tag dieses Krieges, sogar noch effizienter, dank der in der Zwischenzeit gesammelten Erfahrungen. Geht an eure Aufgaben.«

Während sie die Flammenwerfer luden und die Panzer auftankten, hörten die Männer Gewehrschüsse. Die Waffen wurden wohl nicht gegen Skolopender eingesetzt. Später sickerte durch, dass fünf der zwanzig, vermutlich Simulanten und Anführer des Streiks, erschossen worden waren.

Ähnliche Vorfälle wiederholten sich.

Die schwarze Linie am Tag und die feurige in der Nacht, die über Thyle II schlichen, wurden langsamer. Am Anfang war es eine gerade Linie, die sich vom Raumhafen bis zum Ufer des Mare Australe erstreckte. Dann teilte sich die Linie in zwei, die eine lief in nordöstlicher, die andere in südwestlicher Richtung. Letztere erreichte bald die Küste und zeigte damit, dass Thyle II südwestlich von Space Port frei von der Blauen Bedrohung war. Aber die nordöstliche Front war recht zerklüftet. Dort befanden sich die alten Städte, die an der Oberfläche nur noch Ruinen waren. Darunter aber gab es Höhlen von enormer Größe. Die Höhlen schützten die Tiere; sie griffen die vorrückenden Reihen der Menschen von hinten an und töteten zahlreiche Eindring-linge von der Erde.

Benson setzte eine neue Art von Bomben ein. Sie waren schwer und enthielten eine große Ladung Sprengstoff. Nach-dem die Ruinen mit Gas und Flüssigfeuer besprüht worden waren, wurden die neuen Bomben abgeworfen. Da sie wegen der geringeren Schwerkraft des Mars nur langsam fielen, ver-wendete Benson sogenannte Penetrationsbomben, wie sie von den Armeeexperten auf der Erde genannt wurden. Eine starke Raketenladung trieb sie nach unten; sie trafen mit einer Geschwindigkeit auf, die um ein Vielfaches höher war, als es die Schwerkraft allein bewirkte.

Diese Bomben durchbrachen die Trümmer, die sich über den alten Kellern aufgetürmt hatten, und explodierten im Inneren. Der Boden bebte, als sie hochgingen – Staub, Schutt und Sand schossen in die dünne Luft.

Der Kampf wurde zur Routinearbeit. Die Panzer, Lastwagen und Autos fuhren in einem sorgfältig berechneten Abstand durch die Wüste, der klein genug war, um jeden Skolopender mit den Düsen der Flammenwerfer zu treffen. Die Versorgungs-fahrzeuge und die Männer folgten eine halbe Meile dahinter. Dann tauchten die Flugzeuge auf und warfen ihre Bomben, Gas, Thermit und – falls nötig – Sprengladungen ab.

Benson fand zunehmend Gefallen an der eher monotonen Tätigkeit. Er hatte praktisch das Kommando. Panzer bewegten sich und hielten an, wenn er es befahl, Flugzeuge kamen, wenn er sie über das Funkgerät rief, und die verhassten blauen Skolopender wurden jeden Tag zu Tausenden getötet.

Dan mochte den alten russischen Professor, der sich als angenehmer Begleiter und kultivierter Mann erwiesen hatte. Und es war angenehm, dem Mädchen den ganzen Tag und einen Teil der Nacht nahe zu sein. Es war angenehm, auch wenn es quälte … »Sie ist so verdammt schön«, sagte sich Dan Nacht für Nacht, wenn er allein war. »Sie ist so schön, dass es wehtut, sie anzuschauen, ohne zu wissen, was sie fühlt oder ob sie überhaupt etwas fühlt.«

Der Gedanke an Nadja hielt ihn jedoch nicht von der Arbeit ab.

Er war auch nicht so blind, die wachsende Rebellion wahrzunehmen. Die Männer standen kurz vor einer offenen Revolte. Manchmal fragte sich Benson, wann sie ihre Flammenwerfer auf sein Fahrzeug richten würden.

ES GAB EINE NACHT, in der Phobos und Deimos, die beiden kleinen Monde des Mars, heller leuchteten als sonst. Sie waren wie Diamanten am Himmel, vielleicht weil es so kalt war.

Benson ging durch das Lager. Die Männer hatten um sich herum einen Feuergraben ausgehoben und sich in diesem feurigen Kreis geschützt; sie hatten vierundzwanzig Stunden Ruhe. Dan hatte das mit Tschernikoff verabredet. Er versuchte, die Männer bei Laune zu halten.

Als er zu dem kleinen Bus kam, in dem Nadja untergebracht war, sah er sie allein in der Nähe des Feuerrings sitzen, in schwere Pelze gehüllt. Die Sauerstoffmaske hatte sie abgelegt. Sie konnte jetzt ohne künstliche Hilfe atmen, wenn sie im Freien war und nicht arbeiten musste. Er ließ sich neben ihr nieder. Ihr Gesicht sah müde und nervös aus, aber im roten Schein der Flammen des nahe gelegenen Feuergrabens war es wunderschön.

»Sag etwas«, meinte sie nach einer Weile, »sitz nicht rum wie ein kleiner Junge, der zufällig seinen Helden trifft und stumm und taub wird, wenn er dann die Gelegenheit zum Reden hat.«

Dan war überrascht. Das klang wie am ersten Abend, und sie sah ihn an, wie sie es in den vielen Tagen seither nie getan hatte.

»Die Männer sind unruhig«, sagte er. »Manchmal wundere ich mich, dass sie noch gehorchen.«

»Ich weiß«, antwortete sie. Dan spürte, dass sie das Thema nicht mochte. »Sie gehorchen, bis wir das andere Ufer erreicht haben. Wenn es keine Skolopender mehr gibt, werden sie nicht mehr gehorchen. Im Moment gibt es noch blaue Tschorts, und sie hassen sie mehr als uns. Uns, sagte ich, und meine Tschernikoff, Koltschakoff, mich, den Professor, dich, die Offiziere.«

»Hassen sie mich auch?«, fragte Dan erschrocken.

»Sicherlich. Du gehörst zu uns. Einst haben sie dich als einen von ihnen eingestuft. Es stimmte zwar nicht, aber sie sahen es so. Du warst ein Schatzsucher, wie sie es waren. Jetzt sind sie ihre Lizenzen los und du hast ein Kommando. Deshalb hassen sie dich noch mehr.« Sie sah ihn ganz an und Dan fühlte sich unwohl unter ihrem klaren Blick, der in sein Gehirn einzudringen und seine Gedanken zu lesen schien. Was sie sagte, verstärkte dieses Gefühl noch. »Du willst nicht zu uns gehören, nicht wahr? Aber du gehörst doch zu uns. Gib mir meine Maske.«

Sie setzte die Sauerstoffmaske auf und erhob sich. »Komm mit mir in den Schutzraum, es gibt noch etwas zu besprechen.«

Sie kletterten in den Bus. Dan schloss die Tür hinter sich. Als er nach dem Schalter griff, spürte er ihre Hand darauf, die ihn zurückhielt. »Nicht, die Batterien sind verbraucht.«

Er sah ihr zu, wie sie im schwachen Licht, das durch die Fenster fiel, die Felle ablegte. Er konnte gerade noch die beiden Monde in der oberen linken Ecke des Fensters sehen, und seine Gedanken wanderten ab: für einen Moment zu dem viel diskutierten alten chinesischen Gemälde. Sie setzte sich hin, zündete sich eine Zigarette an und schaute ihn wieder an.

»Du willst also nicht zu uns gehören. Aber du würdest gern zu mir gehören. Vielleicht will ich das auch – gelegentlich oder für eine kurze Zeit. Vielleicht sogar für eine sehr lange Zeit, ich weiß es noch nicht. Es gibt eine Sache, über die ich mir sicher sein möchte …«

Sie beendete den Satz nicht, denn er küsste sie. Eine Weile zog sie sich nicht zurück, dann machte sie sich wieder frei.

»Sehr gute Arbeit, Mr. Benson«, sagte sie spöttisch. Er wusste, dass dies eine sehr, sehr unaufrichtige Heuchelei war. »Ich verstehe, dass Sie dachten, Sie müssten den Mann in Ihnen zeigen, damit ich diese Tatsache nicht übersehe. Nun gut, ich habe mir eine entsprechende Notiz gemacht. Mr. Benson ist gelegentlich männlich …«

Sie musste aufhören, weil er sie wieder küsste.

»Wie ich schon sagte«, fuhr sie Minuten später fort, »möchte ich eine Sache wissen.« Sie erhob sich von ihrem Sitz und sah ihn direkt an. »Das ist jetzt etwas Ernstes. Die Dinge sind ziemlich kompliziert, weil wir uns auf dem Mars getroffen haben. Erstens, weil du eine Liebe vergessen wolltest; zweitens, weil ich eine unerwünschte Heirat vermeiden muss. Ich muss wissen, ob du das Gefühl hast, dass du an mich glauben kannst.«

Er hatte keine Antwort auf diese Frage. Wie konnte er an sie glauben? Sie war schön, sehr schön, er änderte den Gedankengang – und sie war eine perfekte Schauspielerin, außerdem war sie von der G. P. U. Aber er wollte unbedingt an sie glauben.

Er wusste nicht, ob er das gesagt hatte oder ob sie es in seinem Gesicht gelesen hatte. Er neigte dazu, Letzteres zu glauben. Sie wusste, was er dachte, so viel war sicher. Und sie lächelte und murmelte etwas auf Russisch, das er nicht verstand. Auf Englisch sagte sie: »Die Dummheit eigentlich intelligenter Menschen ist erstaunlich offen zu erkennen.« Sie gab ihm eine Ohrfeige – sehr, sehr sanft – und sagte:

»Vergiss, dass du mit mir allein warst.«

»Das ist unmöglich zu vergessen!«

»Na gut, dann behalte es als angenehme Erinnerung, wenn du meinst, dass es eine ist. Und jetzt lass mich in Ruhe, ich will schlafen. Was willst du noch? Noch einen Kuss … Na gut, wenn du mich ärgern willst, küss mich noch einmal. Geh jetzt. Ich bin müde.«

Als Dan durch die bittere Kälte der marsianischen Nacht zu seinem eigenen Schlafquartier ging, dachte er, dass er überhaupt nicht schlafen würde. Er dachte, dass er die ganze Nacht wach sitzen und nachdenken würde. Aber er schlief ein, noch bevor er alle seine Sachen ausgezogen hatte.

VI.

ES GAB nur noch eine Reihe isolierter Ruinen und eine einzige alte Stadt. Es war Routinearbeit, und sie verlief nach Plan. Nadja verließ sie für zwei Tage, sie flog nach Planetogorsk. Von dort aus schickte sie eine Nachricht an den Professor, dass sie zum Raumhafen fliegen müsse. Als sie zurückkam, wurde sie von Koltschakoff und Djilinski begleitet.

Djilinski ordnete eine Reihe von Verhaftungen an, und Koltschakoff reduzierte die Kräfte. Er selbst wählte die Soldaten aus, die bei Dan bleiben sollten. Die anderen gaben ihre Ausrüstung ab und wurden nach Planetogorsk abkommandiert. Space Port war zu weit entfernt. Eine Eisenbahnlinie, die diese beiden und drei weitere Städte miteinander verbinden sollte, war erst in der Planung. Ein Teil der Männer sollte sofort in den Fabriken mit der Herstellung von Schienen beginnen, während die anderen mit dem Bau der Gleisanlagen anfangen sollten. Es war der einhundertzweiundzwanzigste Tag von Tschernikoffs Herrschaft, und er wünschte sich, dass die Eisenbahn am Tag seines ersten Jahrestages fertiggestellt würde, da hier das Jahr auf irdische Weise mit 365 Tagen gezählt wurde.

Als Dans Flugzeuge gerade die alte Stadt angriffen, kam Nadjas Flugzeug zurück. Sie brachte viele Befehle von Tschernikoff mit: Die Flugzeuge sollten zum Raumhafen zurückfliegen, sobald die Bombardierung der letzten Festung der Blauen Bedrohung beendet war. Die Panzer sollten mit voller Geschwindigkeit nach Planetogorsk fahren. Die Befehle zwangen die Mannschaft, die ganze Nacht zu arbeiten. Im Lager befanden sich nur noch ausgebildete Soldaten, Disziplin war somit kein Problem.

Es war etwa vier Uhr morgens, als der Leutnant das Ende der Arbeit meldete. Zehn Minuten später fuhren die Panzer bereits los. Es waren nur noch zwei Busse übrig. Nadja und ihre Fahrerin – ein Mädchen der Roten Armee – schliefen in einem, Dan und der Professor in dem anderen. Ihr Befehl lautete, um zehn Uhr abends in Space Port zu sein, eine Fahrt von sechs Stunden, wenn nichts passierte.

Um elf Uhr frühstückten sie gemeinsam; Dan blickte auf die alten Ruinen, aus denen noch gelegentlich Rauchwolken aufstiegen. Plötzlich fühlte er sich leer, nutzlos, überflüssig. Sein Job war erledigt. Die Fahrerin sah ihn seltsam an, als er diesen Gedanken äußerte.

Nadja sagte: »Sie sind noch im Dienst, Genosse Benson. Ich rate Ihnen, auf Befehle zu warten.«

Der Professor sagte, dass er sich aus wissenschaftlicher Neugierde die Ruinen gern näher ansehen würde. Sie gewährte ihm diesen Wunsch, sagte aber, dass sie ihn begleiten würde und befahl Benson, ebenfalls mitzukommen. Sie kleideten sich in Anzüge, die sie vor dem vierundzwanzig Stunden zuvor versprühten Giftgas schützen sollten, und gingen hinüber zu den Ruinen. Die Fahrer wurden angewiesen, die beiden Busse abfahrbereit zu halten.

Als sie zwischen den Ruinen waren, trennte sich der Professor von ihnen.

»Magst du ihn?«, fragte Nadja.

»Ungemein«, antwortete Dan.

»Das freut mich«, antwortete sie, aber sie erklärte nicht, warum; falls die Antwort denn einer Erklärung bedurfte. Nach einer Weile stellte sie eine ihrer unerklärlichen Fragen:

»Kennst du Beethoven?«

»Gewiss, und ich mag ihn und die klassische Musik im Allgemeinen, wenn dich das interessiert.«

»Tut es. Kennst du die Sonate Apassionata?«

Dan pfiff das Leitmotiv als Antwort, obwohl es über die Kopfhörer seltsam klang.

»Das ist gut.« Sie nickte. »Dan, es könnte in den nächsten Tagen Überraschungen geben, Überraschungen für dich, für mich, für uns alle. Tu mir einen Gefallen: sei überrascht, wenn sie passieren. Sei sehr überrascht, lass dich von deinem Temperament leiten. Aber wann immer du die Apassionata hörst, wirst du wissen, dass es eine positive Überraschung ist. Nun, erzähl mir die Geschichte dieser Mars-Juwelen. Ich weiß nur, dass sie auf der Erde teuer sind. Was sind sie? Wie erhält man sie? Das müsstest du doch wissen.«

Dan sah sich in den Ruinen um und sagte: »Vielleicht finden wir hier welche; ich bin mir sogar ziemlich sicher, dass wir hier welche finden werden, wenn du mich eine Weile graben lässt.«

»Hat man dich über den Entzug der Lizenzen informiert? … Wahrscheinlich hat man dich übersehen. … Grab schon!«

Dan wählte eine Stelle aus, die vielversprechend aussah, und begann zu erzählen, was ihm bekannt war.

»Weißt du«, sagte er, »wir wissen nichts über die ursprünglichen Bewohner des Mars. Wir wissen nur, dass hier einst eine Rasse intelligenter Wesen wohnte. Sie bauten Häuser und Städte, wie Menschen es tun würden. Frag mich nicht, wie alt die Ruinen sind; über ihr Alter ist eine Kontroverse im Gange, die seit der ersten Landung eines Raumschiffs auf dem Mars anhält. Wenn die Ruinen auf der Erde stünden, würden wir sagen, dass sie etwa zehntausend Jahre alt sind. Aber auf dem Mars – wo es, wenn überhaupt, nur einmal im Jahr regnet – schreitet die Erosion viel langsamer voran. Sie müssen also viel älter sein – einhunderttausend Jahre, zweihunderttausend, vielleicht eine Million. Vielleicht auch mehr. Wir wissen es nicht. Jedenfalls sind sie so alt, dass es keine Spuren mehr von den Bewohnern gibt. Niemandem ist es je gelungen, einen Knochen oder ein Möbelstück zu finden, das Rückschlüsse auf ihr Aussehen, ihre Größe oder ihre Gewohnheiten zulassen würde. Wenn die Größe der Gebäude einen Schluss zulässt, würde ich sagen, dass sie ungefähr so groß waren wie eines der kleineren menschlichen Völker.

Rostige Metallstücke wurden gelegentlich gefunden. Sie werden ›Werkzeuge‹ genannt und waren wahrscheinlich auch Werkzeuge, aber sie sind so durchgerostet, sodass es unmöglich zu sagen ist, ob ein bestimmtes Stück ein Messer, eine Speerklinge oder ein Dosenöffner war. Wir haben keine Ahnung, wie weit entwickelt ihre Zivilisation war. Alles, was von ihnen übrig geblieben ist, ist ihr Schmuck. Sie stellten goldene Ringe her, die für jeden irdischen Finger zu groß und für jedes irdische Handgelenk zu klein waren – für Erwachsene, meine ich. Sie schnitzten Steine mit äußerster Feinheit und Präzision und fertigten Skulpturen aus einem Material, das unserem Elfenbein ähnelt. All diese Dinge werden unter dem Namen Mars-Juwelen zusammengefasst. Wenn man das Glück hat, welche zu finden, findet man meist mehrere Stücke auf einmal. Ich habe den Verdacht, dass sie ihren Toten gehörten, dass sie ihre Toten in oder in der Nähe ihrer Städte begraben und ihnen ihre Juwelen mit ins Grab gelegt haben.«

Er hielt eine Minute inne und drehte eine große Steinplatte zur Seite. Auf der Erde hätte es die Kraft mehrerer Männer gebraucht, auf dem Mars konnte er es allein tun. Etwas glitzerte im Sand – ein großer Goldring mit eingelegten kleinen Smaragden und Rubinen. Und ein schweres, aber sehr kurzes Stück einer goldenen Kette, an der ein großer Amethyst von etwa einem Zoll Durchmesser hing. Und es gab mehrere Kugeln aus dem weißen, elfenbeinartigen Material. Sie waren massiv. Ihre Oberfläche wies ornamentale Muster auf. Dan reichte Nadja die Stücke.

»Schau hier«, sagte er und zeigte auf den Amethysten, »das Muster ist rein ornamental. Es gab noch nie einen Fund, der Tiere oder Pflanzen oder Teile von ihnen – wie zum Beispiel Blätter – zeigt. Ich glaube, dass die Marsmenschen eine Religion hatten, die Lebendiges tabuisierte, und dass dies der Grund ist, warum sie immer geometrische Muster verwendeten. Auf der Erde gibt es primitive Religionen, die ähnliche Tabus haben.«

Sie betrachtete die Juwelen.

»Sie gehören dir, Nadja«, sagte er.

Sie schüttelte den Kopf. »Nein. Später vielleicht. Sie gehören dir. Und vergiss nicht, du hast sie gefunden, bevor du den Vertrag unterschrieben hast. Was sind sie wert?«

»Die Kugeln etwa zehn Dollar pro Stück. Das ist das, was ich bekomme. Wenn du sie in der Fifth Avenue kaufst, zahlst du wahrscheinlich fünfundzwanzig. Der Ring ist um die tausend Dollar wert, und die Kette würde ich nicht für weniger als drei verkaufen. Ich würde sie zuerst einem Museum anbieten und vielleicht mehr bekommen. Aber ich glaube, du magst diese Kette, und ich behalte sie. Vielleicht möchtest du sie später einmal tragen.«

Sie schaute auf ihre Uhr. Sie mussten zurück zum Raumhafen, wenn sie pünktlich zu Tschernikoffs Vorladung da sein wollten. Es war ratsam, pünktlich zu sein.

VII.

BENSON war auf dem Weg zu Tschernikoffs Privatquartier.

Auf den Straßen bewegte sich eine aufgeregte Menge, die über etwas diskutierte, was er nicht verstand. Er sah, wie sie auf einen Artikel in dem wöchentlichen Nachrichtenmagazin zeigten, das jeden Donnerstag erschien. Dan sah sich nach jemandem um, den er fragen konnte, und erblickte schließlich einen der Soldaten, der ihn im Krieg gegen die Skolopender begleitet hatte. Er wusste, dass der Mann gut Englisch sprach.

Er kaufte ein Exemplar und bat den Soldaten, ihm den Artikel auf der Titelseite zu übersetzen. Er war von Tschernikoff unterzeichnet und lobte in einer etwas selbstgefälligen Weise die Erfüllung des ersten Teils des Industrialisierungsplans. Dann wurde der nächste Schritt skizziert und der Bau der Eisenbahn vom Raumhafen nach Planetogorsk angekündigt. Der wichtigste Teil jedoch, und offenbar derjenige, der die erregten

Diskussionen der Menge auslöste, war ein Dekret, dass alle Edelsteine, die bei der Ausführung des Industrialisierungsplans gefunden wurden, der Regierung gehören. Dies galt auch für alle bereits entdeckten Edelsteine, die seit dem Tag der Übernahme der Verwaltung durch Tschernikoff gefunden wurden. In zweifelhaften Fällen kaufte die Regierung die Edelsteine zu einem Preis, den der zuständige Beamte festlegte. Jeder private Handel sowie das Horten von Edelsteinen wurde ohne Gerichtsverfahren mit dem Tod bestraft.

Benson bedankte sich bei dem Soldaten und ging weiter. Jetzt verstand er eine Menge Dinge besser. Er verstand Nadjas Rat, dass er die Edelsteine gefunden hatte, bevor er seinen Vertrag unterzeichnete. Und er verstand, wie Tschernikoff den Industrialisierungsplan finanzieren wollte.

In Tschernikoffs Haus waren viele Leute anwesend. Etliche, die er schon einmal getroffen hatte, und einige, die er nicht kannte. Aber zwei waren abwesend – Djilinski und der Professor. Benson fragte mehrere Leute nach ihnen, aber sie reagierten wortkarg. Es schien ihm sogar, dass sie nicht mit ihm sprechen wollten. Er fragte nach Tschernikoff und erhielt die Antwort, dass er höchstwahrscheinlich im Musikzimmer sei. Dan ging dorthin. Da waren Tschernikoff und Koltschakoff. Nadja saß am Klavier.

»Hallo, Dr. Benson«, begrüßte sie ihn. »Wir schwelgen gerade in klassischer Klaviermusik. Haben Sie einen Lieblingskomponisten?«

Es schien Dan, dass diese Frage nicht ohne Hintergedanken war.

»Ja«, sagte er, »ich mag Beethoven.«

»In Ordnung«, stimmte sie zu, »lassen Sie uns Beethoven spielen.«

Sie berührte leicht die Tasten, und Dan erkannte sofort die Melodie: Sie spielte die »Apassionata«!

Eine Tür öffnete sich und jemand betrat den Raum. Nadja brach ab und Dan drehte sich um: Djilinski!

»Guten Abend!«, grüßte er höflich und wandte sich an Dan.

»Dr. Benson, ich habe erfahren, dass Sie sich das Dekret von Genosse Tschernikoff auf der Straße übersetzen ließen. Daher bin ich sicher, dass Ihnen das Gesetz bekannt ist. Würden Sie uns bitte erklären, wie Sie an die Edelsteine gekommen sind, die wir in Ihrem Zimmer gefunden haben? Es ist sinnlos zu sagen, dass Sie sie vor Beginn der Fahrt besessen haben, denn zu diesem Zeitpunkt befanden sie sich nicht in Ihrem Zimmer.«

Dan war fassungslos. Nadjas Worte »Lass dich von deinem Temperament leiten« schossen ihm durch den Kopf. Der Ratschlag war nicht nötig; in ihm stieg Wut auf. Aber er beherrschte sich.

»Würde es Ihnen etwas ausmachen, Kommissar Djilinski, mir zu sagen, mit welchem Recht Sie meine Räume in meiner Abwesenheit durchsuchen? Was die Edelsteine angeht, so verstehe ich sehr gut, dass Sie sie bei Ihrer ersten Durchsuchung nicht gefunden haben. Ich habe diese Edelsteine seit vielen Monaten. Es waren die ersten, die ich je gefunden habe, und ich trug sie immer bei mir, als Glücksbringer.«

Wenn Dan gehofft hatte, Djilinski damit zu ärgern, hatte er sich getäuscht.

»Und heute haben Sie Ihre Glücksbringer nicht mitgenommen? Das ist wirklich schade. Sie hätten sie jetzt so nötig. Betrachten Sie sich als verhaftet, Dr. Benson.«

»Verhaftet? Was habe ich denn getan?«

Djilinski antwortete nicht. Er hatte schon zu viele Menschen grundlos verhaftet, um sich mit dieser Frage zu befassen.

Stattdessen antwortete Tschernikoff mit bösem Blick.

»Sie haben während der Aktion Sabotage begangen. Die Ausrottung sollte innerhalb von fünfundsiebzig Tagen abgeschlossen sein. Sie haben fünfzig Tage länger gebraucht. Als Sie schon im Verzug waren, haben Sie auch noch Ruhezeiten beantragt und Kommissarin Tscherskaja über den Zustand Ihrer Männer getäuscht. Wir wissen, dass sie in perfekter Verfassung waren, wie man es von einer sowjetischen Organisation erwarten kann.«

Dan wusste, dass es zwecklos war, sich zu streiten; er hatte so wenige Chancen zu entkommen wie ein Fisch im Netz.

»Entschuldigen Sie die Unterbrechung, Gouverneur«, sagte er mit kalter Ironie. »Sie haben einen Fehler gemacht, weil Englisch nicht Ihre Muttersprache ist. Sie wollten sagen, dass die Männer in einer gerade so guten Verfassung waren, wie man es in einer sowjetischen Organisation erwarten kann.«

Tschernikoff antwortete nicht, zwei Wachen hielten Dans Arme fest.

Nadja trat ihm gegenüber und schrie ihn an: »Wir werden Ihnen den Gefallen tun, einen Prozess zu führen, bevor wir Sie erschießen. Aber letzten Endes wird es auf dasselbe hinauslaufen. Als persönlichen Gefallen werde ich bei Ihrer Beerdigung Beethoven spielen.«

Dan blieb ruhig. Er sagte lächelnd: »Bitte, tun Sie das, Kommissarin Tscherskaja. Vorzugsweise die ›Apassionata‹.«

Tschernikoff fluchte über diese Unverschämtheit. Nadja schoss ihm einen russischen Satz entgegen, und Tschernikoff stimmte mit einem bösen Lächeln zu. Djilinski und Koltschakoff schmunzelten ebenfalls.

Djilinski setzte sich und sagte: »Die Kommissarin ist Ihnen zugetan, Dr. Benson. Sie wird gleich jetzt Ihr Begräbnisstück spielen. Später, wenn Sie hingerichtet werden, hat sie vielleicht keine Zeit mehr.«

Nadja sah ihn wieder an. Ihre Finger machten eine Bewegung, als ob sie den Abzug eines Revolvers betätigen würden. Dann begann sie zu spielen, und bis auf die Klänge des Klaviers herrschte Stille im Raum.

Sie spielte den ersten Satz der »Apassionata«.

ES WAR schon nach Mitternacht, als Dan aus seiner Zelle gezerrt wurde. »Der Kommissar will dich sehen.«

Er dachte, es wäre Djilinski, aber Nadja saß hinter dem Schreibtisch. Zwei Wachen standen an der Tür, und an einem anderen Schreibtisch saß ein weiterer Mann, der Papier und

Stift bereithielt. Dan hatte diesen Mann schon einmal gesehen, er sprach nur Russisch.

Auch Nadja sprach Dan auf Russisch an; sie sprach sehr langsam und deutlich, sodass er sie verstehen konnte. Sie erklärte ihm, dass er auf Russisch antworten solle, wenn nötig würde sie übersetzen. Dann begann sie, ihm die üblichen Fragen zu stellen, und sagte ihm, dass es viel besser für ihn wäre, zuzugeben, dass er Sabotage begangen hatte, und zu sagen, wer ihn dafür bezahlt hatte. Manchmal musste sie übersetzen, weil er es wirklich nicht verstand. Zwischen den Übersetzungen fügte sie kurze englische Sätze ein, die nichts mit dem Verhör zu tun hatten.

»Ich hoffe, ich habe dich nicht erschreckt … Ich erwarte, dass du meine schauspielerischen Talente bewunderst … dein Fall ist dem amerikanischen Konsul auf Thyle I bereits bekannt … In Planetogorsk ist eine nette kleine Revolte im Gange … Koltschakoff hat seine Männer sehr schlecht entwaffnet … Er liebäugelt mit Tschernikoffs Posten … Wahrscheinlich wird er ihn bekommen … Die diplomatische Intervention wird den Prozess unendlich in die Länge ziehen … Schlaf gut und achte auf die klassische Musik … Ich wünschte, ich könnte dich küssen.«

Man brachte ihn in seine Zelle zurück. Niemand kam am nächsten Tag, und auch nicht am übernächsten. Dann wurde er gerufen. Ein Mann, den er nicht kannte, las ihm in Anwesenheit von zwei Zeugen ein kurzes russisches Dokument vor und forderte ihn auf, es zu unterschreiben. Dan weigerte sich und verlangte einen Dolmetscher. Da kein vereidigter Dolmetscher zu finden war, wurde er in seine Zelle zurückgebracht.

Nichts passierte. Am späten Abend des nächsten Tages wurde er erneut demselben Beamten vorgeführt. Diesmal war ein Dolmetscher anwesend und das Dokument wurde ihm auf Englisch vorgelesen. Darin stand, dass der Gouverneur aufgrund der Intervention der amerikanischen Seite angeordnet hatte, den Gefangenen Dan Benson dem Obersten Gerichtshof in Moskau zu überstellen, wenn er sich bereit erklärte, auf der Erde vor Gericht gestellt zu werden.

Verwundert unterschrieb Dan das Dokument und kam in seine Zelle zurück. Später brachte ihm ein anderer Wärter das Essen. Während er wie üblich mit den Schlüsseln klapperte und ihn beim Essen beobachtete – der Revolver war die ganze Zeit auf ihn gerichtet – pfiff der Wärter. Zuerst die »Internationale«, dann ein russisches Volkslied, das Dan kannte. Schließlich eine Melodie, die Dan ebenfalls kannte. »Achte auf klassische Musik«, hatte sie gesagt. Und hier war sie: Beethovens »Apassionata«.

»Ich rate, nicht schlafen«, sagte der Wärter schließlich in gebrochenem Englisch. »Sie könnte jeden Moment für Ihnen rufen.«

BENSON kämpfte mit sich, um wach zu bleiben. Es war nicht sehr schwer. In dem Gebäude herrschte ein reges Treiben: Menschen rannten durch die Gänge, riefen Befehle und machten Lärm mit Waffen und Schlüsseln. Von draußen hörte er gelegentlich Gewehrschüsse. Er nahm an, dass es sich um Hinrichtungen handelte. Dazwischen dröhnten schwere Motoren. Er hörte Panzer, die den kurzen betonierten Teil der Straße in der Nähe des Gefängnisses passierten. All seine Nerven waren angespannt.

Plötzlich hämmerten Maschinengewehre, andere Gewehre waren vom Dach zu hören. Es gab zwei Explosionen wie von Bomben, dann Schreie und Befehle – dann übertönte der Lärm der Maschinengewehre alle anderen Geräusche. Nach etwa zehn Minuten herrschte wieder Stille. Die Anspannung seiner Nerven löste sich langsam auf und er schlief ein. Seine Armbanduhr verriet ihm, dass es etwa neun Uhr morgens war, als er aufwachte. Normalerweise kam die Wache gegen acht Uhr mit dem Frühstück. Offenbar war heute noch niemand da gewesen.

Plötzlich setzten die Maschinengewehre wieder ein. Dann kamen ein paar Männer mit schweren Stiefeln den Gang entlang. Sie blieben vor seiner Tür stehen, öffneten sie und winkten ihm mitzukommen. Sie sprachen kein Wort, weder mit ihm noch untereinander, und beantworteten auch nicht seine Fragen. Sie brachten ihn in den Raum, in dem er das Dokument unterzeichnet hatte.

Dort wartete Nadja auf ihn. Sie trug ein uniformähnliches Kleid, eine Sauerstoffmaske am Gürtel und einen schweren Armeerevolver in einem Holster. Sie wandte sich an einen der Wachmänner und sagte: »Der Gefangene Benson reist heute nach Moskau ab. Rufen Sie einen Soldaten, der ihn zum Startplatz bringt.«

Ein Soldat erschien. Sie sah ihn an und wurde sofort wütend.

»Kervin, du? Ich kann dir einen so wertvollen Gefangenen nicht anvertrauen. Gibt es denn niemanden, der auch nur annähernd intelligent ist? Idioten, alles ist im Eimer, sobald einer von euch auch nur hinschaut! Wenn es ein Gesetz gegen Dummheit gäbe, würde man euch alle an die Wand stellen. Euch alle! Gib mir den Aktenkoffer – nein, zur Hölle, den anderen – und ich bringe ihn selbst auf das Schiff. Dann weiß ich, dass er drinnen ist, und ich muss mich nicht auf euer Wort verlassen, ihr verdammten Idioten. Ihr solltet ausgepeitscht werden, bevor ihr erschossen werdet!«

Sie wandte sich an Dan. »Komm schon, du begehst hier vor unseren Augen Sabotage.« Dann auf Englisch: »Ich hoffe zum Himmel, du hast all diese schönen Kraftausdrücke unserer Sprache nicht verstanden.«

Draußen setzte sie sich die Sauerstoffmaske auf und nahm den Revolver aus dem Holster. So war es für jeden leicht zu erkennen, dass er verhaftet war. Ein Auto wartete. Der Fahrer brachte sie zum Flugfeld. Sie standen vor den Toren des Landeplatzes. Nadja sprach mit einem der Beamten, der ließ sie unbehelligt passieren.

In diesem Moment bebte der Boden durch eine Explosion. Als sie aufblickten, sahen sie zwei Flugzeuge in geringer Höhe, auf deren Flügeln und Rumpf das Symbol der Sowjets deutlich zu erkennen war. Ein schwarzes Objekt löste sich von einem der Flugzeuge, eine Flamme blitzte auf und dunkler Rauch stieg auf.

Mit einem heulenden Ton bahnte sich eine Penetrationsbombe ihren Weg zu einem der Gebäude. Eine zweite, dann eine dritte. Maschinengewehre begannen, die Flugzeuge zu beschießen. Die antworteten mit weiteren Bomben. Riesige schwarze Eruptionen aus Rauch und Trümmern stiegen auf, wo die Bomben einschlugen. Das andere Flugzeug warf einen Regen aus kleinen Thermitbomben ab. Eine von ihnen traf das Fundament der Glaswand und schmolz ein Loch hinein, das groß genug war, um einen Panzer durchzulassen.

Auf dem Flugfeld befanden sich drei Raumschiffe: die große »Lenin«, die kleinere »Lena« und die »Atlantis«. Ein Flugzeug flog auf die Schiffe zu, und um sie herum erschienen feurige Flecken auf dem Boden. Wenn eine dieser Bomben ein bereits vollgetanktes Raumschiff treffen und sich durch die Hülle schmelzen würde – Thermit würde das schaffen –, würde das Schiff explodieren und nichts als einen Krater von einer halben Meile Durchmesser übrig lassen. Während sie weiter auf die Raumschiffe zugingen, beobachteten sie aufmerksam, was um sie herum geschah. Drei Bomben trafen die »Atlantis« und verbreiteten Feuer auf ihrem Rumpf, bevor sie das Metall durchschmolzen.

»Sie ist nicht aufgetankt«, meinte Nadja. Im Inneren des Schiffes gab es eine kleinere Explosion, aber nichts Ernstes.

Eine besonders schwere Explosion ließ sie umblicken. Eines der Flugzeuge war von den Maschinengewehrschützen abgeschossen worden und aufgeschlagen, das andere begann im selben Moment zu gleiten, es war ebenfalls getroffen. Autos und Panzer rasten hinter diesem Flugzeug über die Landebahn. Es landete in der hintersten Ecke, und seine beiden Piloten montierten eilig ein leichtes Maschinengewehr. Die Kämpfe begannen um das Flugzeug herum. Einer der Wagen, die das Flugzeug verfolgt hatten, wendete und hielt vor ihnen. Er glaubte, dass der Offizier, der aus dem Auto sprang, seinen Herzschlag hören konnte. Aber er fragte Nadja nur, ob sie verletzt worden sei.

»Noch nicht«, antwortete sie und deutete auf Dan und sagte, dass sie ihn zum Raumschiff bringen müsse. Zu ihrer

Überraschung antwortete der Offizier, dass Tschernikoff gerade angekommen sei und sich bereits an Bord der »Lenin« befände.

»Das wusste ich nicht«, sagte sie zu Dan, als sie wieder allein waren. »Sei jetzt vorsichtig; die Schiffe sind etwa zweihundert Meter voneinander entfernt. Auf dem Weg zur ›Lenin‹ kommen wir an der ›Lena‹ vorbei, und wenn wir in der Nähe sind, werde ich von der Marskrankheit befallen. Du packst mich und schleppst mich zur ›Lena‹. Wenn der Plan scheitert, sagst du, du hättest den Namen des Schiffes missverstanden. Zum Glück sind sich beide Namen ziemlich ähnlich. Sie könnten denken, dass du mich entführen willst, aber sie werden nicht schießen, weil du mich trägst. Außerdem habe ich auch einen Revolver. Sobald du im Schiff bist, brauchst du dir keine Sorgen mehr zu machen. Wirf mich einfach in eine Hängematte und dich in eine andere.«

»Nadja, worum geht es hier eigentlich?«

»Ach ja, das weißt du nicht. Koltschakoff macht sich unabhängig. Er verspricht freies Schatzsuchen und freien Juwelenhandel für zwei Jahre. Planetogorsk gehört ihm, die Arbeiter sind auf seiner Seite und die Armee ist auch nicht sehr zuverlässig. Anscheinend will Tschernikoff zur Erde reisen und sich im Kreml beschweren. Er ist kein Soldat und kann nicht kämpfen, nicht einmal um sein eigenes Leben.«

Sie waren nur noch zwanzig Meter von der »Lena« entfernt. Plötzlich blieb sie stehen, fummelte an ihrer Sauerstoffmaske herum und stieß einen schrillen Schrei aus. Sie schnappte nach Luft und sank langsam auf die Knie. Es war offensichtlich, dass sie einen schweren Anfall von Marskrankheit hatte. Dan glaubte es fast selbst und hob sie schnell auf.

Sie murmelte: »Keine Sorge, das Ding ist gesichert«, und drückte ihm die Mündung ihres Revolvers in den Nacken.

Zwei Männer erschienen in der Tür der »Lenin«. Dan hatte keine Zeit, sie genauer zu betrachten. Er war nur noch wenige Meter vom Fuß der Aluminiumleiter entfernt, die zur Luftschleuse der »Lena« führte. Er sprang auf die Leiter zu und erklomm sie mit der Geschicklichkeit eines Affen, zumal er nur ein Drittel der Erdanziehung zu überwinden hatte. Nadja war nicht schwer, aber seine Lungen brannten, weil er unter der Belastung der schnellen Bewegungen nicht genügend Sauerstoff bekam. Er wusste jedoch, dass er es noch ein paar Sekunden lang aushalten musste.

Immer noch die schlanke Gestalt des Mädchens in den Armen haltend, kletterte er durch die offene Luke. Als er sie passierte, betätigte Nadja einen Hebel, der sie verschloss. Gleichzeitig öffnete sich die Innentür der Luftschleuse. Sie befanden sich nun in irdischer Atmosphäre. Sie sprangen durch die Innentür und schlossen auch diese. Da waren die Hängematten. Das Mädchen stürzte sich auf eine, Dan auf die andere, die sich neben einem Fenster befand. Dan sah durch das Fenster, dass ein Maschinengewehr aus dem Inneren der »Lenin« geholt wurde. Im selben Moment bebte das Schiff und das feurige Gas der Raketenmotoren verwischte die Sicht auf den Boden. Dan spürte, wie die Beschleunigung des Schiffes zunahm, er fühlte, wie sein Körper schwer wurde. Dies hielt scheinbar für längere Zeit an. Seine Uhr sagte ihm danach, dass es nur ungefähr eine Minute gedauert hatte.

Dann ließ der Druck nach und Dan hörte die Stimme des Professors, der ihn in den Kontrollraum rief. In diesem Moment wurde Dan klar, warum er mehrmals gefragt worden war, inwieweit er in der Lage sei, ein Raumschiff zu steuern, und warum Nadja ihn diesen Kurs berechnen ließ. Er wusste, dass er verhindern musste, dass das Schiff absackte, und dass er es zuerst in eine kreisförmige Umlaufbahn bringen musste. Er schaute auf den Geschwindigkeitsmesser. Die Nadel stand bei 2000 Metern pro Sekunde und kroch mit einer Geschwindigkeit von etwa acht Metern pro Sekunde nach oben. Er erhöhte die Beschleunigung, indem er zwei weitere Treibstoffleitungen von den Tanks zu den Motoren öffnete, und verfolgte die Instrumentenanzeigen. Es waren farbige Markierungen darauf zu sehen. Eine rote Linie bei 3,510 war die

Kreisbahngeschwindigkeit des Mars. Bei dieser Geschwindigkeit würde das Schiff den Mars ohne Treibstoffverbrauch für eine beliebige Zeit umkreisen. Eine rote Doppellinie bei 4,92 zeigte die parabolische Geschwindigkeit des Mars an. Bei dieser Geschwindigkeit würde das Schiff die Anziehungskraft des roten Planeten verlassen. Andere farbige Linien markierten die kreisförmigen und parabolischen Geschwindigkeiten der anderen Himmelskörper, die für Raumschiffe dieser Art galten. Da war die gelbe Linie bei 1,69 für den Mond, die gelbe Doppellinie bei 2,39. Die Nadel hatte sie gerade passiert. Es gab die weißen Linien für die Venus bei 6,98 und 9,87, und die Linien für die Erde bei 7,91 und 11,2. Sie waren blau, so wie die Erde blau aussieht, wenn man sie aus dem All betrachtet.

Die Nadel kroch in die Nähe der ersten roten Markierung. Durch einige Handgriffe an den verschiedenen Hebeln und Knöpfen wurde das Schiff so gedreht, dass es parallel zur Marsoberfläche flog. Dan drehte einen Zeiger, bis er die rote Markierung abdeckte. Dies war die automatische Steuerung für die Motoren; sie würden in dem Moment aufhören zu arbeiten, wenn die Nadel des Geschwindigkeitsmessers die angezeigte Geschwindigkeit erreichte. Er kletterte zurück in die Hauptkabine. Er hatte sie gerade erreicht und setzte sich in seine Hängematte, als er die Schwerelosigkeit spürte, die anzeigte, dass die Treibstoffzufuhr abgeschaltet war. Das Schiff umkreiste nun den Planeten. Sie hatten nun Zeit, um die Situation zu besprechen.

»Bevor wir eine Entscheidung treffen«, begann der Professor, »möchten wir Ihnen ein Geheimnis anvertrauen.«

»Heute scheint ein Tag der Enthüllungen zu sein«, murmelte Dan und verbarg seine Überraschung.

»Nadja ist meine Tochter.«

DANN UNTERBRACHEN sich Nadja und der Professor gegenseitig und berichteten ihm von den Ereignissen der letzten Woche. Koltschakoff wusste, dass ein Aufstand bevorstand.

Er hatte ihn mit organisiert, indem er Tschernikoff und Djilinski täuschte. Es war die Gelegenheit für ihn, und es bestand
kaum ein Zweifel daran, dass er erfolgreich sein würde. Es war
ein günstiger Zeitpunkt für einen Aufstand; es gab kein Schiff
im Weltraum, das früher als in zweihundertvierzig Tagen auf
dem Mars eintreffen würde. Tschernikoff war nicht der Mann,
der offenen Widerstand leistete; das tat Djilinski für ihn. Djilinski und Koltschakoff bekämpften sich gegenseitig mit Panzern, Flugzeugen – und Reden über das Radio.

»Vielleicht erfahren wir etwas«, dachte Nadja laut, schaltete
das Radio ein und hörte längere Zeit aufmerksam zu.

»Es ist offener Krieg«, erklärte sie. »Wie ich erwartet habe, ist
ein Teil der Armee zu Koltschakoff übergelaufen. Jetzt hat er
Thyle II zu einer unabhängigen Republik erklärt, deren Diktator
er selbst ist.«

»Da ist ein Stern, den es vor einer Minute noch nicht gab«,
rief Dan plötzlich.

Er schaute durch eines der kleinen, aber leistungsstarken
Teleskope, die in die Wand des Schiffes eingelassen waren. »Es
ist die ›Lenin‹«, erklärte er schließlich. »Sie richten einen Suchscheinwerfer auf uns, wahrscheinlich ein Weltraumtelefon, ich
werde versuchen, das Empfangsgerät einzuschalten.«

»Weltraumtelefon?«, wiederholte der Professor fragend.

»Ja. Die Frequenzen eines Mikrofons überlagern sich mit
einem elektrischen Lichtbogen. Es bringt das Licht dazu, mit
den Frequenzen der Sprache zu fluktuieren. Am anderen Ende
hat man ein Teleskop, um die Lichtstrahlen zu sammeln, eine
fotoelektrische Zelle und einen normalen Telefonhörer. Das ist
die einfachste Art, über große Entfernungen im Weltraum zu
sprechen, wo keine Luft stört.«

»Sie rufen uns wirklich«, fuhr er nach einer Weile fort. »Sie
haben unsere Umrundung des Planeten vorausgesehen und
sind gerade noch rechtzeitig abgeflogen, um uns zu erwischen.«

»Sie sind bewaffnet!«, unterbrach sie ihn. »Zieht eure Raumanzüge an. Man kann ja nie wissen.«

Während sie in ihre Raumanzüge stiegen, sagte der Professor: »Ich weiß nicht, was es uns nützen wird, aber wir haben drei dieser Penetrationsbomben an Bord. Sie sollten eigentlich in das nächste Flugzeug geladen und zur Bekämpfung der Rebellen eingesetzt werden, aber ich habe sie mitgenommen.«

Langsam formte sich eine Idee in Dans Gehirn. »Vielleicht sind wir auch bewaffnet«, überlegte er laut. »Ich weiß noch nicht genau, aber ich denke, schon. Erinnert ihr euch an die Nachrichtentorpedos, die im Notfall eingesetzt werden?«

Die sogenannten Nachrichtentorpedos waren kleine zigarrenförmige Geräte. Sie wurden mit Hilfe von Druckluft aus einer kleinen Schleuse abgestoßen. Sie sollten, falls das Schiff von Meteoriten getroffen wurde, auf einen Planeten fallen, um den es kreiste. Sobald sie sich in der Atmosphäre eines Planeten befinden, öffnen die Nachrichtentorpedos automatisch einen kleinen Fallschirm und beginnen, einen Funkspruch auszusenden, der hoffentlich Aufmerksamkeit findet und ermöglicht, sie zu orten. Nachrichtentorpedos und Penetrationsbomben waren ungefähr gleich groß und von oberflächlicher Ähnlichkeit.

»Es wird schwer sein, die Raketenladung der Bombe zu zünden, die Luftschleuse zu schließen und den Druckluftmechanismus zu starten, alles auf einmal«, fuhr Dan fort. »Aber wir müssen es versuchen.«

Nadja und er zwängten sich in den winzigen Technikraum. Der Jubelschrei seiner Tochter verriet dem Professor, dass die Bomben in die Luftschleuse passten. Beide, Nachrichtentorpedos und Penetrationsbomben, hatten einen Durchmesser von acht Zoll. Dan bereitete einen Zünder für die Raketenladung der Bomben vor und packte eine in die Schleuse. In der Zwischenzeit hatte sich die »Lenin« mit kurzen Raketenstößen angenähert. Sie war jetzt weniger als eine halbe Meile entfernt, scheinbar unbeweglich. In Wirklichkeit umkreisten beide Schiffe den Planeten mit einer Geschwindigkeit von etwa zwei Meilen pro Sekunde.

»Jetzt wollen wir sehen, was die wollen.« Dan schaltete das Empfangsgerät ein und richtete den Sucher auf die »Lenin«.

DIE STIMME war die von Tschernikoff, er sprach Russisch. Nadja hörte eine Weile zu, dann flüsterte sie Dan etwas zu. »Sofort schießen! Er beschuldigt mich des Verrats und er hat Beweise dafür. Er weiß, dass du mich nicht entführt hast, sondern dass es ein Schwindel war. Sie werden unsere Treibstofftanks mit Brandmunition aus dem Maschinengewehr befeuern. Er wartet nur darauf, dass wir uns melden, weil er uns unser Schicksal ankündigen will.«

Dan eilte in den Technikraum. Während er das Rad drehte, das die Luftschleuse schloss, kam ihm in den Sinn, dass er damit einen Mordversuch unternehmen würde. Die anderen hatten noch nicht geschossen, Tschernikoffs Ankündigung war bisher nur eine Drohung. Aber er wusste, dass Tschernikoff das, was er sagte, ernst meinte.

Plötzlich konnte Dan den Himmel und das andere Schiff nicht mehr sehen; er wusste, dass seine Bombe auf dem Weg war, angetrieben von der Raketenladung, als wäre sie ein Lufttorpedo. Die Explosion breitete sich sofort im luftleeren Raum aus und wirkte wie Nebel. Er kannte diesen Effekt; er ließ jedes Raketenschiff wie einen Kometen aussehen, wenn seine Reaktionsmotoren zündeten. So schnell er konnte, schob er die nächste Bombe in die Luftschleuse und zündete erneut. Die dritte hielt er zurück. Er schaute angestrengt durch das Teleskop, aber er sah nur die undurchsichtige Gaswolke; ganz schwach zeichnete sich dahinter der Umriss des Planeten ab.

Sekunden später schlug etwas gegen den Rumpf der »Lena«. Er hörte ein knackendes Geräusch und das Zischen von entweichender Luft.

Das war nicht ungefährlich, aber sie trugen ihre Raumanzüge. Er wartete auf die Explosion der Treibstofftanks und rechnete damit, einen gleißenden Blitz zu sehen und dann nichts mehr.

Dann wurde es dunkel und still; offenbar waren die Fensterblenden geschlossen worden. Dan machte sich auf den Weg zurück in die Kabine, als Nadjas Gesicht in der Öffnung erschien. Die elektrischen Lampen brannten jetzt. Sie öffnete das

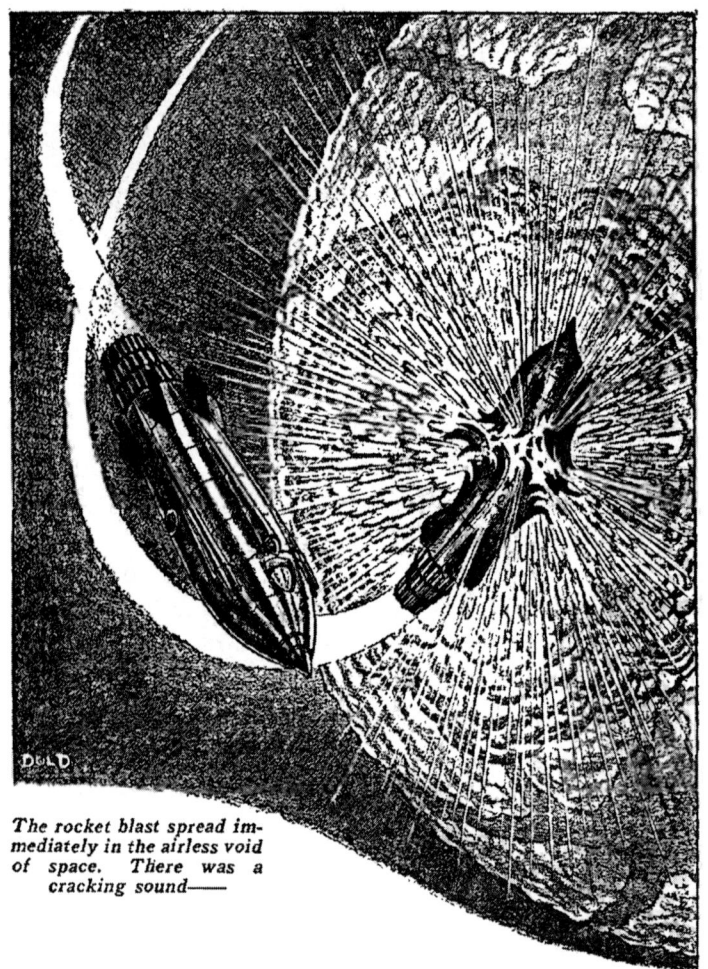

The rocket blast spread immediately in the airless void of space. There was a cracking sound——

Visier ihres Helms und warf die Arme um seinen Hals. Sie küsste seine noch geschlossene Visierscheibe und schoss ihm einen Schwall russischer Worte entgegen, hielt inne und sagte dann auf Englisch: »Ich weiß, ich sollte nicht so denken. Aber für die Vernichtung von Tschernikoff würde ich dich lieben, wenn …«

»Wenn …?«, fragte er.

»Wenn ich dich nicht schon lieben würde.«

»Wer hat das denn beobachtet?«, fragte Dan unsicher.

»Ich«, sagte der Professor, »deine erste Bombe hat das große Fenster der Hauptkabine getroffen. Offenbar ging sie durch, ohne zu explodieren. Aber das hat sie außer Gefecht gesetzt. Sie trugen wohl keine Raumanzüge; sie waren sich zu sicher, dass wir hilflos wären. Die zweite Bombe traf ihre Treibstofftanks und explodierte beim Aufprall. Wahrscheinlich ist der gesamte Treibstoffvorrat mit ihr explodiert. Ein merkwürdiger Anblick, so eine lautlose Explosion im Weltraum. Dann traf uns einer der Splitter und zerbrach unser Fenster. Ich schloss die Metallfensterblenden und schaltete das Licht an.«

»Ich glaube, unsere Sorgen sind vorbei«, sagte sie. »Die ›Lenin‹ hat gerade aufgehört zu existieren, die ›Atlantis‹ wurde von den Thermitbomben der Rebellen durchlöchert. Die ›Lena‹ beanspruche ich als mein persönliches Eigentum und die ›Kibaltschitsch‹ ist irgendwo im Weltraum auf dem Weg zum Mars. Alles, was wir tun müssen, ist, zur Erde zurückzukehren.«

»Zum Mars, meinst du«, korrigierte Dan, »ich denke, wir werden auf Thyle I landen; dort gibt es eine französische Regierung. Ich hoffe, ich schaffe die Landung.«

Sie schüttelte den Kopf.

»Oder auf Hellas, das deutsch ist; oder auf Argyre, das zu Japan gehört, aber immer noch besser ist als Thyle II. Schade, dass sich die Vereinigten Staaten kein Gebiet gesichert haben.«

Nadja schüttelte erneut den Kopf. »Ich habe es dir noch nicht gesagt. Ich habe über Funk etwas erfahren, was ich dir noch nicht erzählen konnte, weil die ›Lenin‹ uns für ein paar Minuten unterbrochen hat. Nach dieser Unterbrechung habe ich die unangenehme Aufgabe, euch mitzuteilen, dass die Länder der Erde ein Abkommen unterzeichnet haben, das die Aufnahme von russischen oder anderen Flüchtlingen von Thyle II auf irgendeinem Teil des Mars verbietet. Das soll ein wirksames Mittel sein, um sich aus der Revolte herauszuhalten und internationale Komplikationen zu vermeiden. Wir müssen also zur Erde.«

»Aber das können wir nicht!«, rief Dan. »Ich hatte genug Zeit, um eine flüchtige Berechnung der möglichen Flugbahnen vorzunehmen, den Treibstoffvorrat mit dem Gewicht des Schiffes, den relativen Positionen der beiden Planeten und ihren relativen Umlaufgeschwindigkeiten zu vergleichen. Die Positionen sind höchst unglücklich, um es vorsichtig auszudrücken. Wir haben nicht genug Treibstoff, oder, was dasselbe ist, das Schiff ist zu schwer für eine der sogenannten Pirquet-Routen, die hyperbolischen Bahnen.* Wir könnten gerade noch in die Bahnkurve Pirquet VII B wechseln, aber dann reicht der Treibstoff nicht mehr, um unseren Sturz in Richtung Erde zu bremsen. Wir würden zu Atomen oder weniger zerfallen. Wir könnten die elliptische Umlaufbahn Hohmann I wählen.** Das erfordert den geringsten Treibstoffverbrauch. Aber es dauert genau vierzig Tage länger, als unser Luftvorrat reicht – die Bahn Hohmann II ist bereits jenseits unserer Treibstoffmöglichkeiten.«

»Gibt es denn gar keinen anderen Weg?«

Dan zögerte mit der Antwort.

»Doch«, sagte er schließlich, »es gibt einen. Es ist diese verrückte Umlaufbahn Pirquet XIV C. Das bedeutet, dass wir fast in die Sonne fallen. Wir kämen der Sonne näher als der Planet Merkur, und das würde wahrscheinlich nicht nur unsere Wimpern versengen, sondern auch den Rest von uns.«

Sie schwiegen ein paar Minuten und dachten nach. Dann erhob Nadja sich, schaute Dan lange in die Augen und entschied:

»Bringt die ›Lena‹ in die Umlaufbahn Pirquet XIV C.«

---

*   G. P. U. ist der sowjetische Militärgeheimdienst

**   Walter Hohmann (1880–1945), Bauingenieur und Raumfahrttheoretiker.

VIII.

IHR RAUMSCHIFF bewegte sich auf die Sonne zu.

Der Mars bewegt sich auf seiner Bahn mit einer Geschwindigkeit von 25,9 Kilometern pro Sekunde, wobei die aus dieser Geschwindigkeit resultierende Fliehkraft die Anziehungskraft der Sonne in dieser Entfernung gerade ausgleicht. Die »Lena« hatte sich mit mehr als sechs Kilometern pro Sekunde vom Planeten entfernt, wobei ihr Bug entgegen der Flugrichtung des Planeten gerichtet war. So wurde die Geschwindigkeit des Schiffes von der Umlaufgeschwindigkeit des Planeten abgezogen, die Anziehungskraft der Sonne gewann die Oberhand und zog das Schiff mit immer größerer Geschwindigkeit auf seine gewaltige Masse zu.

Natürlich fielen sie nicht in einer geraden Linie auf die Sonne zu. Es gibt keine geraden Linien im Weltraum, die Umlaufbahn war eine Kurve, deren Brennpunkt die Sonne war. Diese Kurve führte von der Umlaufbahn des Mars über die Bahnen der Erde und der Venus. Sie kreuzte sogar die Umlaufbahn des Merkurs und näherte sich der Sonne so nahe, wie es nur Kometen gelegentlich tun.

Am sonnennächsten Punkt, dem Perihel, ist die Geschwindigkeit am höchsten; dann nimmt sie in dem Maße ab, wie sie vorher zugenommen hat. Die Kurve würde dann die Bahnen von Merkur und Venus erneut kreuzen. Sie würde erneut die Umlaufbahn der Erde kreuzen und sich der des Mars nähern. Aber wenn die Erdbahn erreicht würde, wäre der Planet nahe, und sie müssten die Richtung des Fluges ändern, indem sie die Anziehungskraft der Erde und die Kraft ihrer Raketenmotoren in sorgfältig berechneten Manövern nutzten.

Es handelte sich um die Bahn Pirquet XIV C, die in ihren Elementen einfach war, aber wegen der Annäherung an die Sonne ein gewaltiges Risiko barg. Nie war jemand so geflogen, aber eine der ersten Expeditionen hatte eine Reise auf der sehr ähnlichen Umlaufbahn Pirquet XIV-A durchgeführt – und war entkommen.

Kaum hatten die Raketenmotoren zu arbeiten aufgehört, veränderte das Schiff sein Aussehen: es teilte sich. Es war jetzt ein sich wie wild drehender Doppelstern. Am einen Ende eines dünnen, aber zähen Stahlkabels befanden sich die Hauptkabine, der Vorratsraum und der Kontrollraum, also der obere Teil des Schiffes, am anderen Ende die Maschinen und die Treibstofftanks. Zusammengehalten durch das drei Meilen lange Kabel drehten sich die beiden Teile umeinander und erzeugten so eine künstliche Schwerkraft in der Kabine.

Nachdem die letzten Einstellungen vorgenommen worden waren, kehrte Dan in die Kabine zurück und verkündete, dass ihre Gefangenschaft jetzt begann. Mehr als fünf Monate lang mussten sie in jeder Minute der vierundzwanzig Stunden des Tages zusammenleben. Das ist eine harte Prüfung für die zwischenmenschlichen Beziehungen, eine schwere Belastung für ihre Nerven. Es war schon vorgekommen, dass sich die Besatzungen von Raumschiffen auf langen Reisen gegenseitig umgebracht hatten – scheinbar ohne jeglichen Grund. Das Eingesperrtsein in einem Raum, wenn es lange genug dauert, ist Grund genug, die Menschen im selben Raum zu hassen – genug, um sie zu töten.

Dan erwartete keine Probleme dieser Art, da sie alle schon monatelange Weltraumreisen gemacht hatten, aber er fürchtete die Zeit in der Umlaufbahn des Merkurs. Es würden sieben Tage sein, die unerträglich heiß sein würden, sieben Tage aus Dantes »Inferno«, sieben Tage, die sie nie vergessen würden – wenn sie denn überlebten.

Die ersten drei Wochen vergingen schnell. Es gab viel zu erzählen, viele Dinge zu besprechen. Dann kamen Wochen, in denen es stiller wurde, weil alles, was in Erinnerung geblieben war, wieder und wieder erzählt worden war. Dan führte Unterricht ein, um die Zeit zu vertreiben. Jeden Tag unterrichtete er sie drei Stunden in Astronomie und Chemie, der Professor gab drei Stunden Zoologie und Geologie.

Auch Nadja leistete ihren Beitrag. Manchmal verschwand sie stundenlang im Vorratsraum und tauchte dann wieder auf, verkleidet mit verschlissener Kleidung und mit Töpfen und Pfannen. Dazu spielte sie wunderbar Aschenputtel und sah arm und süß aus. Oder sie kam in Metallgewebe gekleidet, mit Werkzeugen in der Hand, und spielte die Königin des Weltraums, indem sie ihrem Liebsten befahl, die nächste Galaxie für sie zu erobern, und ihren Vater aufforderte, die Pickel auf dem Mond zu heilen. Einmal schmierte sie sich das Gesicht mit Ruß ein und kam als lallender schwarzer Südstaatler zu ihnen; dann verschwand sie und kam mit einem Kostüm, das aus Schuhen und einem Stück Metalltuch bestand – als moderne Goldgräberin. Die beiden Männer lachten stundenlang.

DAS SCHIFF hatte längst die Umlaufbahn der Venus passiert und näherte sich nun der des Merkurs. Seine Geschwindigkeit nahm jede Sekunde zu. Im Inneren war es warm, trotz der Kühlaggregate. Die Männer wurden faul und schliefen den größten Teil des Tages. Dan war damit zufrieden. Sie hatten noch zweihundert Tage zu überleben, und jede Stunde, die sie schliefen, war ein Gewinn.

Sie passierten die Umlaufbahn des Merkur. Die gigantische Sonnenscheibe schien den größten Teil des Himmels auszufüllen: In Wirklichkeit nahm sie weniger als ein Viertel des Himmels ein. Die drei Passagiere lagen in ihren Hängematten, entkleidet, der Schweiß lief in großen Tropfen von ihren Körpern. Ihre Flugbahn näherte sich immer weiter der Sonne. Die Geschwindigkeit war unvorstellbar. Es ist leicht zu sagen, dass ihre Geschwindigkeit mehr als vierhundert Meilen pro Sekunde betrug. Die Zahl vierhundert kann man nur als Zahl begreifen. Vierhundert Meilen pro Sekunde sind unvorstellbar. Man kann sich vierhundert vorstellen, wenn man an vierhundert Menschen in einem Hörsaal denkt oder an vierhundert marschierende Soldaten. Es ist sogar möglich, sich vierhundert Meilen Entfernung vorzustellen. Aber vierhundert Meilen pro Sekunde sind unvorstellbar. Man kann es berechnen – das kann man machen, weil es im Rahmen der Naturgesetze liegt – aber man kann es nicht verstehen.

Dann nahm die Geschwindigkeit weiter zu.

Und die Hitze nahm ebenfalls noch weiter zu.

Das Schiff schien im Raum still zu stehen, außer dass es weiter rotierte.

Die drei Leute im Schiff glaubten, pulsierende Wärmewellen zu spüren. Jedes Mal wenn sich der Kabinenteil des Schiffes in Richtung Sonne bewegte, schien es heißer zu werden. Wenn die Kabine in die andere Richtung rotierte, war jedoch keine Abkühlung zu spüren.

Sie hatten genügend Wasser. Der Mechanismus, der die Feuchtigkeit aus der Kabinenluft abzog, sie kühlte und kondensierte, funktionierte problemlos. Aber das Wasser, so kalt es auch war, schien nicht zu helfen. Es ließ die Hitze im Gegensatz dazu nur noch unerträglicher erscheinen. Sie sprachen stundenlang nicht miteinander. Dan zwang Nadja gelegentlich, etwas zu essen zu machen. Als es dann zubereitet war, musste er die anderen und sich selbst zwingen, es zu schlucken. Dan wusste, was jeder Einzelne von ihnen dachte: Werden wir in die Sonne fallen? Seine brennenden Augen aber verboten ihnen, diese Frage zu stellen.

Sieben Tage vor dem Perihel.

Dan hatte es prophezeit. Die anderen hatten genug gelesen und studiert, um zu verstehen, was geschah und was geschehen würde, und mit Hilfe kühler, mathematischer Abstraktionen waren diese sieben Tage nahe dem Perihel denkbar geworden; sie hatten sich gedanklich zu sieben heißen Tagen auf der Erde entwickelt. In Dans Vorstellung waren sie eine einwöchige Hitzewelle in New York City, für den Professor waren sie eine Woche im Sommer in Trinil auf Java; er hatte dort in den Pithecanthropus-Schichten nach Fossilien gegraben. Nadja stellte sich eine Woche in der Wüste Gobi vor.

So hatten sie sich gedanklich vorbereitet. Nun waren diese sieben Tage Wirklichkeit. Jeder Einzelne von ihnen bestand aus 86.400 Sekunden unerträglicher Hitze.

»Ich dachte, ich würde in der letzten Stunde sterben«, sagte der Professor plötzlich. »Aber jede Stunde bringt einen neuen und schlimmeren Tod – einen Tod, der alle vorherigen Tode zusammengenommen übertrifft.«

»Wir können nicht in die Sonne fallen«, sprach sie ihre Gedanken aus. »Die Umlaufgeschwindigkeit verhindert das.«

»Ich kann aber nicht sagen, wo wir momentan sind«, antwortete Dan auf die unausgesprochene Frage. »Ich kann keine Beobachtungen machen, wenn alle Fensterblenden geschlossen sind und das Schiff rotiert. Ich wage es nicht, die Rotation zu stoppen. Wenn wir auf beiden Seiten getoastet werden, können wir überleben, wenn wir nur auf einer Seite geröstet werden, nicht.«

Sie fielen wieder in Schweigen, stundenlang, einen halben Tag lang. Die Hitze nahm zu, die pulsierenden Hitzewellen schienen schneller zu werden.

Dan schaute auf die Uhr. »Morgengrauen des zweiten Tages«, verkündete er, »bereite das Frühstück vor, Nadja.«

Sie antwortete nicht, sie bewegte sich nicht einmal.

»Mach das Frühstück, sagte ich«, beharrte er. »Du machst das gern, und du bist verrückt danach, es zu essen.«

Sie schlich in den Vorratsraum. Es war unangenehm, eine Pflicht zu haben, aber es wäre noch unangenehmer gewesen, keine zu haben. Die Männer setzten sich dazu; sie würgten das Essen hinunter.

Und Nadja sagte: »Menschen, die auf diesen langen Weltraumreisen allein sind, fangen an, sich gegenseitig bitter zu hassen. Ich warte darauf, dich zu hassen, Dan. Aber es geschieht nicht. Ich warte, bis ich das Gefühl habe, dass ich dich erschießen sollte. Aber mein Revolver steckte noch im Holster, als ich ihn vor einer halben Stunde durch die Luftschleuse warf. Ich hasse dich nicht, auch wenn ich es versuche. Vielleicht ist es zu heiß.«

Dan antwortete nicht. Sein Gehirn war mit einem noch erschreckenderen Gedanken beschäftigt. Der Gedanke war ihm schon vor drei Tagen gekommen, und seitdem hatte er sich zu einer Angst entwickelt – einer Angst, die groß genug war, um eine größere Belastung zu sein als die Hitze dieser sieben

Tage. Sie hatten immer noch Treibstoff an Bord, Tonnen über Tonnen. Würde die Isolierung standhalten? Die Sicherheitsventile waren weit geöffnet, dafür hatte er gesorgt. Der Treibstoff könnte kochen und seine Dämpfe würden durch diese Ventile entweichen, die in die großen Auslassdüsen mündeten. Aber der kochende Treibstoff könnte explodieren. Tests auf der Erde hatten gezeigt, dass er gelegentlich explodierte, wenn er tagelang bis zum Siedepunkt erhitzt wurde. Der Grund für dieses außergewöhnliche Verhalten war unbekannt und wurde zwischen verschiedenen Gruppen von Wissenschaftlern und Raketentechnikern diskutiert. Wahrscheinlich waren Verunreinigungen im Treibstoff die Ursache für die Explosionen. Treibstoff, der sich wochenlang in den Tanks eines Schiffes befand, erwies sich immer als verunreinigt. Aber er explodierte nicht immer. Wahrscheinlich gab es eine bestimmte Verunreinigung, die wie ein Katalysator wirkte. Und es war eine Frage des Glücks, ob diese bestimmte Verunreinigung vorhanden war.

Der Professor dachte nach. »Sohn, gibt es irgendetwas, was wir in der nächsten Woche oder so tun können?«

»Nein. Warte einfach ab.«

»Hast du keine Beobachtungen zu machen?«

»Ich muss keine machen, und ich könnte es nicht, selbst wenn ich es wollte oder die nötige Kraft aufbringen könnte.«

»Würde es denn etwas schaden, wenn wir alle zehn Tage lang schlafen würden?«

»Nein. Aber wer kann in dieser Hölle schon schlafen?«

Der Professor ging hinaus und kramte in seinem Gepäck. Er nahm ein paar kleine Päckchen heraus, die er auf den Tisch legte.

»Wie dumm von mir, dass ich nicht früher daran gedacht habe. Wir haben ein neues Medikament in Russland. Es erzeugt einen tiefen Schlaf. Die Tests an Hunderten von Freiwilligen und Gefangenen haben das belegt. Mein Freund, Dr. Jourowski, hat mich gelehrt, wie man es benutzt. Alles, was es braucht, ist ein gesundes Herz und ein leerer Magen. Meinem Herzen geht es gut, dem von Nadja auch. Was ist mit deinem?«

»Meines ist auch in Ordnung«, antwortete Dan.

»Aber was ist mit dem leeren Magen? Ich nehme an, wir müssen noch einen Tag oder so warten?«

»Vielleicht nicht. Ich habe noch etwas, das einen in fünf Minuten seekrank macht, ich weiß nicht, wie viele von diesen Pillen man nehmen muss, aber ich werde es selbst mal ausprobieren.«

Ohne auf ein mögliches Argument zu warten, nahm er das kleine Glasröhrchen mit den weißen Pillen und ging hinaus. Es dauerte eine Weile, bis er zurückkam.

Seine Stimme klang schwach, als er meinte: »Drei von diesen Pillen werden reichen. Ich bin jetzt sogar hungrig. Nadja, du nimmst sie jetzt, ich bereite in der Zwischenzeit die Injektionen vor.«

Als sie zurückkam, nahm Dan die Pillen ohne ein Wort. Es war kein Vergnügen, bei dieser Hitze seekrank zu werden. Aber selbst das führte irgendwie zu einem Gefühl der Erleichterung.

Als er in die Kabine zurückkehrte, schlief Nadja bereits tief und fest. Sie war in ihrer Hängematte festgeschnallt und atmete kaum.

Der Professor wartete auf Dan, die Injektionsspritze in Bereitschaft. Dan zurrte sich in seiner Hängematte fest; der Professor stach die Nadel ins Bein.

Plötzlich war die Hitze nicht mehr so unerträglich. Sie begann, sich angenehm warm anzufühlen, wie die Wärme eines Bettes in einer kühlen Nacht. Er spürte, wie seine Augenlider schwer wurden. Das Letzte, was er sah, war der Professor, der sich in seiner Hängematte angurtete und die Spritze zwischen den Zähnen hielt.

IX.

DER ERSTE EINDRUCK, den Dan beim Aufwachen bekam, war der eines warmen Sommermorgens.

»Söhnchen, geht es dir gut?«

Dan brauchte ein paar Minuten, um sich zu orientieren. Die Stimme war die des Professors, den er auf dem Mars getroffen hatte – der Vater einer reizenden Tochter. Derselbe Professor, der ihm eine Injektionsspritze ins Bein gestoßen hatte. Jetzt erinnerte er sich wieder.

»Wie lange sind Sie schon wach?«, fragte er.

»Erst seit etwa drei Stunden. Ich habe inzwischen gegessen. Ich konnte nicht warten. Es ist aber noch genug für dich da.«

»Schläft Nadja noch?«

»Sie schläft, aber wir könnten etwas Lärm machen. Es kann nicht schaden, wenn sie jetzt aufsteht. Frag mich, wo wir sind. Wir haben fast genau 300 Stunden geschlafen.«

Dan war zum Lachen zumute. Er wusste nicht, warum, aber er lachte.

Bis sie sagte: »Ich werde gleich die Scheidung beantragen, sobald wir verheiratet sind, und mich von meiner Familie trennen, die aus einem alten, griesgrämigen Professor besteht, der meinem zukünftigen Ehemann den Rat gibt, Lärm zu machen, während ich schlafe. Mein Mann gehorcht natürlich freudig. Männer sind schrecklich, egal wie man sie betrachtet, sie gönnen einem jungen, unschuldigen Mädchen nicht einmal seinen Schönheitsschlaf.«

»Den du nicht brauchst, Frau Kommissarin«, beendete Dan. »Meinst du nicht, Liebling, dass du gern mit deinem zukünftigen grausamen Ehemann frühstücken würdest? Wir könnten uns nach dem Essen friedlich einigen, weißt du?«

»Von allen Menschen auf der Welt sind die Amerikaner die schlimmsten. Sobald ich mich ein wenig aufrege, erstickst du es mit Essen. Essen! Oh, pfui! Warum hilfst du mir nicht, diese Dinger abzuschnallen? Erst fesselt ihr mich, und dann lasst ihr mich verhungern! Nennst du das Liebe oder Hingabe? Warte nur, bis ich mich wieder gesund fühle! Warte nur!«

Dan half ihr lachend, die Fesseln zu lösen.

»Wenn du mich so fragst, fühlst du dich gesund genug. Komm jetzt, Liebes, sei ein braves Mädchen, putze deine Zähnchen und iss deine Haferflocken. Nachher öffnet Papa das Fenster und zeigt dir die Sonne.«

Sie trugen getönte Brillen, als der Professor die Metallfensterblenden vorsichtig öffnete. Der mächtige Sonnenball war kleiner geworden, obwohl er immer noch etwa viermal so groß war, wie von der Erde aus gesehen. Dan nahm eine Messung der scheinbaren Größe vor – so genau, wie es von dem rotierenden Schiff aus möglich war – und verglich sie mit der Tabelle der »scheinbaren Durchmesser der Sonne« im astronautischen Handbuch, dem einzigen Buch, das im Kontrollraum eines jeden Raumschiffs zu finden war.

»Hm, etwa viermal so groß wie der Durchmesser von der Erde aus gesehen. Hier haben wir …« Der Rest war ein Gemurmel, in dem nur ein gelegentliches »null-Punkt-drei-fünf-null« zu hören war.

»Wir befinden uns noch innerhalb der Venus-Umlaufbahn«, verkündete er schließlich. »Der Planet selbst befindet sich auf der anderen Seite seiner Umlaufbahn; wir werden also nicht viel verpassen, wenn wir die Fensterblenden geschlossen halten. Tatsache ist, dass es in den nächsten drei Wochen keinen Sinn macht, unsere Umlaufbahn zu korrigieren. In zweiundzwanzig bis dreiundzwanzig Tagen werde ich das Schiff wieder zusammenziehen, die Rotation stoppen und die notwendigen Beobachtungen machen können. Danach werde ich versuchen, die Korrekturen in der Umlaufbahn vorzunehmen.«

Stunden um Stunden arbeitete er an den Berechnungen. Schließlich holten sie das Kabel ein. Dann drehten sich in der Kabine drei Metallräder, von denen jedes ein Zehntausendstel des Gewichts des Schiffes wog. Sie waren in den dreidimensionalen Ebenen des Raums rechtwinklig zueinander angebracht.

Wenn diese Räder – der Mechanismus wurde nach seinem ersten Erfinder »Oberth« genannt – sich drehten, drehte sich auch der Rumpf des Schiffes, allerdings in entgegengesetzter Richtung.[*] Zehntausendmaliges Drehen eines Rades bewirkten, dass der Rumpf des Schiffes eine vollständige Umdrehung entgegen der Richtung, aber in derselben Ebene wie das jeweilige Rad machte. Das Oberth-Reaktionsrad hatte keinen Einfluss auf Umlaufbahn, Geschwindigkeit oder Richtung des Schiffes, sie wurden dadurch nicht verändert, sondern nur die Lage des Schiffes auf seiner Umlaufbahn. Der Mechanismus diente also dazu, die Raketendüsen in die richtige Position für das Schiff zu bringen, um mit ihnen die Umlaufbahn zu korrigieren.

Stundenlang bewegte und verschob sich die Lage des Schiffes als Reaktion auf das Drehen der Räder. Die Raketenmotoren spuckten ihre Strahlen ins Leere: fünf Sekunden lang ein Viertel Kraft, zweihundert Umdrehungen von Rad A, zwölf Sekunden lang volle Kraft, einhundertdreißig Umdrehungen von Rad C, dreißig Sekunden lang halbe Kraft – gefolgt von fünftausend Umdrehungen des Rades, das die Position der Längsachse des Schiffes kontrollierte. Es flog nun rückwärts, das heißt, es drehte die Auslassdüsen in Flugrichtung. Die Geschwindigkeit war immer noch zu hoch; eine volle Minute mit halber Kraft auf allen Raketenmotoren verringerte sie. Dann kam Dan aus dem Kontrollraum zurück.

»Ziemlich amateurhaft, wie ich das gemacht habe. Ein richtiger Pilot würde all diese Korrekturen mit einem sorgfältig berechneten Stoß in die richtige Richtung vornehmen. Aber ich hoffe, ich konnte die Fehler in der Umlaufbahn herausbekommen. Wovor ich Angst habe, sind die Kurve zwischen Mond und Erde und die Landung.«

---

[*]   Das Reaktionsrad zum Drehen bzw. Stabilisieren von Raumflugkörpern (auch Flugzeugen, Schiffen, Torpedos usw.) wurde nicht von Hermann Oberth erfunden, sondern bereits 1810 von Prof. Johann von Bohnenberger.

Dan ließ das Schiff »zusammengebunden«, wie er es ausdrückte, damit Korrekturen der Umlaufbahn, sollten Beobachtungen deren Notwendigkeit erfordern, sofort vorgenommen werden konnten.

Es schadete nicht, sich ein paar Tage lang wieder schwerelos zu fühlen.

Die Erde wuchs; sie sah jetzt fast so groß aus wie der Mond, wenn man ihn von der Erde aus betrachtete. Eines Tages schien es Nadja, als ob sie beim Blick durch das Teleskop ein schwaches, schimmerndes Licht auf der dunklen Seite des Mondes sah. Obwohl die beiden Männer sie eher ungläubig ansahen, richtete Dan das stärkste Teleskop an Bord auf die von ihr angezeigte Stelle. Er sah, dass es stimmte. In der Nähe dieser Stelle gab es ein astronomisches Observatorium, aber das erklärte nicht den großen Scheinwerfer, der stark genug war, um aus dieser Entfernung gesehen zu werden. Im Gegenteil, die Astronomen versuchten, künstlichen Lichtquellen so weit wie möglich fernzuhalten. Es musste sich um einen Suchscheinwerfer des größten Typs handeln, wie er verwendet wird, um mit Schiffen im Weltraum zu kommunizieren. »Vielleicht wollen sie wirklich mit uns sprechen«, dachte er und verband die fotoelektrische Ausrüstung mit dem Teleskop.

Als er sich die Kopfhörer aufsetzte, hörte er eine Stimme: »Ich rufe SS ›Lena‹, ich rufe SS ›Lena‹. Bitte antworten. Antwortet bitte. Ich rufe SS ›Lena‹. Seid ihr noch am Leben? Bitte antworten, bitte antworten.«

Die Nachricht wurde auf Englisch, Deutsch, Französisch und Russisch wiederholt.

Dan schaltete den eigenen Suchscheinwerfer ein und richtete ihn auf den Mond. Er war sicher, dass sie nicht aus dieser Entfernung rufen würden, wenn sie am Boden nicht über die nötige Ausrüstung verfügten, um von einem Suchscheinwerfer, wie schwach er auch sein mochte, eine Antwort zu erhalten.

»SS ›Lena‹ ruft den Mond. SS ›Lena‹ ruft den Mond …«

Zwei Minuten später hörte er ein Klicken, und statt der

mechanischen Stimme, die den Ruf stunden- oder tagelang wiederholt hatte, ertönte nun eine menschliche.

»SS ›Lena‹? Schön, dass ihr antwortet. Wir gratulieren euch. Ihr habt einen waghalsigen Flug gemacht. Welche Umlaufbahn habt ihr benutzt? Wir haben euch erst entdeckt, als die Kurskorrekturen vorgenommen wurden … Wirklich? Pirquet XIV C? Nochmals Glückwunsch! Das ist das erste Mal in der Geschichte, dass sich jemand auf diese Umlaufbahn gewagt hat. Wie habt ihr es geschafft, das Perihel zu überleben?«

Dan beantwortete die Fragen, die auf ihn einprasselten, und stellte selbst viele. Sie sprachen stundenlang, und Dan erfuhr, was auf dem Mars geschehen war. Koltschakoff hatte auf Thyle II gesiegt. Es war jetzt ein unabhängiger Staat. Koltschakoff hatte die Schlacht im Weltraum beobachtet und die amerikanische Regierung über den Abflug der »Lena« informiert. Die Mondobservatorien hielten die ganze Zeit über Ausschau nach ihnen, und Dan erklärte ihnen, dass er Angst hatte, das Schiff zu landen, dass seine praktischen Erfahrungen unzureichend waren, und dass er die notwendigen Berechnungen nicht vollständig durchführen konnte. Er gab ihnen seine genaue Position, die Geschwindigkeit, das Gewicht des Schiffes und die verbleibende Treibstoffmenge durch.

Die Sternwarte beauftragte Mathematiker und Astronomen mit der Aufgabe. Dreißig Stunden später erhielt Dan alle Daten, die er brauchte. Ein Pilot, der den Typ der Raumschiffe kannte, zu denen die »Lena« gehörte, gab ihm die nötigen Anweisungen. Zunächst mussten sie ein paar kleinere Korrekturen vornehmen. Dann hieß es abwarten. In der Zwischenzeit wurde die Umlaufbahn noch einmal überprüft und weitere Korrekturen über das Raumtelefon durchgegeben. Die komplizierte Landung könnte dann von automatischen Steuergeräten durchgeführt werden. Sie rieten Dan, die Zeitschaltuhr so einzustellen, dass der Fallschirm zu einem bestimmten Zeitpunkt ausgelöst wurde.

Fünfmal ließ er das Schiff die Erde umrunden, bevor es wagte, den Schalter zu betätigen, der den für die Landung eingestellten Autopiloten aktivierte. Das Observatorium teilte ihm den genauen Zeitpunkt mit. Er legte den Schalter um und warf sich in seine Hängematte.

Draußen zischte dünne Luft am rasenden Schiff vorbei. Der Lärm hörte auf, fing wieder an; der Rumpf wurde warm. Dann dröhnten die Raketenmotoren; die Luft vibrierte wieder. Sie spürten, wie das Gewicht sie in ihre Hängematten presste, dann mussten sie sich festhalten, als sie plötzlich fast schwerelos wurden. Sie hörten das eigentümliche, zischende Geräusch des Fallschirms, der sich öffnete. Sie wussten, dass sie nun zur Erde schwebten.

Sie öffneten die Fensterblenden und sahen Wasser unter sich. Sie befanden sich immer noch in etwa drei Meilen Höhe und sanken langsam zur Wasseroberfläche. Zwei Schiffe der Küstenwache warteten bereits auf sie.

IM HOTEL kam Nadja in Dans Zimmer.

»Ich weiß nicht, ob es richtig ist, dass ich jetzt schon komme«, sagte sie. »Aber ich möchte, dass du mir sagst, ob ich gut genug für eine amerikanische Hochzeit aussehe.«

Er sah sie an und strahlte vor Stolz. An ihrem Hals hing der große Mars-Amethyst an einer goldenen Kette, den sie gemeinsam gefunden hatten.

»Ist dieses Kleid nicht wunderschön?« fragte sie.

Dan starrte sie voller Bewunderung an, sagte aber: »Ich dachte, du würdest dich wie die Königin des Weltraums anziehen und den Fotografen eine kleine Show bieten.«

Ein Klopfen an der Tür unterbrach sie, es war der Hotelmanager. Er wollte wissen, ob sie einen besonderen Wunsch bezüglich der Musik hätten, die der Organist zur Zeremonie spielen sollte.

Dan und Nadja lächelten und schauten sich voller Einverständnis an.

Auszug aus:

Zur Theorie und Praxis der modernen Flüssigkeitsrakete

Bei dieser Gelegenheit muss aber einmal ganz kurz die Mathematik berührt werden, welche hier mit einigen leichten und aufschlussreichen Formeln aufwarten kann. Die in den Formeln vorkommenden Buchstaben haben folgende Bedeutungen: e ist die Basis der natürlichen Logarithmen 2,72 usw., v bedeutet die Geschwindigkeit des Raketenkörpers, c die Auspuffgeschwindigkeit der Gase relativ zur Rakete gerechnet und m_0/m_1 das »Massenverhältnis« der ausgebrannten zur gefüllten Rakete.

Da erhält man zunächst ganz allgemein

$$v \ = \ c \times \log \text{nat.} \ m_0/m_1 \ \dots \ (1)$$

also Geschwindigkeit gleich der Auspuffgeschwindigkeit mal dem natürlichen Logarithmus des Massenverhältnisses. Die Formel zeigt etwas sehr wichtiges: Wenn v hinaufgetrieben werden soll, dann hat es mehr Wert, c zu erhöhen, als das Massenverhältnis, denn dies tritt nur mit seinem natürlichen Logarithmus auf, während c in voller Kraft und Größe erscheint und wirksam wird.

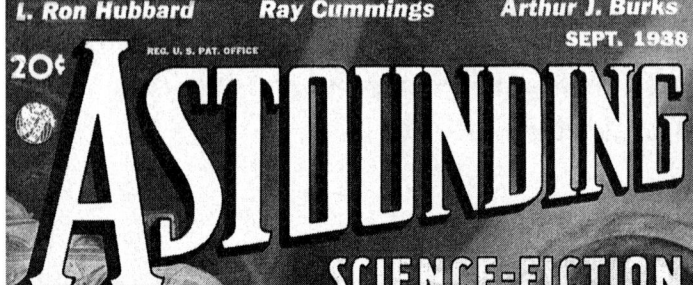

L. Ron Hubbard   Ray Cummings   Arthur J. Burks

SEPT. 1938

20¢

REG. U. S. PAT. OFFICE

ASTOUNDING

SCIENCE-FICTION

TREASURE ASTEROID
BY MANLY WADE WELLMAN

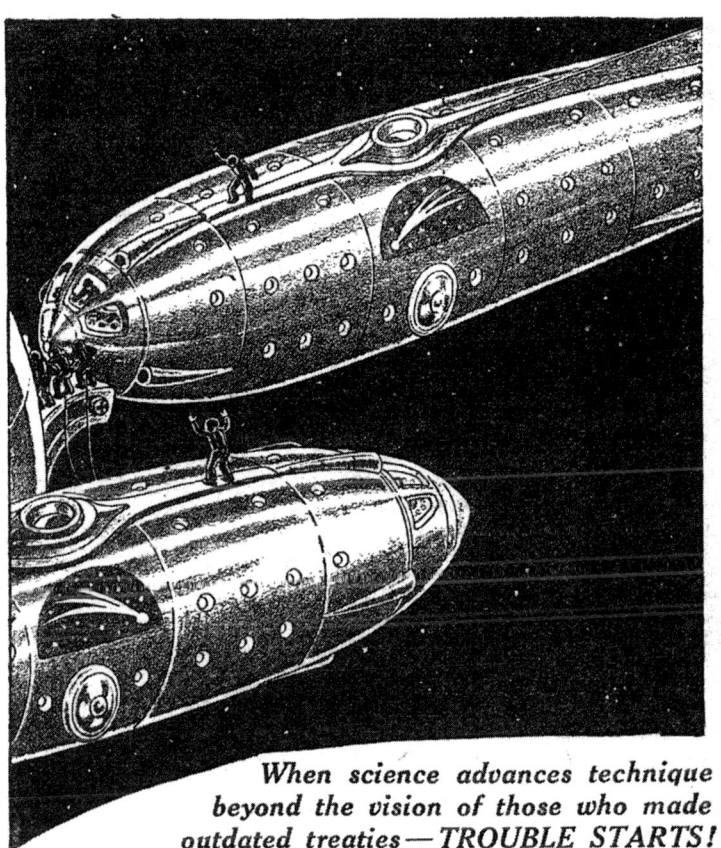

*When science advances technique
beyond the vision of those who made
outdated treaties—TROUBLE STARTS!*

ORBIT XXIII-H

By ROBERT WILLEY

DIE ZWÖLF MÄNNER, klein, dunkelhaarig, bebrillt, exquisit
gekleidet und von noch exquisiterer Höflichkeit, erhoben sich
von den Stühlen. Sie verbeugten sich vor dem Dreizehnten,
ihrem Anführer, der gerade ging, und sie verbeugten sich vor-
einander, ehe sie mit kleinen Schritten davongingen.

103

Die meisten von ihnen fuhren allein in ihren teuren Wagen, um ihren verschiedenen Aufgaben als Banker, Fabrikanten, Admiräle oder hohen Beamten nachzugehen. Nur wenige fuhren gemeinsam. Die Weltraumwächter wären sehr daran interessiert gewesen, etwas über das Treffen und ihr Gespräch zu erfahren und es in eine europäische Sprache übersetzen zu lassen.

Es war sehr weise, so überlegten die Männer, dass ihr Herrscher sich vor vielen Jahren nicht an der Eroberung des Weltraums beteiligt hatte. Das hätte zur Folge gehabt, dass sie jetzt in der Pflicht gewesen wären. Und es hätte bedeutet, dass die weißen Nationen überall ihre Hände im Spiel hätten und dass die Weltraumwächter sie daran hindern würden, die politischen Verhältnisse im Weltraum zu verändern.

Dank der weisen Entscheidung ihres verstorbenen Herrschers gab es jedoch keine Verpflichtung, dem planetarischen Gesetz nachzukommen. Sie waren gezwungen gewesen, geduldig auf etwas Neues zu warten. Ihre eigenen Wissenschaftler hatten hart, aber erfolglos gearbeitet. Es gab nicht übermäßig viel Erfahrung, auf die man aufbauen konnte, und was es an Kenntnissen gab, war nicht leicht zugänglich. Nun *war* etwas völlig Neues erfunden worden, das aller Wahrscheinlichkeit nach überraschend wirksam war. Wenn das gesichert und geheim gehalten werden konnte, würde es das Gesicht des Sonnensystems verändern.

Und keine Weltraumwache konnte etwas unternehmen, denn ihre Aktivitäten würden streng legal sein.

Sie lächelten ein sehr zufriedenes Lächeln – nicht nur das übliche – und waren sich sicher, dass alles sehr gut laufen würde. Einer ihrer besten Männer arbeitete daran; er würde nicht scheitern wie beim letzten Versuch, der beinahe ihre Wünsche offenbart hatte. Und der versteckte Stützpunkt auf der Erde würde bald vollständig zerstört sein, ohne auch nur eine verdächtige Spur zu hinterlassen.

Dreizehn Asiaten waren sehr zufrieden.

DIE GIPFEL der Berge schienen am Himmel zu schweben wie eigenständige Himmelskörper. Glänzend weiß leuchteten sie im Licht der aufgehenden Sonne. Es war jedoch nicht völlig dunkel; die Sterne leuchteten mit unglaublichem Glanz und die Erde stand groß und unbeweglich am Himmel. Die Gebirgspaare, die von der Sonne angestrahlt wurden, reflektierten ein Licht, das ausreichte, um zumindest etwas in der Umgebung zu erkennen.

Commander Thomas O'Flanahan von den Space Guards, den Weltraumwächtern, stand am großen Fenster seines Büros und betrachtete den Sonnenaufgang. Die scheinbar schwebenden Berggipfel wurden langsam größer. Er wusste, dass sie irgendwann mit dem Boden verschmelzen und zu festen Bergen werden würden. Es war, als würden sich die ewigen Feuer eines unendlichen Jenseits langsam durch die Kugel aus schwarzem Glas fressen, die das Universum umhüllte.

Commander O'Flanahan war fast froh, dass seine Dienstzeit zufällig mit der »Morgendämmerung« zusammenfiel. Es war eine seltsame Dämmerung, mindestens so schön wie jede Dämmerung auf der Erde. Aber sie schien ehrfurchtgebietender zu sein. Er hatte ein Alter erreicht, in dem man anfängt, über Hobbys nachzudenken, die die Freizeit eines pensionierten Raumwächters ausfüllen würden. Er dachte an das Leben auf der Erde. Es erforderte, sich neu zu orientieren. Den größten Teil seines Lebens hatte er auf anderen Welten verbracht, wo er das tat, was ein Raumwächter, ein Mitglied der Space Guard, tun sollte, nämlich Menschen in Not auf jeder erdenklichen Weise zu helfen und zu unterstützen. Er hatte in seiner Laufbahn fast alles schon einmal gemacht. Von der Reparatur von Raketentriebwerken bis zum Sammeln von Mineralienproben, vom Verbinden eines gebrochenen Beins bis zum Justieren von Teleskopen. Das Leben eines Raumwächters war in der Regel hart und manchmal ausgesprochen unangenehm – aber es mangelte nie an Abwechslung.

Die Signallampe am Telefon auf seinem Schreibtisch blinkte plötzlich. Commander O'Flanahan nahm den Hörer ab.

»Oh, hallo, Doc van Stijnberg. Wie geht es Ihnen? So früh auf?«

»Spät, meinen Sie, Commander«, antwortete die Bassstimme des Astronomen, Direktor des Mondobservatoriums zweihundert Meilen vom Space Guard Center Luna entfernt. »Ich war gerade dabei, ins Bett zu gehen, aber etwas kam rein, was Sie interessieren könnte, denke ich.«

»Ja, schön«, sagte O'Flanahan erfreut.

»Nun«, entgegnete Van Stijnberg, »eine meiner automatischen Kameras hier hat ein Raumschiff im Anflug erwischt, anscheinend wollten sie landen, weil alle Triebwerke voll arbeiteten. Sagen wir so: eine wunderbare neue Konstruktion, die Triebwerke müssen für das Auge fast unsichtbar sein – das meiste davon im ultravioletten Bereich. Und sie sind viermal so lang wie gewöhnlich. Sie müssen eine enorme Ausströmgeschwindigkeit haben.«

Der Astronom hielt inne.

»Stijnberg«, sagte der Kommandant, »entweder haben Sie einen ungewöhnlichen Sinn für Humor, um mir so eine Geschichte zu dieser Tageszeit zu erzählen, oder Sie haben wirklich fotografiert, was Sie da vorgeben. Und jetzt versuchen Sie, aus mir die Konstruktionsgeheimnisse der Space Guard herauszukitzeln.«

»Ich dachte mir, dass Sie so reagieren würden«, sagte Van Stijnberg mit einem Unterton der Befriedigung in seiner Stimme. »Nun, ich glaube aber nicht, dass es ein Schiff der Space Guard war. Es sah nicht so militärisch aus, wie es Ihre Schiffe normalerweise sind. Jedenfalls glaube ich, dass sie gelandet sind. Meine Seismografen zeichneten leichte Erdstöße einer Landung auf.«

»Wo?« Die Stimme des Kommandanten war angespannt, gemischt mit einer Prise Überraschung.

»Zufall, dass meine Posten im Cassini diese Erschütterungen auch aufnahmen.«

Van Stijnberg klang nun sehr erfreut. »Ich habe gerade die Aufzeichnungen überprüft. Das Zentrum der Erschütterungen war Palus Nebularum. Ich würde sagen Devil's Glory Desert. Es entspricht der visuellen Beobachtung meiner Kameras, die das Schiff hinter dem Rand von Cassini in Richtung Palus Nebularum verschwinden sahen.«

»Danke«, sagte O'Flanahan, »ich werde so schnell wie möglich einen Erkundungstrupp hinausschicken. Das Schiff hat seine Ankunft nicht angekündigt. Vielleicht stimmt etwas nicht mit ihnen. Lassen Sie die Fotos und seismographischen Aufzeichnungen zu mir funken.«

»Mach ich. Und jetzt gehe ich ins Bett. Gute Nacht, Commander.«

Während der automatische Empfänger eifrig klickte und ein Foto sowie zwei Grafiken aus Punkten verschiedener Intensität zusammenstellte, griff der Kommandant zu einem anderen Telefonhörer.

»Rettungskommando, Sergeant spricht«, kam die Antwort.

»O'Flanahan hier! Wer hat Dienst für das Vermessungsbodenpersonal?«

»Captain Houghton und Pilot Kober, Sir.«

»Sehr gut, holen Sie den Kapitän ans Telefon.«

»Guten Morgen, Captain, es wurden Erschütterungen an oder in der Nähe von Devil's Glory Desert im Palus Nebularum aufgezeichnet. Bitte stellen Sie mit Kober einen Vermessungswagen bereit und lassen Sie im Krankenhaus einen Rettungseinsatz für später vorbereiten. Kommen Sie bitte sofort in mein Büro.«

SIEBEN STUNDEN SPÄTER näherte sich ein seltsam aussehendes Fahrzeug dem Space Guard Center Luna. Es war der Vermessungswagen, den Captain Houghton für die Reise zu Devil's Glory Desert benutzt hatte. Das war eine riesige Fläche von mehrfarbigen Dünen in der Nähe des Zentrums von Palus Nebularum, dem »Sumpf des Nebels« – der natürlich weder Sumpf noch nebelig war. Der Vermessungswagen – speziell für Mondbedingungen konzipiert – bestand aus einem zylindrischen Körper von dreißig Fuß Länge und sieben Fuß

Durchmesser, der auf zwei großen und breiten Raupenketten ruhte. Die Fahrzeuge konnten durch jede Art von Gelände klettern und waren in der Lage, eine Geschwindigkeit von fast achtzig Meilen auf dem glatten Boden der Mare zu erreichen. Es gab keine Stromlinienform, was auf dem praktisch luftleeren Mond unnötig war, aber die stabilen und schweren Stahlplatten der Karosserie – das Gewicht spielte auf dem Mond keine große Rolle, jedoch war ein Schutz gegen gelegentliche Meteoriten notwendig – waren mit einer auf Hochglanz polierten Schicht aus Silber und Rhodium überzogen, um Licht und insbesondere die Wärmestrahlung besser zu reflektieren.

Hinter dem Fahrzeug befand sich ein sogenannter Treibstoffanhänger, eine Art zusammenklappbarer Schlitten mit gefederten Halterungen, der drei große Treibstofffässer aufnehmen konnte. Es kam gelegentlich vor, dass Raumschiffe ohne viel Treibstoff in ihren Tanks landeten. Dann benutzten die Weltraumwächter diese Schlitten, um ihnen die kostbare Flüssigkeit zu bringen.

Als Houghtons Vermessungsfahrzeug das Center Luna verlassen hatte, war der Treibstoffanhänger leer und in Einzelteilen auf das Fahrzeug geschnallt worden. Jetzt hing er hinter dem Fahrzeug und trug ein großes Treibstofffass, das zu drei Vierteln im blauen Sand der Devil's Glory Desert vergraben gewesen war.

O'Flanahan hatte kurz nach dessen Fund davon erfahren. Houghton hatte ihm aus der Devil's Glory Desert über den Funksender des Vermessungsfahrzeugs Bericht erstattet. Als er dort ankam, war kein Raumschiff zu sehen. Aber es gab untrügliche Anzeichen dafür, dass hier ein Raumschiff gelandet und wieder gestartet war. Dass sie dies getan hatten, ohne das Space Guard Center zu informieren, wie es das interplanetarische Gesetz vorschrieb, war ein Beweis dafür, dass hier etwas nicht stimmte. Auf der Suche nach einem Hinweis hatte Houghton schließlich das Fass entdeckt, das fast vollständig unter Bimssteinstaub versteckt lag, den die Gase des unbekannten Raumschiffs aufgewirbelt hatten. Sie hatten es geborgen, aber obwohl es sich fast leer anfühlte, hatten sie nicht gewagt, es zu öffnen.

Stattdessen hatten sie ihren Anhänger aufgebaut und es zur fachmännischen Untersuchung mitgenommen.

Für den Empfang des Fahrzeugs war Forschungslabor IV freigegeben worden. Die Außentür der Schleuse war geöffnet und von zwei Scheinwerfern beleuchtet. Am Boden war es noch dunkel, aber das Verwaltungsgebäude und der Beobachtungsturm waren in Sonnenlicht getaucht. Ihre Strahlen fingen gerade an, die Flachdächer der größeren Werkstätten und Laboratorien zu berühren.

Kober, der am Steuer des Messwagens saß, fuhr in die Freiluftschleuse. Dann sprangen beide Männer – in Raumanzüge gekleidet – aus dem Fahrzeug und zogen den Anhänger in die Schleuse. Als Houghton das Signal gab, dass er bereit war, schlossen sich die äußeren Türen geräuschlos, die Ventile für die Luftzufuhr öffneten sich, und nur Sekunden später schwang die innere Tür auf und Kober fuhr Auto und Anhänger herein. Houghton öffnete die Visierscheibe seines Raumanzugs und ging auf die Gruppe von Männern zu, die sich nach dem Eingang seines Anrufs versammelt hatte.

Da war Boris Woulson, der Cheftechniker der Reparaturwerkstätten, Dr. Boerhave, der schwergewichtige und joviale Leiter der Abteilungen für Biologie und Chemie, William Taylor, der kleine Raketeningenieur, der aussah wie der Cockney-Dialekt, den er sprach, und sogar Commander O'Flanahan selbst und seine beiden angesehenen Besucher von der Erde waren erschienen. Houghton kannte beide. Der eine war Dr. Frederic William Helmer, Raketenexperte aus dem Hauptquartier in Space Guard City in der Nähe von New York, Vereinigte Staaten von Amerika. Mit seinen sechs Fuß überragte er den anderen, einen kleinen dunkelhaarigen Mann von ausgesprochen gallischem Typ, mit Schnurrbart, Diamantring und exquisit gebügelter Kleidung. Er war Pierre de Costa-Coudray, einer der fähigsten französischen Theoretiker – und gleichzeitig einer der schlechtesten Linguisten. Der schwergewichtige Deutsche und der elegante Franzose schätzten die Fähigkeiten des jeweils anderen sehr und hatten sogar eine ausgeprägte Sympathie füreinander. Aber es gelang ihnen nie, sich gut zu verständigen, was einzig und allein daran lag, dass Helmer darauf bestand, mit de Costa-Coudray Französisch zu sprechen, wenn sie zusammen waren, während der andere auf diesen Fahrten beharrlich Deutsch sprach. Jeder dachte im Stillen, dass die Kenntnisse des anderen in der jeweiligen Fremdsprache kaum für das Gymnasium reichten. Sie hatten beide recht.

Aber sie waren weiterhin höflich zueinander – auch wenn es um die Sprache ging.

O'FLANAHAN machte ein paar Schritte vorwärts, um auf Houghton zuzugehen, der sich steif meldete. O'Flanahan bestätigte den Report und befahl, das Treibstofffass vom Anhänger zu heben und zu öffnen – was bedeutete, dass sein Deckel vollständig abgeschraubt werden sollte. Die Männer traten zurück, während Woulson und zwei Mechaniker Gasmasken aufsetzten und mit Werkzeugen hantierten. Der Deckel des großen Kraftstofffasses ließ sich problemlos abschrauben, und Woulson beorderte seine Mechaniker zurück, während er sich mit einer Taschenlampe dem offenen Behälter näherte. Als er hineinschaute, sahen die Männer einen Ausdruck völliger Überraschung auf seinem blassen Gesicht. Es dauerte jedoch nur einen Augenblick, dann sah er wieder so traurig aus wie immer. Er drehte sich um, ging mit müden Schritten zum Commander und sagte ohne das geringste Zeichen von Gefühlen:»Ich habe die Ehre zu berichten, Sir, dass der Treibstoff in diesem Fass ein bewusstloses junges Mädchen ist. Frauen waren oft der Treibstoff, der Kriege ausgelöst hat, aber ich weiß nicht, wie sie eine Rakete antreiben sollte.«

Es war eine offizielle Meldung, die Flüstern in mehreren Sprachen auslöste. Helmer erklärt Boerhave, dass entweder Woulson oder er selbst betrunken sein müsse, aber dass er nichts anderes als Kaffee trinke. Boerhave erzählte etwas von den seltsamen Anfängen des Weltraumfiebers und der Mondkrankheit, was de Costa-Coudray dazu veranlasste, den Vorschlag zu machen, das Krankenhaus anzurufen.

Houghton sagte nichts. Er sah Woulson an, dann das Treibstofffass und schließlich den Commander von Center Luna. Der starrte Woulson an. Eine halbe Minute lang antwortete er nicht, wahrscheinlich dachte er selbst über all das nach, was um ihn herum in verschiedenen Sprachen gesprochen wurde. Dann antwortete er förmlich »Danke!«, drehte sich um und sagte: »Meine Herren, lassen Sie uns einen Blick auf diese bemerkenswerte neue Sorte Raketentreibstoff werfen. Pilot Kober, rufen Sie bitte sofort Dr. Farrell herbei.«

Die Männer marschierten zum Treibstofffass, Kober telefonierte derweil mit dem diensthabenden Arzt des Krankenhauses.

Woulsons Bericht erwies sich als richtig: In dem Treibstofffass befand sich ein junges Mädchen.

»Wenn sie etwas spärlicher bekleidet wäre, wäre das eine schöne Geschichte«, sagte Boerhave unter völliger Missachtung der Würde der Space-Guard-Organisation. »Aber sie ist keineswegs spärlich bekleidet. Zusätzlich zu einem Kleid, das sie an einem Tag im April in New York tragen könnte, trägt sie einen ziemlich schweren Raumanzug, der in seiner Funktion mit den ›Regulation II‹-Anzügen der Space Guards vergleichbar ist.«

Sie hoben sie aus dem Fass und zogen sie vorsichtig aus dem Raumanzug. Sie war recht jung, sah sehr gut aus und sie lebte, war allerdings bewusstlos. Zwei Mechaniker brachten eine Bahre und trugen sie zu einer der niedrigen Werkbänke. Dr. Farrell traf ein, als die Männer gerade damit beschäftigt waren, den weiteren Inhalt des Fasses zu untersuchen. Es handelte sich um einige persönliche Gegenstände, die in ein Bündel eingewickelt waren, um Nahrung und Wasser für etwa zehn Tage und um komprimierten Sauerstoff für die gleiche Zeitspanne.

Farrell schniefte und untersuchte, nach einem flüchtigen Blick auf ihre schlaffe Gestalt, ihr stark verschmutztes Kleid. »Sie hat sich im Raumanzug übergeben. Hoffentlich hat sie keine Gehirnerschütterung«, murmelte er und versuchte, ihre Augen zu öffnen.

Die junge Frau richtete sich auf der Bahre auf und begann mit geschlossenen Augen zu schreien. Offensichtlich versuchte sie, Worte zu artikulieren, aber es war unmöglich, sie zu verstehen. Schwer atmend ließ sie sich zurückfallen, streckte sich und schien einzuschlafen.

»Ich muss sie ins Krankenhaus bringen, Commander«, sagte Farrell.

O'Flanahan nickte. »In Ordnung, Doc, bringen Sie sie in eines der besten Zimmer, aber in die Gefangenenabteilung, bis Sie weitere Anweisungen erhalten.«

Pierre de Costa-Coudray hatte es endlich geschafft, sich mit den Ellbogen an die Trage heranzudrängen. Er beäugte sie erst zweifelnd, dann erstaunt.

»Monsieur le Commandant«, sagte er schließlich, »ich glaube, ich kenne sie. Die Frau – sie ist, wenn ich mich nicht sehr täusche, Mademoiselle Gwendolyn Le Marr.«*

O'Flanahans blaue Augen waren erneut voller Überraschung. Dann setzten sich seine Gedanken schnell in Befehle um.

»Dr. Farrell, Sie berichten mir direkt über den Zustand der Patientin, sobald sich irgendwelche Veränderungen zeigen. Woulson, ich will in zwanzig Minuten eine vollständige Liste aller Dinge, die in dem Fass gefunden wurden. Allison, ermitteln Sie die Herkunft des Fasses. Sparen Sie nicht mit Anrufen zur Erde, falls nötig. Captain Houghton, melden Sie sich in 50 Minuten in meinem Büro.« Dann wandte er sich an de Costa-Coudray und Helmer: »Meine Herren, ich würde mich freuen, Sie umgehend in meinem Büro begrüßen zu dürfen.«

DONALD T. RAWLINSON und Rupert T. Farrington trafen sich an der Tür des Aufzugs im Hauptturm des Hauptquartiers der Space Guard New York.

»Guten Morgen«, sagten sie gleichzeitig.

---

* Dies ist eine Verbeugung vor der von ihm geschätzten Schauspielerin Hedy Lamarr (A. d. Ü.)

»Ein schöner Tag, nicht wahr?« eröffnete Farrington das Gespräch, und Rawlinson stimmte zu. Sie waren immer einer Meinung, in kleinen Angelegenheiten wie dem Wetter und in wichtigen Angelegenheiten, die das Treffen von Präsidenten und Königen betrafen. Jeder wusste, dass die beiden obersten Befehlshaber der Space Guard nie unterschiedlicher Meinung waren – zumindest nicht, solange jemand zuhörte.

Die beiden Großadmirale der Space Guard waren in keiner Weise miteinander verwandt. Aber sie hatten etwa fünfundvierzig Jahre lang zusammen gearbeitet und waren sich ähnlich geworden, so wie alte Ehepaare sich ähneln. Sie sahen aus wie Brüder, kleideten sich gleich – auch wenn sie keine Uniform trugen – und sprachen in Sätzen, die von dem einen begonnen und von dem anderen beendet wurden. Sie verhielten sich im Allgemeinen so, als wären sie zwei Ausgaben ein und derselben Person. Sogar ihre Ehefrauen sahen sich ähnlich.

Sie betraten gemeinsam den Aufzug und verließen ihn gemeinsam im 72. Stock. Sie unterhielten sich über den Inhalt der Zeitungen, die sie gelesen hatten, zündeten sich Zigarren an, setzten sich und warteten darauf, dass die Sekretärinnen ihre Post brachten und über die Ereignisse der Nacht berichteten. Nachdem sie die Routineangelegenheiten erledigt hatten, öffnete Rawlinson den versiegelten Umschlag mit den Berichten des Weltraumtelefons, die in der Nacht eingetroffen waren. Er las sie schweigend und gab O'Flanahans Bericht an Farrington weiter.

Farrington brauchte nicht mehr als ein paar Sekunden, um den kurzen Bericht zu lesen. Aber es dauerte Minuten, bis er den Mund aufmachte.

»Rawlinson«, sagte er schließlich, »das gefällt mir nicht. Ich habe das Gefühl, dass es sich um mehr als eine einfache Entführungsgeschichte handelt. Und wenn dem so ist, müssen wir mit weiteren seltsamen Ereignissen dieser Art rechnen.«

Rawlinson sprach in ein Mikrofon.

»Nachrichtendienst«, sagte er, »lassen Sie mich so schnell wie

113

möglich wissen, was Sie über Dr. Le Marr und seine Tochter herausfinden können.«

Dann wandte er sich an Farrington und fügte hinzu: »Lassen Sie uns versuchen, diese Sache zu klären. Die Fakten sind wie folgt: Van Stijnberg machte O'Flanahan auf ein Raumschiff aufmerksam, das angeblich im Palus Nebularum gelandet war, und O'Flanahan schickte Captain Houghton und Pilot Kober zur Untersuchung. Sie fanden deutliche Spuren einer Landung und des Starts eines Raumschiffs und entdeckten ein von Whitemore & Company in Madura, Indien, hergestelltes Treibstofffass. Sie brachten dieses Fass zur Untersuchung ins Center Luna und fanden darin ein Mädchen in einem Raumanzug sowie mit Nahrung, Wasser und Sauerstoff für mehrere Tage. Das Mädchen wurde mit Chloroform oder etwas anderem betäubt und ist immer noch nicht in der Lage, zusammenhängend zu sprechen. Unser Freund de Costa-Coudray glaubt, dass es sich um die Tochter von Dr. Le Marr, dem bekannten Erfinder, handelt.«

»Da die junge Frau immer noch bewusstlos ist, sollten wir keine voreiligen Schlüsse aus diesen Fakten ziehen, bevor wir nicht ihre Geschichte gehört haben«, antwortete Farrington.

»Richtig! Aber ich sage Ihnen insgeheim, dass ich das Gefühl habe, dass sich hinter ihrer Geschichte etwas Größeres verbirgt, ganz gleich, wie sie verläuft.«

»Sie denken«, sagte Farrington, »an das Schiff, das Becquin von seinem Aufklärungsschiff aus auf der Erde landen sah und von dem sich später herausstellte, dass um diese Zeit kein Schiff gelandet war.«

»Ja, und an das Abenteuer der Space Guard 32 ein paar Monate später.«

FARRINGTON nickte nachdenklich.

Der Kreuzer Space Guard 32 hatte ein Raumschiff auf einem der großen Asteroiden gesehen. In der Annahme, dass es Hilfe brauchte, hatte er es gerufen, woraufhin es zu fliehen versuchte.

Der Kreuzer der Weltraumwache hatte es verfolgt, aber nach ein paar Stunden sah er es im Weltraum explodieren. Es konnten keine Wrackteile gefunden werden – und nach einer Untersuchung wurde kein Schiff als vermisst gemeldet. Es gab nur eine Möglichkeit: die Existenz von nicht registrierten Raumschiffen trotz der strengen Gesetze.

Rawlinson wollte gerade etwas sagen, als die Rohrpost einen Behälter in den gepolsterten Korb plumpsen ließ. Es war die Information, um die Rawlinson gebeten hatte. In den Akten der Space Guard war nicht viel über Miss Le Marr zu finden. Die drei Fotos halfen nicht weiter; es gab noch kein Bild vom Mond zum Vergleich. Die Beschreibung passte – weiß, blond, schlanke Figur, 1,70 Meter groß, große blaue Augen – aber diese Beschreibung passte auf mindestens drei Millionen Mädchen im Alter zwischen siebzehn und zweiundzwanzig Jahren.

Mehr gab es jedoch über ihren Vater – falls Dr. Le Marr der Vater des gefundenen Mädchens war. Seine Erfindungen waren nicht nur den Fachleuten auf seinem Gebiet, sondern auch der breiten Öffentlichkeit bekannt. Jeder wusste über den elektrischen Meteoritendetektor von Le Marr Bescheid. Der hatte ihm ein Vermögen eingebracht. Viele kleinere Erfindungen trugen zwar nicht seinen Namen, waren aber an Bord jedes Raumschiffs in Gebrauch. Vor etwa sechs Jahren, so heißt es in dem Bericht, habe er seine Fabriken mit beträchtlichem Gewinn verkauft und sich zur Ruhe gesetzt. Auf einer kleinen Insel in der Nähe der afrikanischen Ostküste hatte er sich ein Haus und ein Labor gebaut, wo er ohne ausgebildete Assistenten, sondern nur mit Hilfe afrikanischer Einwohner arbeitete, die die schweren Arbeiten erledigten. Er hatte nicht ständig in seinem Haus gelebt, sondern war manchmal für Monate nach Amerika oder Europa gereist. Er hatte keine sozialen Kontakte, außer denen, die sich aus der wissenschaftlichen Arbeit oder aus geschäftlichen Gründen ergaben. Gelegentlich waren Besucher für mehrere Wochen in seinem Haus zu Gast – hauptsächlich Wissenschaftler verschiedener Fachrichtungen. Seine

Tochter lebte in Paris und wurde einmal im Jahr von ihrem Vater besucht, und einmal im Jahr reiste sie zu ihm, aber nie für längere Zeit. Ihr letzter Besuch war mit seinem letzten Aufenthalt zu Hause zusammengefallen; sie waren gemeinsam abgereist.

»Nun«, meinte Rawlinson, »eine nicht besonders interessante Lebensgeschichte, die uns nicht gerade weiterhilft.«

»Nein«, stimmte Farrington zu. »Zumal wir nicht einmal wissen, dass es sich bei O'Flanahans Gast auf dem Mond tatsächlich um Miss Le Marr handelt. Aber es gibt nichts anderes, woran wir uns halten können, und wir können genauso gut dieser Spur folgen, bis wir das Gegenteil beweisen.«

Die riesige Maschinerie, die sich Space Guard nannte, begann zu arbeiten, lautlos, im Hintergrund, effizient.

II.

EINE GROSSE BATTERIE von superstarken Suchscheinwerfern auf dem Gipfel des Mt. Wilson flammte auf. Die blassen Strahlen waren nicht auf ein irdisches Objekt gerichtet, sondern zeigten in den Himmel. Es gab ein leichtes Zittern der Strahlen, dann schwenkten sie in einem Bogen von etwa drei oder vier Grad und Leutnant Wilkins meldete: »Weltraumtelefon bereit zum Gespräch mit dem Mond, Sir.«

Colonel Winterbotham nahm das Mikrofon. Er wusste, dass O'Flanahan in dieser Minute seinen Anruf erwartete.

»Hören Sie, O'Flanahan«, sagte er, wobei die Modulationen seiner Stimme durch fluktuierende Lichtstrahlen zum Mond getragen wurden, um von der Empfangsanlage im Beobachtungsturm von Center Luna in elektrische Impulse und wieder in Schall umgewandelt zu werden.

»Ich habe einige Neuigkeiten im Fall Le Marr. Das Hauptquartier hat einen Fahndungsaufruf für Le Marr erlassen. Er ist nicht auf der Erde. Die örtliche Polizei hatte sich bereit erklärt, sein abgeschlossenes Haus zu durchsuchen, aber er ist nicht dort. Es sieht so aus, als sei er in aller Ruhe abgereist, was die Aussagen seiner Bediensteten bestätigen. Das Hauptquartier schlägt vor, zuerst alle anderen Planeten anzurufen, bevor weitere Schritte unternommen werden.«

Winterbotham wartete ein paar Augenblicke, damit O'Flanahan antworten konnte.

»Anregung zur Kenntnis genommen. Noch keine Neuigkeiten. Sobald die angebliche Miss Le Marr aufwacht, werde ich dem Hauptquartier Bericht erstatten.«

»In Ordnung. Ende.«

Auf der Erde erloschen die Suchscheinwerfer.

Auf dem Mond wurde keine Sekunde gezögert. Der Raumtelefonist vom Center Luna musste die bewohnten Welten anrufen und sie bitten, nach Dr. Le Marr zu suchen. Es war sicher, dass er die Erde nicht an Bord eines Passagierraumschiffs verlassen hatte. Obwohl das internationale Recht die Registrierung jedes bemannten Fahrzeugs vorschrieb, das höher als hundert Meilen aufsteigen kann, deutet das vom Mondobservatorium aufgenommene Foto darauf hin, dass es mindestens ein nicht registriertes Fahrzeug gab.

Zwei Batterien von Suchscheinwerfern begannen auf dem Mond zu arbeiten. Eine befand sich in der Nähe der Gebäude vom Space Guard Center, der andere am Südrand von Clavius. Die Strahlen konnten auf dem atmosphärelosen Mond nicht gesehen werden, aber das Verfahren war dasselbe. Die Strahlen schwenkten von Deimos, dem Marsmond, zu dem kleinen künstlichen Mond, der die Venus umkreist, von Pallas zu Ceres und Vesta und sogar zu Eros. Das Licht brauchte Minuten, um die Entfernungen zu überwinden, aber die Botschaft war ungefähr dieselbe, die ein paar Stunden zuvor in etwas mehr als einer Sekunde zur Erde gelangt war.

»Achtung: Gesucht wird der Wissenschaftler Dr. Peter Le Marr – möglicherweise eine Entführung. Nehmen Sie sofort Kontakt mit allen Space-Guard-Einheiten in Reichweite auf.

Melden Sie sich so schnell wie möglich über Luna beim Hauptquartier.«

Einige Stunden später meldete sich Luna Center mit folgender Information auf der Erde.

Die Untersuchung des Mädchens, das wir gefunden haben, ist soeben abgeschlossen. Sie behauptet, dass sie Gwendolyn Le Marr ist. Ihr Vater ist wahrscheinlich an Bord eines Schiffes, das er selbst entworfen hat, das aber nicht unter seinem Kommando steht. Bitte ordnen Sie eine allgemeine Suche nach einem Schiff vom Typ ›Meligunda‹ an, das ursprünglich den Namen ›Tahiti‹ trug und unter der Nummer E/AR/XIX-273 registriert ist – Erde/Afrikanische Republik/Distrikt Eins-Neun/Nummer Zwei-Sieben-Drei. Miss Le Marr reist in sieben Stunden an Bord von Space Guard M. 19 zur Erde in Begleitung von de Costa-Coudray mit Dr. Helmer und Captain Houghton. Ich habe ihn mit der Untersuchung dieses Falles beauftragt, unter der Zuständigkeit von Center Luna. Miss Le Marr möchte, dass alle Papiere im Haus ihres Vaters zuerst von einem Experten und dann von Helmer untersucht werden. Le Marrs letzte Erfindungen betreffen einen neuen Raketenantrieb. Obwohl die Identität des Mädchens noch nicht rechtlich geklärt ist, übernehme ich die Verantwortung für dieses Vorgehen.

O'Flanahan sprach diese Nachricht selbst, wartete drei Sekunden auf die Bestätigungen und beendete die Verbindung.

EXAKT achtzehn Stunden, nachdem O'Flanahan Woulsons Bericht »der Treibstoff in diesem Fass ist ein bewusstloses Mädchen« gehört hatte, regelte das Aufklärungsschiff Space Guard M. 19 seine Raketenmotoren auf Null herunter, weil es die notwendige Geschwindigkeit erreicht hatte, die sie ohne weiteren Treibstoffverbrauch zur Erde bringen würde. Houghton kam aus dem Kontrollraum in die Hauptkabine und verkündete den drei Personen, die in den dicken luftgepolsterten Hängematten festgeschnallt waren: »Schwerelosigkeit.«

Damit wurde ihnen mitgeteilt, dass sie tun und lassen konnten, was sie wollten, bis Korrekturen an der Umlaufbahn notwendig wurden.

Das Mädchen, das sich Gwendolyn Le Marr nannte, schwebte aus seiner Hängematte hoch und fragte mit angespannter Stimme: »Wie lange wird es dauern?«

»Ungefähr drei Tage, plus ein paar Stunden für die Landung.«

Sie nickte und bewegte sich zu einem der Fenster, um in die Leere zu schauen. Aber es war offensichtlich, dass sie nicht einmal den Glanz des Sternenhimmels sah. Ihre Haltung war von nervöser Erschöpfung geprägt. Dr. Farrell hatte im Voraus gewarnt, sie so weit wie möglich in Ruhe zu lassen, sie aber genau zu beobachten. Mit äußerster Vorsicht hatten sie sie dazu gebracht, ihre Geschichte zu erzählen. Das war für alle Beteiligten eine große Belastung gewesen. Minutenlang hatte sie mit normaler und scheinbar fester Stimme gesprochen, nur um im nächsten Moment in hysterisches Weinen auszubrechen. Mit der gleichen Plötzlichkeit nahm sie ihre Geschichte wieder auf, aber mit fast unhörbarer Stimme. O'Flanahan hatte die Anhörung so weit wie möglich verkürzt – sie alle wussten, dass sich ihre zerrütteten Nerven in vertrauter Umgebung schneller erholen würden. Sie hatte die Erde noch nie verlassen; die geringere Schwerkraft des Mondes und der Blick in den schwarzen Sternenhimmel machten ihr Angst. Helmer und de Costa-Coudray hatten ihren Aufenthalt auf Luna abgekürzt, um mit derselben Rakete zur Erde aufzubrechen.

IM GLEICHEN MOMENT verließ ein anderes Raumschiff die Erdatmosphäre, um mit enormer Geschwindigkeit in eine von der Sonne wegführende Umlaufbahn einzuschwenken. Es war ein Abflugwinkel, den jeder halbwegs erfahrene Raumfahrtpilot gemieden hätte. Er führte in eine Umlaufbahn, die sich hoch über die Ebene der Ekliptik erheben würde. Eine Umlaufbahn, die diese Ebene erst in großer Entfernung von der Sonne wieder kreuzen würde – weiter weg, als jedes denkbare Raumschiff überhaupt fliegen könnte. Es war eine Umlaufbahn, die für jeden, der es wagte, reiner Selbstmord war; es war eine absolut unmögliche Umlaufbahn für einen vernünftigen Piloten. Nur schwer beschädigte Raketenmotoren, die mit voller Kraft arbeiteten, aber völlig außer Kontrolle waren, konnten eine solche Umlaufbahn erklären. Doch die große Länge der Düsenstrahlen zeigte, dass sie nicht außer Kontrolle waren. Sie lenkten das Schiff in eine unmögliche Umlaufbahn, die den sicheren Tod für alle an Bord bedeutete.

Kurz danach schoss von einer winzigen Insel in antarktischen Gewässern südlich von Afrika eine automatische Postrakete in die Höhe. Sie schwenkte auf eine andere verrückte Umlaufbahn, eine Umlaufbahn, die die Erde schließlich irgendwo in Südafrika wieder berühren würde, die aber so berechnet zu sein schien, dass sie für die kurze Reise von nur ein paar Hundert Meilen so viel Zeit wie möglich benötigte. Fünfzehn Sekunden nachdem die Rakete ihr Startgestell verlassen hatte, wurde dieses durch eine schwere Explosion zerstört. Es war nur die erste einer Reihe von noch schwereren Explosionen. Sie tobten minutenlang und erschütterten die winzige Insel in ihren Grundfesten, um dann plötzlich von einem noch gewaltigeren Grollen übertönt zu werden. Ein Vulkan, der viele Jahrhunderte lang tot und still gewesen war, öffnete wieder seinen Schlund, und ein Strom glühender Lava floss auf einen tausend Jahre alten Gletscher zu. Heftige Dampfexplosionen dröhnten über Hunderte von Meilen. Aber niemand hörte sie. Niemand war nahe genug, um auch nur das Donnern beim Aufeinandertreffen von Lava und Eis zu hören. Nur die Nadeln von Hunderten von Seismographen auf der Erde zitterten und registrierten eine Reihe von mittelschweren Erschütterungen in den antarktischen Gewässern.

IN DER ZWISCHENZEIT bewegte sich die Space Guard M.19 auf die Erde zu. Die drei Männer in ihrer Hauptkabine taten genau das, was Farrington und Rawlinson taten; sie lasen Kopien der Berichte und versuchten, Hinweise zu finden, die selbst bei genauester logischer Prüfung nicht erkennbar wurden. Dr. Le Marr hatte seine neue Erfindung an Unbekannte verkauft, die Erfindung in seinem eigenen Raumschiff vorgeführt und möglicherweise auch das Schiff verkauft. Auf dem Rückweg zur Erde waren sowohl Le Marr als auch seine Tochter gefangen genommen worden, und Gwendolyn Le Marr war im Palus Nebularum auf dem Mond ausgesetzt worden. Das waren die Fakten. Es gab keinen weiteren Anhaltspunkt. Es war möglich, dass die Details einen Hinweis enthielten, aber wenn ja, war er so gut versteckt, dass er nicht gefunden wurde.

Houghton war gerade dabei, mit Helmar und De Costa-Coudray einige Ideen zu besprechen, die ihm gekommen waren, als aus der Pilotenkabine ein merkwürdiges Summen ertönte. Houghton erreichte die Tür mit einem langen Sprung – es erforderte Übung, sich in einem schwerelosen Raumschiff zu bewegen – und verschwand hinter einem großen Bildschirm. Das Geräusch hatte ihm verraten, dass Strahlen mit einer ungewöhnlichen Frequenz auf sensibilisierte Metallplatten trafen, die an der Außenhülle des Schiffes angebracht waren. Dies konnte nur eine Bedeutung haben: ein Weltraumtelefonanruf. Und er musste für sie bestimmt sein, es sei denn, sie waren versehentlich in einen Erde-Mond-Strahl geraten.

O'Flanahan rief vom Luna Center aus an. Houghton hörte aufmerksam zu, der automatische Rekorder zeichnete alles auf. Es gab Befehle vom Hauptquartier: Sie bestätigten seinen Sonderauftrag im Fall Le Marr und wiesen ihm Helmer zu. Als Pilot der Space Guard M.19 hatte er den Befehl, so nahe wie möglich beim Hauptquartier zu landen und sich sofort nach der Landung bei Rawlinson und Farrington zu melden.

Eine Stunde später erreichte eine weitere Meldung das Hauptquartier. Eine automatische Postrakete war außerplanmäßig in Kapstadt eingetroffen. Sie war in dem Bereich des Ozeans gelandet, der für die Landung von Postraketen vorgesehen war. Aber sie kam zu einem Zeitpunkt, als weder amerikanische, europäische noch asiatische Post anstand. Als der Fallschirm der Postrakete am Himmel erschien, hatten die Postbeamten zunächst geglaubt, es handele sich um einen Mann, der aus einem hoch fliegenden Flugzeug gesprungen war, um sein Leben zu retten.

Als sich herausstellte, dass es sich um eine Postrakete handelte, wurden sofort die für die Entgegennahme solcher Sendungen zuständigen Beamten hinzugezogen. Sie stellten fest, dass die Rakete nur ein maschinengeschriebenes Blatt Papier enthielt, auf dem stand:

Zur sofortigen Weiterleitung an das Hauptquartier der Space Guard, New York.

Ein amerikanischer Zwanzig-Dollar-Schein war an das Blatt geheftet, auf dem zu lesen war:

Bitte schicken Sie sofort ein Rettungsteam zur Devil's Glory Desert, Palus Nebularum, Luna, um Gwendolyn Le Marr zu bergen, die sich in einem luftdicht verschlossenen Treibstofffass befindet, das genügend Vorräte für 250 Stunden enthält. Dr. Le Marr ist sicher an Bord seines Schiffes.

Die Nachricht war mit SS »Tahiti« unterzeichnet.

SPÄT IN DER NACHT läutete Rawlinsons privates Telefon. Er saß an seinem Schreibtisch, der mit Papieren und offiziellen Dokumenten übersät war. Das Telefon läutete zum zweiten Mal. Rawlinson musste Stapel von Büchern und Dokumenten beiseiteschieben, um seinen Arm frei zu bekommen und den Hörer zu erreichen. Als es zum dritten Mal läutete, hatte er es geschafft, ihn zu greifen. Es war Farrington, der anrief.

»Rawlinson«, sagte er, »ich bitte um Entschuldigung, dass ich Sie im Schlaf gestört habe, aber …«

»Das haben Sie nicht. Ich war auf und habe gelesen.«

»Ich auch. Hören Sie, Rawlinson, ich kann wegen des verflixten Falls Le Marr nicht schlafen. Seit wir den ersten Bericht erhalten haben, bin ich jede Minute damit beschäftigt, mir einen vernünftigen Grund für ein solches Verhalten auszudenken. Dass ein Mann die Tochter eines anderen Mannes entführt und den Vater zurücklässt, das könnte ich verstehen. Aber dass jemand die Tochter zurücklässt und mit dem Vater durchbrennt – das ist mir unbegreiflich. Aber jetzt habe ich eine Theorie und die würde ich gern mit Ihnen besprechen.«

»Ich bin in ein paar Minuten mit meinem Auto bei Ihnen«, sagte Rawlinson.

Die beiden trafen sich und führten tatsächlich einen Dialog. Er dauerte jedoch nicht lange, schnell waren sie sich in jeder Hinsicht einig. Sie sahen, welche Bedeutung in dem Fall Le Marr steckte – sie mussten nur noch ein paar Dutzend Fakten überprüfen und ein paar neue Hinweise entdecken, um ihre Theorie zu beweisen oder zu widerlegen. Zunächst zögerten sie selbst, sie zu glauben, aber sie bot eine perfekte Erklärung nicht nur für den Fall Le Marr, sondern auch für das Abenteuer der Space Guard 32 und für die bisher angezweifelte Beobachtung des Kommandanten vom Spähschiff »Becquin«. Sie erklärte auch mehrere kleinere Vorfälle, die den Raumwächtern Kopfzerbrechen bereitet hatten.

Die meisten Daten, die die beiden Großadmirale der Space Guard zur Überprüfung ihrer Theorie benötigten, konnten von ihrer eigenen Organisation beschafft werden. Es blieb dem Mädchen überlassen, ihnen die genaue Art und – wenn möglich – die Details der neuesten Erfindung ihres Vaters zu nennen und zu erklären, was damit geschehen war.

So kam es, dass die drei Männer, Houghton, Helmer und de Costa-Coudray, und das Mädchen, das inzwischen als Gwendolyn Le Marr identifiziert worden war, von einem Soldaten empfangen wurden, als sie zwei Tage später im Hauptquartier ankamen. Sie wurden sofort in den 72. Stock gebracht. Rawlinson und Farrington erwarteten sie im inneren Turm des Space Guard Hauptquartiers.

Aber nur Houghton und Helmer – die dem Fall zugewiesen waren – wurden zunächst eingelassen.

De Costa-Coudray und das Mädchen mussten noch eine Weile warten. Sobald sich die schalldichte Tür geschlossen hatte, begannen Rawlinson und Farrington die beiden in ihre Überlegungen einzuführen.

»Captain Houghton«, sagte Rawlinson, »haben Sie eine Theorie über die Person oder die Organisation, die dafür verantwortlich ist?«

»Nein, Sir«, antwortete Houghton, »aber ich vermute, dass es sich um eine ziemlich große Organisation handelt.«

»Eine sehr große Organisation«, stimmte Farrington mit einem merkwürdigen Lächeln zu. »Wir glauben, es zu wissen – aber wir wollen unsere Theorie an Ihnen testen. Bitte sagen Sie uns aus dem Stegreif, was Sie über den internationalen Vertrag wissen, der die rechtliche Grundlage für die Existenz der Space Guard bildet.«

Er hätte keine Frage stellen können, die Houghton mehr überrascht hätte als diese. Jeder Schuljunge musste diesen Vertrag kennen.

»Der Vertrag sieht vor«, antwortete er etwas steif, »dass kein nationales Gesetz außerhalb der Stratosphäre der Erde gilt, sondern dass alles, was jenseits von dreißig Meilen Höhe geschieht, nach interplanetarischem Recht beurteilt wird. Vor dem interplanetarischen Gesetz darf es keine Unterschiede in Bezug auf Glaube, Hautfarbe, Rasse, Religion und Nationalität geben. Es soll auch keine Beschränkungen oder Zölle für den Handel zwischen den Bewohnern der verschiedenen Welten des Sonnensystems geben, wenn dieser Handel die Erde nicht berührt.«

»Richtig«, nickte Farrington. »Und wo kommen wir ins Spiel?«

»Um die Ordnung und den Frieden aufrechtzuerhalten, selbst im Falle eines Krieges auf der Erde«, rezitierte Houghton, »wird eine internationale Truppe, die Weltraumwächter genannt wird, mit einem besonderen Gesetzbuch geschaffen, das für jeden Planeten, Mond und Asteroiden, auch für Kometen und große Meteoriten, innerhalb der Grenzen der Umlaufbahn des Jupiters oder außerhalb der Umlaufbahn des Jupiters gilt, wenn ein ständiges Zentrum dieser Truppe, die Weltraumwächter des Sonnensystems genannt wird, jenseits der vorgenannten Umlaufbahn errichtet wird.«

»Genug!« sagte Farrington. »Es ist nicht genau der Wortlaut, aber so nah dran, dass es keinen Unterschied in der Bedeutung gibt. Nun sagen Sie uns, wer diesen Vertrag unterzeichnet hat?«

»Alle Mächte Amerikas, Europas und Afrikas, auch Australien und die Mehrheit der Mächte Asiens.«

»Richtig. Und können Sie eine Lücke im Vertrag entdecken?«

Houghton wiederholte im Geiste den Wortlaut und suchte nach einer logischen Lücke. Es gab keine, die er oder jemand, den er kannte, gefunden hatte. Die Andeutung, dass es eine gab, beunruhigte und überraschte ihn. In Anbetracht des Entwicklungsstandes der Raumfahrt zu der Zeit, als der Vertrag geschlossen wurde, war er erstaunlich weitsichtig. In Anbetracht des Entwicklungsstandes der Raumfahrt zu der Zeit, als der Vertrag geschlossen wurde! Es war ein klarer Vertrag – aber es gab tatsächlich eine Lücke, die genutzt werden konnte …

»Der Vertrag ist nicht mehr zeitgemäß! Die Erfindung von Dr. Le Marr, so vermute ich, macht einige der Welten jenseits der Jupiterbahn zugänglich. Da die Weltraumwächter bisher auf keinem dieser Planeten ein permanentes Zentrum errichtet haben, weil sie nicht in der Lage waren, sie zu erreichen, kann jede Nation …«

»Vorzugsweise eine, die den Vertrag nicht unterzeichnet hat«, schaltete sich Rawlinson ein, »es steht ihr frei, sich auf eine dieser Welten zu begeben und sie rechtlich zu einem Teil ihres Landes zu machen.«

»Genau das, was der Vertrag verhindern wollte«, beendete Farrington. »Der Weltraum und die Planeten dürfen nicht verstaatlicht werden.«

»Äußerst unangenehm für alle – selbst wenn eine solche Nation nicht die Absicht hat, den Frieden tatsächlich zu stören.« Rawlinson war sehr ernst. »Captain Houghton, Sie und Dr. Helmer müssen einen Weg finden, diese Versuche der legalen Verletzung des Vertrages zu stoppen. Es gibt mehr brauchbare Planeten und Monde jenseits des Jupiters als innerhalb seiner Umlaufbahn. Soweit ich sehe, gibt es dafür nur einen Weg: die Zuständigkeit der Weltraumwächter auf die Welten außerhalb der Umlaufbahn des Jupiter auszudehnen, indem wir dort Stützpunkte errichten. Und jetzt werden wir hören, ob Miss Le Marr uns helfen kann.«

De Costa-Coudray und Gwendolyn Le Marr wurden in den schalldichten Raum gebeten.

Nach der formellen Vorstellung begann Farrington: »Miss Le Marr, ich habe Captain Houghton gebeten, Sie so schnell wie möglich in dieses Büro zu bringen, da Sie die zentrale Figur eines höchst ungewöhnlichen Ereignisses sind, das in unsere Zuständigkeit fällt.«

»Seien Sie versichert«, fuhr Rawlinson fort, als Farrington eine Pause machte, »dass die Space Guard alles in ihrer Macht Stehende tun wird, um Ihren Vater gesund und munter zurückzubringen. Um dies tun zu können, möchten wir Ihnen einige Fragen stellen, die uns in der Zwischenzeit eingefallen sind. Ich bin verpflichtet, Ihnen mitzuteilen, dass Sie unsere Fragen nicht beantworten müssen, wenn Sie nicht wollen, sondern dass Sie das Recht haben, nur gegenüber den Polizeibehörden Ihres Landes Aussagen zu machen.«

Das Mädchen schüttelte den Kopf.

»Bitte stellen Sie so viele Fragen, wie Sie wollen, Eure Exzellenz«, sagte sie. »Ich werde sie nach bestem Wissen und Gewissen beantworten und hoffe, dass meine Antworten Ihnen helfen werden, die Leute zu finden, die das alles getan haben.«

»Ich bin froh, das zu hören«, antwortete Farrington und verbeugte sich höflich, »das wird unsere Aufgabe sehr erleichtern.«

Er nahm eine Mappe von seinem Schreibtisch, die unter anderem die Berichte enthielt, die O'Flanahan per Weltraumtelefon zur Erde übermittelt hatte, und begann: »Sie sagen hier, dass Sie Ihren Vater nicht sehr oft gesehen haben. Gab es dafür einen bestimmten Grund?«

»Nein«, sagte das Mädchen. »Überhaupt keinen Grund, wenn Sie meinen, ob unser Familienleben durch irgendetwas gestört wurde. Als meine Mutter noch lebte – Sie wissen wahrscheinlich, dass sie starb, als ich etwa acht Jahre alt war –, wohnten wir in Paris, wo ich geboren wurde. Ich bin in dieser Stadt zur Schule gegangen und habe später Vorlesungen an der Sorbonne besucht. Ich liebe Paris, aber mein Vater sehnte sich nach einem wärmeren Klima. Er hatte so viele Jahre in tropischen Ländern gelebt, dass ihm Europa zu kalt war. Natürlich wollte er mich mitnehmen, als er in sein neues Haus zog, aber ich wollte nicht mitkommen. Eigentlich mag ich die Tropen nicht. Ständig Hitze, Krabbeltiere, die über den Boden marschieren, Schlangen, die plötzlich auf der Veranda auftauchen, Eidechsen am Tag und Frösche in der Nacht und die ganze Zeit Mücken …«

Die Männer lächelten, vor allem de Costa-Coudray, der sich durch die Bemerkung des Mädchens über Paris geschmeichelt fühlte. Das Gesetz der Weltraumwächter besagte, dass sie außerhalb der Stratosphäre der Erde weder Franzosen, noch Amerikaner, noch Deutsche, noch irgendetwas anderes waren – bis auf ihre Muttersprache, sondern einfach Weltraumwächter, die geschworen hatten, die interplanetarischen Gesetze aufrechtzuerhalten und anderen Menschen auf jede erdenkliche Weise zu helfen und sie zu unterstützen. Aber jetzt war er auf der Erde, und obwohl das Hauptquartier der Space Guard rechtlich gesehen außerhalb der Erde lag, schien ein wenig Patriotismus erlaubt.

»Nun«, fuhr Farrington fort, »Sie lebten also in Paris und studierten Sprachen und Kunst, wie es in den Akten steht, während Ihr Vater ein großes Haus auf einer der Komoreninseln zwischen Madagaskar und dem afrikanischen Kontinent besaß. Ich nehme an, Sie wissen, was Ihr Vater dort gemacht hat.«

»Ja, natürlich. Er hat ständig davon gesprochen. Er experimentierte, um einen neuen Raketentreibstoff zu entwickeln, der Raumschiffe effizienter machen sollte.«

»Was genau hat er gemacht?«, fragte Helmer.

»Ich weiß keine Einzelheiten. Ich interessiere mich nicht für die Raumfahrt. Die Erde ist so schön, dass ich es albern finde, woandershin zu reisen. Ich erinnere mich, dass Vater einmal gesagt hat, dass die Effizienz von Treibstoffen auf zwei Arten erhöht werden sollte: erstens durch die Erhöhung der Abgasgeschwindigkeit und zweitens durch die Erhöhung der Dichte des Treibstoffs.«

»Er hat natürlich recht«, murmelte Helmer, leicht verärgert über die Bemerkungen des Mädchens über seine geliebte Raumfahrtwissenschaft.

Rawlinson las eifrig in dem Bericht. »Sie haben hier angegeben«, sagte er, »dass Ihr Vater Sie eines Tages per Funk anrief und Ihnen mitteilte, dass er seine Erfindung fertiggestellt habe. Er wollte, dass Sie Ihren geplanten Besuch um drei Wochen verschieben, weil er nach Kapstadt fliegen wollte, um sein eigenes Raumschiff, die ›Tahiti‹, umbauen zu lassen. Danach machte er ein paar Wochen Urlaub, in denen Sie ihn besuchten. Dann flog er wieder nach Kapstadt, um einen Probeflug zu machen, fand aber die Umbauten nicht abgeschlossen. Er blieb dann einige Zeit in Kapstadt, um die Arbeiten selbst zu überwachen.«

»Ja«, sagte das Mädchen, als Rawlinson einen Moment innehielt. »Er rief mich jeden Sonntagmorgen von Kapstadt aus per Funk an. Er sagte mir auch, dass die United Spaceways kein Interesse an seiner neuen Erfindung haben.«

Rawlinson und Farrington tauschten wissende Blicke aus. Le Marr hatte in letzter Zeit schlechte Erfahrungen mit United Spaceways gemacht. Ursprünglich hatte er für sie gearbeitet. Sein eigenes Raumschiff, die »Tahiti«, war von United gebaut worden. Sie hatten es als Weltraumlabor eingerichtet, als er seine berühmten Meteoritendetektoren entwickelte. Schließlich hatten sie ihm die Erfindung abgekauft und ihm das Schiff als Teil des Kaufpreises überlassen. Aber eine andere Erfindung von Le Marr war an Interplanetary gegangen, und seither behandelten United Dr. Le Marr zurückhaltender.

»Sie sagten, dass Interplanetary sein Angebot ebenfalls abgelehnt hat?«, wollte Farrington wissen.

»Das hat mir mein Vater gesagt«, antwortete das Mädchen. »Er sagte, er habe die chemische Industrie gegen sich, weil sein neuer Antriebsmechanismus keine chemischen Brennstoffe benutzte. Er war ziemlich niedergeschlagen, als er beschloss, die Unterstützung der Elektroindustrie zu suchen.«

»Brauchte er das Geld?«, erkundigte sich Houghton.

»Nein«, antwortete sie. »Ich kenne seine finanziellen Verhältnisse nicht, aber ich weiß, dass er nicht auf den Verkauf seiner neuesten Erfindung angewiesen war. Ich weiß auch, dass er sie nicht so sehr des Geldes wegen verkaufen wollte, sondern weil er sagte, dass mit der Einführung des Le-Marr-Antriebs ein neues Kapitel in der Geschichte der Raumfahrt beginnen würde. Er glaubte daran, damit den Saturn und sogar den Uranus zu erreichen.«

HELMER sah sie zweifelnd an. Hätte jemand anders eine solche Aussage gemacht, hätte er offen gelacht. Nur der Name Le Marr veranlasste ihn, sich zurückzuhalten.

»Jetzt kommen wir zum wichtigen Teil Ihrer Geschichte«, verkündete Rawlinson. »Um Weihnachten letzten Jahres herum weilten Sie wieder bei Ihrem Vater, Miss Le Marr, als sich Besucher über das Funktelefon ankündigten. Diese Besucher kamen noch in derselben Nacht, zuerst ein junger Mann, der offensichtlich der Sekretär von jemandem war, und dann eine Dame, die von diesem jungen Mann als ›Madame Sima‹ vorgestellt wurde. Diese geheimnisvolle Dame hatte ein langes Privatgespräch mit Ihrem Vater, der Ihnen anschließend erzählte, dass sie seine neueste Erfindung gekauft habe. Ist das richtig?«

129

»Nicht ganz. Madame Sima hat die Erfindung nicht sofort gekauft, sondern eine praktische Vorführung vereinbart. Außerdem handelte sie nur als Vertreterin für eine andere Person. Diese andere Person war bereit, eine Kaution zu hinterlegen – ich weiß nicht genau, wie viel, aber es war eine große Summe – und die Kosten für die Demonstration zu übernehmen. Ich hörte, wie sie sich bereit erklärten, den Probeflug innerhalb kürzester Zeit durchzuführen. Nachdem Madame Sima abgereist war, bat mich Vater, ihn auf diesem Probeflug zu begleiten. Da ich wusste, wie stolz er war, willigte ich schließlich ein mitzufliegen, was ihn sehr freute. Zwei Tage später erhielt er einen Brief von seinem Bankier, der ihm mitteilte, dass die Kaution hinterlegt worden war. Daraufhin traf Vater die notwendigen Vorkehrungen, um die ›Tahiti‹ dem potenziellen Käufer zur Verbringung in einen anderen Hafen zu übergeben. In der Zwischenzeit flogen wir nach Mosambik und hatten eine schöne Zeit, bis Madame Sima uns abholte.«

»Dann …«, sagte Farrington aufmunternd.

»Dann wurden wir zu einem ziemlich großen Flugzeug gebracht, das bald abhob und auf eine große Höhe stieg. Der Mond leuchtete auf die Wolken. Es sah sehr schön aus!«

»Wer war noch an Bord?«, fragte Farrington.

»Sie wussten nicht, wohin Sie flogen?«, schob Rawlinson hinterher.

»Man hatte uns gesagt, dass wir zu einer Insel fliegen würden.«

»Es hat Sie nicht interessiert, welche Insel? Es gibt viele Inseln in den Ozeanen der Erde.«

»Oh, es war mir wirklich egal. Und es war niemand in der Kabine. Nur Vater, ein Dienstmädchen, der Pilot, Madame Sima und ich.«

Rawlinson nickte. »Sie gaben an, dass Sie beide, sowohl Ihr Vater als auch Sie selbst, schließlich eingeschlafen sind. Als Sie aufgewacht sind, befanden Sie sich in einem kleinen Tal, in dem es sehr kalt war.«

»Sehr kalt«, nickte das Mädchen. »Madame Sima gab mir

einen schönen Pelzmantel zum Anziehen. Vater sagte, das Tal sehe für ihn wie ein erloschener Vulkan aus. Ich wurde in eine Hütte gebracht, wo Madame Sima mir Gesellschaft leistete. Die Hütte war spärlich eingerichtet, aber warm, und ich blieb den ganzen Tag dort. Am Abend kam Vater zurück. Er sagte, die ›Tahiti‹ sei bereit zum Start. Ich wurde zum Raumschiff begleitet. Die Männer verschwanden im Kontrollraum, während ich mit Madame Sima in der Hauptkabine blieb. Gelegentlich ließ sie mich für einige Zeit allein, während wir flogen. Als ich Vater und den Herrn, der das Schiff kaufen wollte, sah, sagte ich ihnen, dass mir die Reise überhaupt nicht gefallen würde. Aber sie schienen sehr zufrieden mit der Leistung des Schiffes zu sein. Sie sagten mir, dass wir den Mond in ein paar Stunden passieren würden.«

»Sie müssen die ganze Zeit eine enorme Beschleunigung gespürt haben«, sagte Farrington.

»Ja, ich habe mich ziemlich schwer gefühlt. Manchmal war es anstrengend, sich zu bewegen. Kurz nach dem Abendessen begann ich, mich krank zu fühlen; es war wie eine Seekrankheit. Ich erzählte Madame Sima davon, und sie riet mir, sofort ins Bett zu gehen. Sie sagte, sie würde mir eine Medizin dagegen geben, die mich schlafen ließe. Ich sah, wie sie eine kleine rosa Pille in Wasser auflöste.«

»Atrosomniol, zweifellos«, sagte de Costa-Coudray, und die anderen nickten.

»Aber ich hatte einen schlechten Traum. Ich rannte und rannte und rannte und konnte nicht aufhören. Und da war ein süßlich riechender, klebriger Regen, der mich langsam ertränkte. Und ich war so furchtbar seekrank. Als ich aufwachte, war ich in einem Krankenhaus auf dem Mond.«

Die Männer schwiegen ein paar Sekunden lang.

»Das wäre dann alles, Miss Le Marr«, sagte Farrington. »Ich danke Ihnen für Ihr Kommen und die Beantwortung unserer Fragen. Ein Soldat wird Sie zu Ihrem Hotel begleiten. Bitte lassen Sie uns wissen, wenn Sie Ihre Adresse ändern.«

»Ich danke Ihnen, meine Herren«, sagte Rawlinson zu den

drei Offizieren der Space Guards. »Sie werden weitere Befehle erhalten.«

Gemeinsam verließen sie die berühmte 72. Etage. Das Mädchen und der Soldat stiegen auf der Straßenebene aus dem Aufzug, ebenso de Costa-Coudray. Helmer und Houghton fuhren weiter zur U-Bahn-Station im Untergeschoss des Hauptquartiers. Keiner von ihnen sagte ein Wort. Houghtons Zug kam zuerst. Er ging hinein, aber bevor sich die Tür schloss, drehte er sich um und sagte zu Helmer: »Ihre Zeugin!«

Helmer seufzte.

III.

HOUGHTON hatte am nächsten Tag dienstfrei. Er war gerade vom Mittagessen in sein Hotel zurückgekehrt, als ein Bote kam. Der prüfte seine Personalien, bevor er ihm einen versiegelten Brief übergab. Houghton brauchte kaum zehn Minuten, um ihn zu dechiffrieren, aber sein Inhalt überraschte ihn mehr als alle gewichtigen offiziellen Dokumente, die er je erhalten hatte. Er lautete:

> Raumschiff »Tahiti« von mehreren extraterrestrischen Teleskopen entdeckt. Die jetzt vorliegenden Daten erlauben die Berechnung einer Umlaufbahn, die die Ekliptik wieder weit jenseits der Umlaufbahn des Jupiters berührt, wahrscheinlich nahe der Umlaufbahn des Saturns. Melden Sie sich morgen Mittag im Hauptquartier im 72. Stock.
>
> Rawlinson.

Als Houghton über den Inhalt des Briefes nachdachte und ihn immer wieder las, sah er in der linken unteren Ecke Helmers Namen und einige Buchstaben, die darauf hinwiesen, dass er die gleiche Nachricht erhalten hatte.

Houghton beschloss, dass es nicht schaden würde, in Helmers

Büro zu gehen und mit ihm zu sprechen; sein freier Tag war dahin.

Helmer war in seinem Büro, als Houghton ankam, und er war ehrlich erfreut, ihn zu sehen. Aber ansonsten war er der traurigste Mensch auf Erden.

»Houghton«, sagte er und begann sofort mit einer Rede, die keinen Zweifel an seinen Gefühlen ließ, »ich bin froh, dass Sie gekommen sind. Ich wollte schon zu Ihnen kommen, aber ich wollte Ihnen Ihren freien Tag nicht verderben. Sagen Sie mal, hatte ein ehrlicher Weltraumwächter jemals einen so verrückten Auftrag wie den unseren? Was für ein Fall! Ein noch nie da gewesenes Verbrechen, in das einer der wenigen Männer verwickelt ist, die echte Erfinder sind, wie sie die Menschheit braucht. Ein Raumschiff, das eine Reise zum Mond in kaum mehr als einem Tag schafft. Eine versteckte Raumschiff-Reparaturwerkstatt im Krater eines erloschenen Vulkans. Und eine Zeugin, die nicht weiß, ob sie mit der U-Bahn oder im Kinderwagen zu diesem Krater gekommen ist.«

»Beruhigen Sie sich, Helmer, beruhigen Sie sich. Ich weiß, wie Sie sich fühlen, denn mir geht es genauso. Aber Jammern hilft uns nicht weiter. Wir sollten uns zusammensetzen und versuchen, in den wenigen Fakten, die unsere Zeugin kennt, eine Erklärung zu finden.«

»Das ist bisher nicht möglich«, seufzte Houghton. »Zum Beispiel: Ich habe versucht herauszufinden, wo die ›Tahiti‹ zu ihrem Probeflug gestartet ist. Wir wissen ein paar Dinge über diesen Ort. Erstens ist es eine Insel mit einem erloschenen Vulkan. Zweitens war es dort kalt und mit dem Flugzeug in etwa zehn Stunden von Mosambik aus zu erreichen. Ich dachte, dass sie leicht zu finden sein müsste. Ich wollte alle Inseln ausschließen, die weiter als zehn Flugstunden von Mosambik entfernt sind. Dann wollte ich die Inseln ohne Vulkane ausschließen. Aber woher soll ich wissen, wie viele Kilometer es in zehn Flugstunden oder weniger sind – der Pilot hat vielleicht unnötig gekreist –, wenn ich den Flugzeugtyp nicht kenne! Der

schnellste Typ schafft es in zehn Stunden fast bis nach Ost-indien – obwohl ich zugeben muss, dass es dort nicht kalt ist.«
Er musste eine Pause einlegen, um Luft zu holen.

»Haben Sie Scott gesehen?« fragte Houghton ganz unschuldig.

»Leider habe ich das«, brummte Helmer. »Er ist ein ebenso guter Raketenexperte wie die kleine Gwendolyn eine Zeugin ist. Ich bin heute Morgen zu ihm gegangen, in der Hoff-nung, dass er das Prinzip von Le Marr aus den Notizen, die er bekommen hat, rekonstruieren konnte, aber er konnte mir nichts sagen. Seiner Meinung nach ist der Le-Marr-Antrieb nur ein Mechanismus, um elektrische Energie zu verbrauchen. Ich vermute stark, dass er keine Gleichungen mehr versteht. Seit er wegen seiner Verbesserungen des Ozon-Hybrid-Antriebs Chef der United-Forschungslabors wurde, muss er ohne Unter-brechungen geschlafen haben.«

»Hören Sie zu, Helmer«, sagte Houghton. »Wir müssen etwas tun. Lassen Sie uns gemeinsam zu Scott gehen. Nehmen wir Le Marr – das Mädchen, meine ich – mit. Sie hat das Recht, uns die Dokumente auszuhändigen, und ich denke, dass wir so zumindest eine Ahnung von den Ideen bekommen können.«

Helmer stimmte etwas widerwillig zu, und Houghton griff zum Telefonhörer, um Gwendolyn Le Marr und Dr. Sinclair Scott für ein Treffen anzurufen.

Er erfuhr, dass keiner der beiden auffindbar war; beide hatten die Nachricht hinterlassen, dass sie erst spät zurückkehren würden.

Houghton und Helmer gingen zusammen ins Kino.

ALS SICH HOUGHTON am nächsten Tag im Hauptquartier meldete, wartete eine weitere Überraschung auf ihn. Er wurde sofort in den 72. Stock beordert, wo Gwendolyn Le Marr und Helmer bereits auf ihn warteten. Als Houghton eintraf, wurden sie in Rawlinsons Büro gerufen. Houghton erfuhr, dass die junge Frau Rawlinson angerufen hatte, um ihm von einer klei-nen Entdeckung zu berichten, die es gemacht hatte. Rawlinson hatte ihr gesagt, dass Houghton sich um 12 Uhr in seinem Büro melden sollte, und hatte sie gebeten, ebenfalls zu kommen.

Miss Le Marr übergab Rawlinson ihr Zigarettenetui und bat ihn, es zu öffnen. Es war ein schönes Stück, etwas zu groß für eine Dame. Ihr Vater hatte es ihr geschenkt. Es zeigte auf der Außenseite ein Raumschiff im Flachrelief aus Gelbgold. Das Zigarettenetui selbst war aus Weißgold und hatte eine matte Oberfläche auf der Innenseite. Auf ihr befand sich eine Inschrift, nur ein paar kurze Zeilen.

»Sehen Sie, Exzellenz«, sagte sie, »die Inschrift hier. Gestern Abend habe ich zufällig darauf geschaut und diese Zahlen gesehen, die ich vorher nie bemerkt hatte. Es ist sicherlich die Handschrift meines Vaters. Ich erinnere mich jetzt, dass er mich an Bord der ›Tahiti‹ um eine Zigarette bat. Ich reichte ihm das Etui, und er nahm es mit in den Kontrollraum. Später gab er es mir zurück. Er muss diese Zahlen in dieser Zeit hineingeschrieben haben.«

Rawlinson sah sich die Zahlen genau an. Sie lauteten: 54° 26' S. & 3° 24' O.

Farrington ging zu seinem Schreibtisch und wiederholte die Zahlen, wobei er in ein Mikrofon sprach. Offensichtlich bezogen sie sich auf einen Ort – vermutlich auf der Erde. Nur wenige Minuten später klingelte ein Telefon. Farrington drückte den gelben Knopf, der den Lautsprecher einschaltete, und wies die Aufklärungsabteilung am anderen Ende der Leitung an, fortzufahren.

»54 Grad 26 Minuten Süd und drei Grad 24 Minuten Ost«, sagte eine Stimme, »ist ein Punkt im Antarktischen Ozean, einige hundert Meilen südlich von Kapstadt. Es ist nichts Bemerkenswertes über diesen Punkt bekannt, und der gesuchte Ort ist wahrscheinlich 54° 26' 4" S. und 3° 24' 2" E., das geographische Zentrum der Bouvetinsel, das 1898 von dem deutschen ozeanographischen Vermessungsschiff ›Valdivia‹ ermittelt wurde. Die Bouvetinsel wurde 1739 von dem Franzosen Jean-Baptiste Charles Bouvet de Lozier entdeckt, der sie für ein Kap eines Jarge-Südkontinents hielt. Daher nannte er sie ›Cap de la Circoncision‹. Danach war sie in der Geographie vergessen, bis sie von der ›Valdivia‹-Expedition wiederentdeckt wurde. Politisch gehört sie heute zu Norwegen. Sie wurde 1925 von ihm besetzt. Wegen des ständigen Nebels und der Wolken ist sie selbst aus der Luft schwer auszumachen. Sie besteht hauptsächlich aus einem großen erloschenen Vulkan, dessen Inneres noch unerforscht ist. Ein großer Gletscher …«

»Genug, das reicht«, unterbrach Rawlinson, und Farrington legte den Hörer auf.

»Miss Le Marr«, sagte Rawlinson, sobald Farrington an den Tisch zurückgekehrt war, »ich habe Sie nicht nur wegen Ihrer Entdeckung in dieses Büro gerufen. Ich habe Neuigkeiten für Sie, die, wie ich leider sagen muss, entmutigend sind. Ein Space-Guard-Kreuzer, der von Eros zurückkehrte, erhielt einen Raumtelefonanruf von einem anderen Schiff, das in einer Umlaufbahn hoch über der Ekliptikebene flog. Dieses Schiff entpuppte sich als die ›Tahiti‹, und eine Stimme fragte, ob Sie gefunden worden seien. Glücklicherweise war der Kapitän des Kreuzers informiert und bejahte die Frage. Auf die übliche Frage nach dem Namen des anrufenden Schiffes und dem Zielort erhielt er die Antwort ›SS Tahiti, unterwegs zum Saturnsystem.‹ Dann brach die Verbindung ab.«

»Warum sind sie ihnen nicht gefolgt?«, fragte das Mädchen.

»Weil die beiden Schiffe Millionen von Kilometern voneinander entfernt waren und entgegengesetzt flogen. Es ist unmöglich, ein Raumschiff im vollen Flug umzudrehen. Der Treibstoff reicht dafür nicht aus.«

Das Mädchen schüttelte nur den Kopf. Sie hatte keine Lust, mit diesen Leuten zu streiten, die »wahnsinnig darauf bestanden«, dass »ganz offensichtliche Dinge« nicht möglich waren. Man kann doch ein Flugzeug umdrehen, um einem anderen Flugzeug zu folgen; ein Raumschiff, das so viel schneller ist, muss das doch auch können.

»Le Marr musste wahrscheinlich einen Kurs für diese Leute festlegen«, sagte Houghton mit leiser Stimme zu Helmer. »Er musste den Ausgangspunkt haben, und sie mussten ihm die Wahrheit sagen. Ich glaube, er hat etwas geahnt, und deshalb hat er das in das Zigarettenetui geschrieben, wo er hoffen konnte, dass es unbemerkt bleibt, aber wo seine Tochter es früher oder später sehen würde.«

Farrington schickte umgehend vom Weltraumbahnhof Johannesburg aus ein Flugzeug zur Bouvetinsel. Rawlinson versuchte in der Zwischenzeit, Gwendolyn Le Marr zu trösten, und das Mädchen fühlte sich unglücklich und geschmeichelt zugleich. Unglücklich, weil diese mächtigen Männer »Entschuldigungen« vorbrachten, die sie weder glauben noch verstehen wollte. Geschmeichelt, weil sie ihr so viel Aufmerksamkeit schenkten. Denn Gwendolyn Le Marr war auf der Erde; die Raumfahrtbehörde war gar nicht für sie zuständig. Was sie betraf, so hatte sie ihre Pflicht getan. Sie war nur eine Zeugin – und eine unglückliche noch dazu.

»Wir wissen jetzt eine Reihe von Dingen, Miss Le Marr«, sagte Rawlinson. Wir kennen den Abflugort wir kennen das Ziel der ›Tahiti‹. Jetzt müssen wir nur noch die Leute finden, die das getan haben, und ihre Motive dahinter. Im Laufe des Tages wird Society News Photo Ihnen eine Sammlung mit Fotos von Damen der Gesellschaft zusenden. Bitte sehen Sie sich diese an und versuchen Sie, eine oder mehrere zu finden, die Ähnlichkeit mit Madame Sima haben.«

»Und bitte bringen Sie diese Fotos morgen mit«, fuhr Farrington fort. »Und gehen Sie dann bitte mit den Captains Houghton und Helmer zu Dr. Scott.«

»Meine Herren, morgen um 16 Uhr findet eine technische Besprechung in Raum 65-14 statt.«

DR. SINCLAIR SCOTT, Leiter der Forschungslaboratorien von United Spaceways, mochte diese neue Herausforderung nicht. Sich durch ein solches Labyrinth von Briefen, Notizen und Manuskripten zu arbeiten, das er von Miss Le Marr erhalten hatte, war an sich schon eine schwierige Aufgabe. Noch schwieriger war es, dies innerhalb von drei Tagen zu tun – vor allem wenn man die Bedeutung der Theorien des anderen nicht verstand. Und es war einfach ungeheuerlich, sich einem Kreuzverhör durch zwei Leute wie Helmer und Houghton stellen zu müssen – vor allem Helmer, der immer wieder Probleme in den United-Space-Linern fand.

Am liebsten hätte er Helmer noch eine halbe Stunde warten lassen, als seine Sekretärin die Ankunft der Space Guards ankündigte. Aber das konnte er nicht machen. Mit einem Seufzer wies er sie an, sie hereinzubitten.

Helmer tat so, als sei er in bester Laune, als er seinen alten Feind Scott begrüßte. »Hallo, mein lieber Dr. Scott«, rief er mit einer tiefen Bassstimme. »Ich bin wirklich sehr froh, dass ich das Vergnügen und die Ehre habe, Sie wieder einmal persönlich zu treffen. Wie Sie sehen, habe ich Captain Houghton und Miss Le Marr mitgebracht. Ich möchte, dass alle unmittelbar erfahren, was Sie herausfinden konnten.«

Scott schaffte es gerade noch, höflich zu bleiben. Er beschloss, das Treffen, das ihm kein bisschen gefiel, so kurz wie möglich zu gestalten, koste es auch seinen Ruf.

»Miss Le Marr«, sagte er in der Hoffnung, auf Verständnis zu stoßen, »ich muss leider sagen, dass die Notizen und Manuskripte, die Sie mir übergeben haben, zu lückenhaft sind, um irgendwelche Schlüsse zu ziehen. Aus dem Stegreif bin ich versucht zu sagen, dass ein solcher Apparat nicht funktioniert – mehr noch, dass er gar nicht funktionieren kann.«

»Ich verstehe«, sagte das Mädchen eisig, »aber er hat funktioniert.«

»Ich zweifle nicht an Ihrem Wort, Miss Le Marr«, antwortete Scott eilig. »Aber wie ich schon sagte, sind die Aufzeichnungen zu lückenhaft, um irgendwelche Schlüsse zuzulassen. Wenn Sie gesehen haben, wie er funktioniert hat, na gut. Aber niemand könnte allein anhand dieser Aufzeichnungen sagen, wie er funktioniert.«

»Sie haben mir gestern erklärt«, sagte Helmer, »dass Dr. Le Marr eine Flüssigkeit mit hohem spezifischem Gewicht verwendete, die entweder in verdampftem Zustand in Verbrennungskammern gesprüht wird oder in der Kammer verdampft wird. Um diese Kammern herum wird ein elektrisches Feld aufgebaut, das dem Treibstoffgemisch eine Abgasgeschwindigkeit von etwa 20 Kilometern pro Sekunde verleiht.«

»Ja«, räumte Scott ein, »das habe ich mir gedacht. Allerdings nicht aus diesen Aufzeichnungen, sondern aus einer Konferenz, die ich einmal mit Dr. Le Marr hatte. Damals fragte ich ihn, ob er es tatsächlich geschafft hätte, und er antwortete, es sei nur eine Theorie. Jetzt glaube ich, dass es ihm gelungen ist, seine Theorie in die Praxis umzusetzen.«

»Können Sie sonst noch etwas vorschlagen?«, fragte Houghton.

»Nein!« Scotts Stimme hatte einen Hauch von Endgültigkeit.

»Meine Herren«, sagte er, »der ehrenwerte Donald T. Rawlinson hat mich um ein Gutachten in dieser Angelegenheit gebeten. Meine Meinung ist in diesem Bericht enthalten, der jetzt an das Büro von Commander-General Rawlinson geschickt wird. Mehr kann ich nicht sagen.«

Houghton und Helmer erhoben sich steif, das Mädchen stand ebenfalls auf. Gemeinsam verließen sie Scotts Büro und gingen zum Wagen.

Es war das Mädchen, das das Schweigen brach.

»Captain Houghton, bitte sagen Sie mir, was das bedeutet!«

»Es bedeutet, dass die Notizen Ihres Vaters an die falsche Person übergeben wurden. Ich kann es ihm ja nicht einmal verübeln. Er ist der Leiter der Forschungslabore von United. Sie haben das Angebot Ihres Vaters abgelehnt, nicht aus wissenschaftlichen Gründen, sondern wegen irgendwelcher wirtschaftlichen Verflechtungen, die wir nicht kennen. Wir können von Scott nicht erwarten, dass er sagt, dass seine eigene Firma im Unrecht war.«

»Was können wir jetzt tun?«

»Die Sache selbst untersuchen«, sagte Houghton entschlossen. »Unsere Experten wissen zusammen mindestens genauso viel wie Scott. Aber es war aus mehreren Gründen besser, zuerst einen Experten zu fragen.«

»Selbst wenn er ein Spinner ist«, sagte Helmer grimmig und entschuldigte sich, um ins Hauptquartier zu fahren. Dort wollte er die Aufzeichnungen von Le Marr so schnell wie möglich selbst sichten.

HOUGHTON war nicht besonders fröhlich, als er auf dem Weg zur Technikerkonferenz war. Rawlinson und Farrington hatten ihn zum »Zentralkommandanten« befördert; ihm standen alle Ressourcen der Space Guard zur Verfügung: die »Dragon«, ein nagelneuer Space Guard-Kreuzer modernster Bauart, war ihm übergeben worden; er hatte das Recht, jeden beliebigen Mann der Space Guard für eine Besatzung auszuwählen – aber mit all dem ging der strikte Befehl einher, so schnell wie möglich eine Expedition zum Saturnsystem zu organisieren und zu leiten. Houghton glaubte nicht – und Rawlinson und Farrington ebenfalls nicht –, dass mit »Saturnsystem« der Saturn gemeint war. Die »Tahiti« würde, wenn sie landen sollte, nicht auf dem Saturn landen, so viel war sicher. Höchstwahrscheinlich würde Titan, der größte Mond des Saturns, das Ziel sein. Saturn oder Titan, oder irgendein anderer Saturnmond – das war völlig egal. Sie alle waren für normale Raketenschiffe unerreichbar. Sie waren zu weit von der Sonne entfernt. Selbst wenn ein Schiff die nötige Treibstoffmenge mitnehmen könnte – was es ganz sicher nicht konnte – würde die Reise Jahre dauern.

Der eigene Nachrichtendienst hatte ihn mit allen Informationen versorgt, die sie über den Saturn und seine Monde hatten. Sie waren dürftig genug – abgesehen von den Grunddaten der Mondbahnen, die waren ausgezeichnet. Schnell hatte Houghton eine Besatzung ausgewählt. Die Personalabteilung war gerade damit beschäftigt, die von ihm ausgewählten Männer ausfindig zu machen und ihnen und ihren Vorgesetzten mitzuteilen, dass sie sich für einen Sonderauftrag bereithalten mussten. Es gab nur eine kleine Hoffnung. Die Hoffnung, dass es Helmer gelingen würde, herauszufinden, wie der Le-Marr-Antrieb funktionierte. Wenn ihm das gelänge, könnten sie vielleicht einen Antriebsmechanismus bauen, der dem der »Tahiti« entsprach, und ihn in die »Dragon« einbauen. Wenn eine kommerzielle Firma dies in ein paar Wochen geschafft hatte, konnte die Space Guard es wahrscheinlich in ebenso vielen Tagen schaffen.

Houghton rief Helmer erst an, nachdem er die Konferenz eröffnet hatte.

»Um es kurz zu machen«, sagte Helmer, »es ist mir gelungen, das Prinzip von Dr. Le Marr zu ermitteln. Aber ich habe keine Hoffnung, es innerhalb einer angemessenen Zeitspanne zu duplizieren. Soll ich das Prinzip erklären?«

»Alle Anwesenden sind zur Verschwiegenheit verpflichtet«, antwortete Houghton, »und vielleicht bringt es noch jemanden auf Ideen. Fahren Sie fort!«

»Dr. Le Marr – man muss der Menschheit ein Kompliment machen, dass sie ein Genie wie ihn hervorgebracht hat. Er verwendet keinen gewöhnlichen Explosions- oder Verbrennungsbrennstoff, sondern eine Flüssigkeit von viel größerer Dichte – was an sich schon ein großer Vorteil ist. Die Basis seines Brennstoffs ist jedem bekannt: Quecksilber. Durch eine bestimmte elektrische Behandlung, die nur sehr skizzenhaft beschrieben wird, und in Gegenwart von Katalysatoren, die überhaupt nicht genannt werden, verwandelte er gewöhnliches Quecksilber in ein neues ›Element‹, das wahrscheinlich immer noch ein Metall ist, aber nicht mehr flüssig, sondern ein feiner Staub. Jedes Teilchen dieses Staubs ist ein Molekül von gigantischen Ausmaßen – oder vielmehr eine lange Kette von Molekülen. Wie sich gewöhnliches flüssiges Isopren nach der Polymerisation in Gummi verwandelt, so verwandelt sich Quecksilber bei dieser Behandlung in Staub mit dem spezifischen Gewicht 27,7. Ich weiß nicht, ob es sich tatsächlich um eine Polymerisation von Quecksilbermolekülen handelt, die durch die Aufladung der Atome mit freien Elektronen bewirkt wird, oder ob es sich nur um eine andere, noch nicht benannte Veränderung der Molekülstruktur handelt, die es zu einem Elektronenspeicher macht. Jedenfalls stellt Dr. Le Marr auf diese Weise einen Brennstoff her, den er ›Mercuron‹ nennt. Seine Brennkammern sind lediglich lange Röhren, durch die ein sehr kleiner Raketenmotor üblicher Bauart einen Strahl heißer Gase schießt. Der Rückstoß dieses Motors ist fast vernachlässigbar, er beträgt nicht mehr als etwa hundert Pfund. Aber das feine Mercuron-Pulver, das in diesen Strom heißer Gase eingesprüht wird, wird erhitzt und zur Düse geblasen. Dort spaltet ein starkes elektrisches Feld das Mercuron auf und verwandelt es augenblicklich in Quecksilber – genauer gesagt in einatomigen Quecksilberdampf.«

Helmer unterbrach sich einen Moment und fügte trocken hinzu: »Ausströmgeschwindigkeit – etwa 65 Kilometer pro Sekunde.«

Die anwesenden Raketenexperten öffneten erstaunt ihre Münder und vergaßen, sie wieder zu schließen. Fünfundsechzig Kilometer Abgasgeschwindigkeit, spezifisches Gewicht der Abgase etwa vierzehn! Jedes einigermaßen gut konstruierte Schiff könnte damit bis zum Uranus fliegen. Ihre eigenen Schiffe konnten derzeit die Monde des Jupiters erreichen, wenn sie auf einem großen Asteroiden zum Auftanken zwischenlandeten.

»Keine Hoffnung, das mit den vorhandenen Daten in ein paar Wochen nachzubauen, der Helmer?«

»Keine Chance!«

»Okay. Meine Herren, aber wir müssen das schaffen! Versuchen Sie einen Weg mit ›Etermit‹-Treibstoff zu finden. Ich habe schon ausgerechnet, dass das Schiff auch ohne Rückflug etwa das 220-fache seines Eigengewichts an Treibstoff mitnehmen muss.«

»Die Grenze liegt beim 46-fachen«, stöhnte Hansen, einer der ältesten und erfahrensten Konstrukteure der Space Guard.

»Ich weiß – aber ich brauche ein Schiff, das das 220-fache seines Eigengewichts an Treibstoff tragen kann.«

»Ein Komet nähert sich der Sonne«, warf Chalupski ein, ein junger Astronom, der zum Treffen gerufen worden war, um bei

Bedarf astronomische Daten zu liefern. »In etwa drei Monaten wird er sein Perihel überschritten haben und auf seinem Weg aus dem Sonnensystem hinaus die Umlaufbahn unseres Planeten unweit der Erde kreuzen. Sein Aphel liegt genau in der Umlaufbahn des Uranus. Vielleicht kann er genutzt werden, um das Raumschiff in die Umlaufbahn des Saturns zu bringen.«

»Drei Monate!«, wiederholte Gwendolyn Le Marr, »Das ist doch viel zu spät.«

»Außerdem wird es nicht funktionieren«, erklärte Helmer. »Um den Kometen in die Nähe der Erdumlaufbahn zum Springen zu nutzen, braucht man genauso viel Geschwindigkeit, wie wenn man die Reise direkt macht.«

Chalupski war etwas verlegen; beeindruckt von der Größe der genannten Zahlen, hatte er einen elementaren Fehler gemacht.

Gwendolyn Le Marr verstand das alles nicht. Sie sah Helmer fragend an, und Helmer bemühte sich, es ihr zu erklären.

»Sehen Sie, das Erreichen eines bestimmten Punktes im Raum von einem anderen Punkt aus ist immer eine Frage der Geschwindigkeit. Ein Stück Materie – zum Beispiel der Komet – kreuzt die Erdbahn mit genügend Geschwindigkeit, um gegen die Anziehungskraft der Sonne zum Saturn oder Uranus zu fliegen. Ein anderer Teil der Materie – in dem Fall das Raumschiff – muss erst die Geschwindigkeit des Kometen erreichen, um auf ihm zu landen. Aber wenn es diese Geschwindigkeit erreicht, braucht es den Kometen nicht, es hat ja dessen Geschwindigkeit. Es kann die Reise allein antreten.«

»Aber die Schiffe der berühmten Space-Guard-Männer sind dafür zu langsam, nicht wahr? Sie können meinen Vater und seine ›Tahiti‹ nicht erreichen.«

»Das beweist, dass Ihr Vater das größere Genie ist«, sagte Houghton, der sah, dass Helmer, der einfach nicht verstehen konnte, dass jemand die Gesetze der Raumfahrt nicht begreifen konnte, wie ein erstickter Raketenmotor zu explodieren drohte.

Aber das Mädchen, von allgemeiner nervöser Veranlagung und seit ihrem Abenteuer auf dem Mond verängstigt und von alledem verunsichert, ließ sich nicht so leicht beruhigen.

»Das sollte Ihre Bemühungen, ihn zu retten, eher verstärken!«, drängte sie. »»So weit zu fliegen wagen Sie wohl nicht.«

»Sie meinen, die Kraft unserer Raketen reicht nicht so weit«, korrigierte Houghton, der bereits einige Übung darin hatte, mit ihr zu sprechen. »Ich weiß nicht, wie das gehen soll; kein Schiff kann genug Treibstoff mitnehmen. Es ist wie bei einem Mann, der sich aufmacht, eine unwegsame Wüste zu durchqueren. Er kann nicht weiter gehen, als die Nahrung reicht, die er tragen kann.«

»Ich würde ihm eine Schubkarre geben«, entgegnete ihm das Mädchen.

Houghton wollte antworten, stockte aber. Stattdessen sah er Helmer an, rief Hansens Namen, ohne zu merken, dass er es tat. »Gebt ihm eine Schubkarre!«, rief er. »Ja, gebt ihm eine Schubkarre. Gebt dem Schiff einen großen Tank, außen, den es durch den Raum schiebt – keine Fässer, die das Gewicht erhöhen, keine Tanks, die schwer sind, weil sie Druck aushalten müssen. Einfach eine große, dünne Blase, gefüllt mit Treibstoff – und fast ohne Eigengewicht.«

Helmer verstand sofort. »Koppeln Sie es mit dem Schiff, nachdem es von der Erde abgehoben hat, tanken Sie das Schiff wieder auf, gehen Sie vom kreisförmigen Orbit um den Planeten in eine Umlaufbahn der hyperbolischen ›Zwanzigerklasse‹ – Houghton, ich sehe eine Chance!«

Ab diesem Moment begann Houghton, reihum Aufgaben zu verteilen. In der Konferenz waren vierzig Personen anwesend; innerhalb von Minuten fand er für jeden von ihnen eine Aufgabe, die in größter Eile, aber mit äußerster Sorgfalt zu erledigen war. Houghton erteilte Aufträge für fünf volle Wochen. Einen Fehler hatte er allerdings gemacht: Er hatte Gwendolyn versprochen, sie mitfliegen zu lassen.

Und nach fünf Wochen war das Schiff tatsächlich fertig.

DIE »DRAGON« – zehntausend Meilen über den obersten Schichten der Atmosphäre – begann, den Schatten der Erde zu verlassen.

Während Houghton die Reihen der Messgeräte am Instrumentenbrett beobachtete und Helmer die Le-Marr-Meteoritendetektoren im Auge behielt, stand Gwendolyn Le Marr am Fenster und betrachtete das Spektakel, das als »Diamantring« bezeichnet wurde.

Die Erde war wie ein schwarzes Loch am Sternenhimmel; nur die Abwesenheit von Sternen deutete darauf hin, dass sich etwas Großes mitten im All befand. Plötzlich schienen auf einer Seite des schwarzen Lochs Flammen auszubrechen: die Strahlen der Sonne, die noch von der Masse des Planeten abgeschirmt wurden. Das Glühen umgab die Erde rasch; ihre gesamte Atmosphäre schien zu leuchten, und bald erschien die Sonne in majestätischem Glanz. Die Erde sah nun wirklich aus wie ein gigantischer Diamantring in der Leere. Ein Ring, der das gesamte Universum zu umschließen schien.

Das Mädchen kannte dieses Bild. Und sie hatte es schon hundertmal in Filmen gesehen, aber es war immer wieder neu, immer wieder ehrfurchtgebietend und äußerst beeindruckend.

Jetzt, da die Sonne aufgegangen war – oder besser gesagt, das Schiff den Schatten der Erde endgültig verlassen hatte –, würden sie dem Planeten mindestens ein Jahr lang nicht mehr so nahe sein. Die junge Frau schauderte; sie hatte einen Anfall von »Weltraumangst«, nur ihr nervöser Trotz hielt sie davon ab zu weinen. Houghton und Helmer kamen in die Hauptkabine, als sie gerade die Fensterläden schloss. Sie erkannten, wie sie sich fühlte, aber sie verbargen ihre Gedanken.

»Wollen Sie nicht sehen, wie das Schiff wieder aufgetankt wird?«, fragte Houghton.

»Nein!«, sagte sie – viel zu entschlossen.

Ein oder zwei Minuten lang herrschte Schweigen, dann begann Helmer eifrig, Kissen zu arrangieren und eine Hängematte vorzubereiten. Ein Mann der Besatzung brachte einen leichten Raumanzug mit.

»Sind wir bereit?«, fragte das Mädchen mit vor Angst zitternder Stimme.

»Ja. In weniger als einer halben Stunde sind wir auf dem Weg.« Helmers Gesicht war unbeweglich.

»Ich nehme an, Miss Le Marr, dass Sie mit der Bedeutung des Begriffs ›biologischer Stupor‹ vertraut sind«, sagte Houghton ruhig.

»Ich habe den Begriff schon einmal gehört«, antwortete sie und zwang sich, ruhig zu wirken, »aber ich würde gern wissen, was er bedeutet.«

»Es ist ein etwas irreführender Begriff«, erklärte Houghton beschwichtigend. »Er wurde von seinem Erfinder, dem niederländischen Chemiker und Arzt Dr. Willem Verspronck, zu der Zeit geprägt, als die ersten Marsexpeditionen unternommen wurden. Damals brauchte man nämlich 258 Tage, um den Mars während der Opposition zu erreichen, dann musste man 455 Tage warten, bis man die Rückreise antreten konnte, und war wieder 258 Tage im All. Es stellte sich bald heraus – wie von Psychologen vorausgesehen –, dass die Menschen es nicht aushielten, fast ein Jahr lang in den engen Räumen eines Raumschiffs zusammen zu sein, ohne einander zu hassen und oft sogar zu töten. Verspronck entdeckte daraufhin ein Medikament, das das Leben für lange Zeit stilllegte, ohne irgendwelche Nachwirkungen zu hinterlassen. Man braucht nur ein paar Kapseln seines ›Xenisols‹ zu schlucken, und schon schläft man ein. In der Zwischenzeit wird die Temperatur im Inneren des Schiffes auf etwa den Gefrierpunkt gesenkt und der Sauerstoffgehalt der Luft auf die Hälfte des normalen Prozentsatzes reduziert. Dann steht das Leben einfach still, bis man durch elektrische Reize geweckt wird.«

Das Mädchen nickte. »Ich verstehe. Da jeder schläft, gibt es keine nervliche Reibung. Aber warum der Raumanzug?«

»Angenommen, ein Meteorit verbeult während des Fluges die

Schiffshülle und die Luft entweicht. Das würde den Tod für alle an Bord bedeuten. In so einem Fall schützen die Raumanzüge die Schläfer.«

Gwendolyn Le Marr schien über diese Erklärung nachzudenken.

»Also gut, helfen Sie mir beim Einsteigen?«, sagte sie nach einer Weile und deutete auf den Raumanzug, der für sie bereitlag. Helmer half ihr, die Schutzausrüstung anzuziehen, während Houghton drei kleine Pillen in Wasser auflöste. Das Mädchen trank schnell. Sie hoffte, dass dies ein Mittel war, um die Angst zu überwinden, die sie sich nicht eingestehen wollte, nicht einmal vor sich selbst. Fünf Minuten später war sie eingeschlafen.

DIE BEIDEN MÄNNER grinsten. »Wie viel Atrosomniol haben Sie ihr gegeben?«

»Genug für achtundvierzig Stunden, sie wird im Krankenhaus aufwachen, und dann sind wir schon unterwegs. Ich habe nur ungern so gelogen, aber wir können auf dieser Reise einfach keine zusätzliche Last gebrauchen. Außerdem würde sie wahrscheinlich an Herzversagen sterben, wenn es nicht so glatt läuft wie im Kino.«

Während Gwendolyn Le Marr tief und fest schlief, näherte sich ein großes Raumschiff der Space Guard der »Dragon«. Bald umkreisten sich die beiden Schiffe in einem Abstand von weniger als hundert Fuß. Ihre Raketentriebwerke stießen gelegentlich einen schwachen Flammenstoß aus, der nur wenige Sekunden lang anhielt. Die Piloten stimmten die Geschwindigkeiten so genau aufeinander ab, dass der Unterschied nur wenige Zentimeter pro Minute betrug – eine heikle Aufgabe bei Geschwindigkeiten von etwa fünf Meilen pro Sekunde. Die beiden Schiffe mussten eng beieinanderbleiben, durften sich aber, wenn es sich vermeiden ließ, nicht berühren. Man wusste nie, welche Mengen an kinetischer Energie abgefedert werden mussten. Schließlich bat man vom Tanker darum, die

Luftschleusen zu öffnen. Beide Besatzungen hatten auf diesen Befehl gewartet; auf beiden Schiffen flogen große Türen auf. Ein Mann in einem Raumanzug erschien in der Luftschleuse des Tankers und warf einen kleinen Gegenstand über die Kluft in die Luftschleuse der »Dragon«, wo er von kräftigen Händen aufgefangen wurde. Er schoss hinüber wie eine aus einer Kanone abgefeuerte Kugel, aber es war nur ein kleiner Gummiballon, der mit Luft gefüllt war und einen dünnen Strang elastischen Materials hinter sich herzog.

An diesem ersten dünnen Strang zogen die Männer auf der »Dragon« ein schwereres Gummiseil hinüber. Es folgte ein großer Schlauch für die Betankung, ein weiterer und noch einer. Sie waren mit den drei Tanks der »Dragon« verbunden, in denen der Treibstoff, der beim Start von der Erde benötigt worden war, fast verbraucht war. Während die Tanks aus den riesigen Behältern des Tankschiffs nachgefüllt wurden, wurde ein Gummischlauch mit einem Durchmesser von sechs Fuß zwischen die beiden Schiffe gespannt. Als dieser fest verankert war, konnte man sehen, dass die beiden Schiffe nicht so unbeweglich durch die Leere flogen, wie es den Anschein hatte. Das Umpumpen der Tonnen von Treibstoff, die Verschiebung von Gewichten und sogar die Bewegung, die durch die Männer verursacht wurde, die sich von der Luftschleuse zu den Maschinen und von den Maschinen zur Luftschleuse bewegten, führten dazu, dass die Schiffe ihre Position zueinander veränderten. Jeder Liter Treibstoff, der durch die Schläuche floss, und jede Bewegung der Männer führte zu einer Verschiebung des Massenschwerpunkts der Schiffe. Aber da der Schwerpunkt nicht verschoben werden konnte, bewegten sich die Schiffe – sie schwankten leicht. Und während das Umfüllen von Treibstoff die Schiffe eher trennte, versuchte die gegenseitige Anziehungskraft, sie zusammenzuziehen. Es erinnerte fast an das Betanken auf hoher See bei unruhigem Wetter. Der Pilot des Tankers war jedoch ein Experte darin, die Bewegungen zu korrigieren. Er hatte es so oft getan, dass seine Finger fast automatisch die richtigen Knöpfe drückten und die richtigen Hebel bewegten.

Inzwischen kam der Kommandant des Tankers durch den Gummischlauch an Bord der »Dragon«. Er trug einen Raumanzug, und Helmer begrüßte ihn in gleicher Weise gekleidet an der Schleuse. Gemeinsam gingen sie zum Kontrollraum und passierten auf dem Weg dorthin eine interne Luftschleuse. Houghton, der keinen Raumanzug trug, beobachtete seine Anzeigen und war bereit, vom Tanker abzukoppeln, wenn es erforderlich sein sollte.

Der Kommandant des Tankers war sehr neugierig auf die Einzelheiten zum geplanten Flug. Während die Offiziere über Umlaufbahnen, Abflugwinkel, Relativgeschwindigkeiten und Koordinaten des Weltraums diskutierten, entfernten die Besatzungen die Treibstoffschläuche. Die Tanks der »Dragon« waren bis zum Rand gefüllt. Bislang war das für sie Routinearbeit, denn Schiffe, die Langstreckenflüge zum Mars, zur Venus oder zu den größeren Asteroiden unternehmen mussten, tankten nach dem Verlassen der Erde oft im Weltraum auf.

Schon Wochen vor dem Abflug der »Dragon« von der Erde, unmittelbar nach der Entscheidung von Rawlinson und Farrington, hatten mehrere Raumschiffe damit begonnen, ein Treibstoffreservoir im Weltraum für sie vorzubereiten. Es bestand aus einer riesigen Kugel aus einer Magnesiumlegierung mit einem Durchmesser von 96 Fuß. Die Schiffe mussten ein Dutzend Starts unternehmen, um die Teile der Kugel in den Weltraum zu bringen, wo sie um die Erde kreisten. Dann setzten Mechaniker in Raumanzügen die Teile der Kugel zusammen, und die Tanker begannen, Treibstoffladungen zu bringen, um sie nach und nach zu füllen. Die »Dragon« war erst von der Erde aus gestartet, nachdem die Meldung eintraf, dass die Kugel bis zum Rand gefüllt war.

ALLISON, der zweite Ingenieur der »Dragon«, der für die Treibstoffleitungen und die Treibstofftanks zuständig war, meldete, dass die Betankung ihres Schiffs abgeschlossen sei. Der Kommandant des Tankers schüttelte Houghton und Helmer die

Hand und ging zu seinem Schiff zurück, wobei er die schlafende Gwendolyn Le Marr mitnahm.

Dann beschleunigten beide Schiffe – die nicht mehr miteinander gekoppelt waren – langsam, um die Treibstoffkugel einzuholen, die mehrere Tausend Meilen vor ihnen die Erde umkreiste. Houghton erlaubte dem Tanker, sich der Kugel zuerst zu nähern; die Mechaniker mussten bei der Ankunft der »Dragon« im All sein, um die notwendigen Kupplungen herzustellen.

Wieder begann für Houghton ein mühsamer Kampf um Meter, Zentimeter und schließlich sogar Millimeter an Geschwindigkeit, als er endlich nahe an der Kugel war. Es war jedoch etwas einfacher, denn die Kugel erfuhr keine Gewichtsänderungen wie der Tanker. Deshalb blieb sie scheinbar regungslos im Raum stehen.

Helmer, der geduldig gewartet hatte, bis Houghton ihm erlaubte, die Luftschleuse wieder zu öffnen, ging hinaus in den Raum, um die Arbeit der Mechaniker genau zu beobachten. Er musste sich von jeder Klemme, jedem Bolzen und jeder Befestigung überzeugen. Als er in den Kontrollraum zurückkehrte, hatte er nichts zu beanstanden; nach menschlichem Ermessen sollte die neuartige Vorrichtung funktionieren.

Wenige Minuten später zog sich das Tankschiff aus der Umgebung zurück, wobei es seine Düsen mit äußerster Vorsicht einsetzte, damit die Abgase weder die »Dragon« noch die Treibstoffkugel streiften.

Sie richteten den Strahl ihres Raumtelefons auf die »Dragon« ein. Aus den Lautsprechern ertönte ein »Bon Voyage« und das dreimalige Heulen einer Sirene. Dann verschwand das Tankschiff aus dem Blickfeld und bereitete sich auf die Rückkehr zur Erde vor.

Die »Dragon« war jetzt allein im Weltraum. Aber es mussten noch sieben Stunden vergehen, bis die Reise tatsächlich beginnen konnte. Um von der Sonne wegzufliegen, mussten sie über die Orbitalgeschwindigkeit hinaus beschleunigen, was eine feine Abstimmung erforderte, um unter den herrschenden Bedingungen den optimalen Zeitpunkt für den Abflug zu erwischen. Treibstoffkugel und Schiff hatten bereits eine Geschwindigkeit von etwa acht Kilometern pro Sekunde relativ zur Erde. Diese Geschwindigkeit könnte beim Start zum Saturn genutzt werden, wenn der Abflug zum richtigen Zeitpunkt erfolgte. Verglichen mit der Geschwindigkeit, die das Schiff später erreichen würde, mögen acht Kilometer pro Sekunde gering erscheinen. Aber die Mathematiker der Space Guard wussten sehr wohl, dass zu Beginn einer Reise selbst so wenig wie einige Hundert Meter Geschwindigkeit Tonnen über

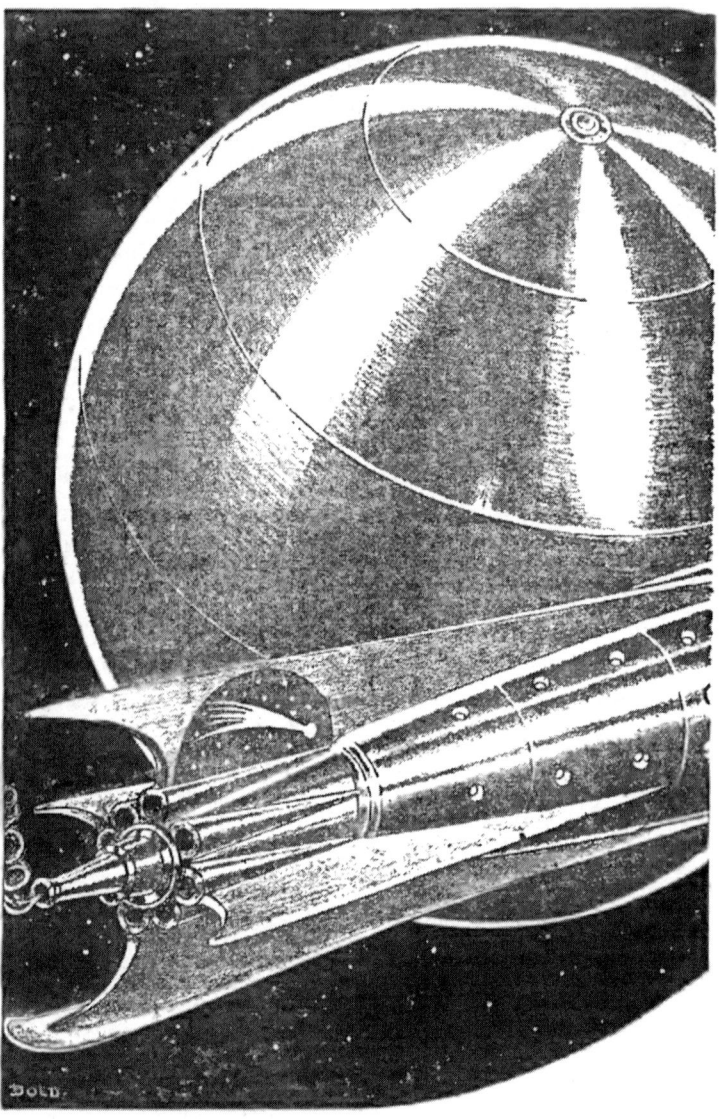

Tonnen an Treibstoff erforderten. Tausende von Tonnen, die sie durch das Warten auf den optimalen Zeitpunkt einsparten.

Da es nichts zu tun gab, was sofortige Handlungen erforderte, befahl Houghton der Besatzung, sich auszuruhen. Ein Alarmsystem wurde so eingestellt, dass sie eine Stunde vor der Abflugzeit geweckt wurden. Ein weiteres Alarmsystem, das mit den Meteoritendetektoren verbunden war, würde heftigen Lärm machen, sollte sich ein gefährlich großer Meteorit nähern.

Dies passierte jedoch nicht; die Vorbereitungen verliefen so reibungslos, wie man es von einer perfekten Maschine unter günstigen Bedingungen erwarten konnte. Nachdem die Besatzung durch das automatische System geweckt worden war, ging sie ruhig zum Dienst über. Sie verhielt sich so, als ob es sich nur um eine Reise zum Mond handelte, zu der sie abkommandiert worden war. Houghton und Helmer befanden sich im Kontrollraum, wo sie vor der Doppelsteuerung saßen. Nicht dass ihre Anwesenheit wirklich notwendig gewesen wäre. Ein Kontakt mit der zuverlässigen elektrischen Steuerung öffnete zum gegebenen Zeitpunkt automatisch die Treibstoffventile der Heckmotoren und ließ sie auf Hochtouren laufen, bis eine bestimmte Treibstoffmenge verbrannt war. Dann schloss dieselbe Steuerung die Ventile – und die »Dragon« befand sich auf dem Weg zum Saturn auf der berechneten, immer wieder überprüften und schließlich für zufriedenstellend befundenen Umlaufbahn mit der Bezeichnung XXIII-H. Die zum Erreichen der Umlaufbahn erforderliche Geschwindigkeit setzte sich aus der Umlaufgeschwindigkeit der Erde, der Umlaufgeschwindigkeit des Schiffes mit der Treibstoffkugel auf ihrer Bahn um die Erde sowie dem Rückstoß, der sich aus der Verbrennung von soundso vielen tausend Kilogramm Treibstoff ergab, zusammen. Der Winkel zwischen XXIII--H und der Ekliptik wurde im Voraus durch den Winkel zwischen der Ebene der kreisförmigen Umlaufbahn der Treibstoffkugel und dem Äquator der Erde bestimmt.

FÜNF MINUTEN vor dem Start stachen sich neun Männer die Nadeln einer Injektionsspritze in die Armvenen, um vier Kubikzentimeter »Accelerine« in ihre Blutbahn zu leiten, ein Medikament, das die Widerstandskraft gegen die Beschleunigung erhöht. Neun Minuten lang galt es, sechsfache Erdbeschleunigung auszuhalten. Trainierte Männer konnten das ohne »Accelerine« schaffen, wenn sie in stoßdämpfenden Hängematten angeschnallt waren. Aber auf automatische Maschinen konnte man sich nur verlassen, wenn nichts versagte. Wenn etwas nicht so funktionierte, wie in den Formeln berechnet, war alles, was die automatische Maschine tun konnte, die sofortige Abschaltung. Dann mussten die Piloten und die Besatzung bereit sein. Ihre Aufgabe bestand darin, zuzusehen und nichts zu tun, außer eben im Notfall.

Sie alle waren leicht enttäuscht und zugleich erleichtert, als nach neun Minuten erdrückender Last – die ihre künstlich betäubten Körper kaum spürten – und nach einigen Minuten Wartezeit Houghtons Stimme über die Lautsprecher verkündete: »Schiffsbesatzung vom Dienst befreit.«

Sie versammelten sich in der Hauptkabine, sieben kräftig gebaute Männer in den blau-silbernen Uniformen der Space Guard, keiner von ihnen mit weniger als vier goldenen Sternen am Kragen, keiner von ihnen mit weniger als zehn Dienstjahren, keiner von ihnen ohne Erfahrung auf dem Mars, dem zugänglichen Planeten, von dem man annahm, dass er Titan ähnlich war. Man glaubte, dass Titan, der größte Mond des Saturns, der in seiner Größe zwischen Mond und Mars liegt und seinen Planeten in etwas weniger als sechzehn Erdtagen mit unbekannter Tageslänge umkreist, ähnliche Bedingungen wie der Mars bieten würde.

Die beiden Kommandanten kamen kurz darauf in die Hauptkabine.

»Schiffsbesatzung – rühren!«, befahl Houghton. Dann fuhr er lächelnd fort: »Jungs, jetzt geht's los. Bis jetzt ist alles so glatt gelaufen wie eine gute Lovestory. Wenn sich alles andere ebenso gut entwickelt, werden wir hinterher für Nichts ein großes Lob bekommen. Jetzt plündern wir die Vorräte, und sobald das ›Accelerine‹ nachlässt, gehen wir schlafen.«

Das Essen wurde in aller Ruhe eingenommen. Dann saßen die Männer noch zusammen, rauchten, erzählten Geschichten und Witze, lasen und taten, was ihnen gefiel, bis jeder gründlich müde und sicher war, dass auch die letzte Spur von »Accelerine« aus seinem Körper verschwunden war.

Houghton und Helmer gingen ein weiteres Mal in den Kontrollraum, um die Anzeigen aller Instrumente zu überprüfen. Währenddessen überprüften die Männer die ihnen zugewiesenen Maschinen. Eine halbe Stunde später trafen sie sich wieder in der Hauptkabine. Helmer rief ihre Namen auf: »Reaktionstriebwerke, Donovan.«

»Perfekt, Sir.«

»Treibstofftanks und -leitungen, Allison.«

»Perfekt, Sir.«

»Weltraumtelefon und Kommunikation, Perin.«

»Perfekt, Sir.«

»Luft- und Innenraumtechnik, Wolf.«

»Perfekt, Sir.«

»Bewaffnung und Ausrüstung, Clifton.«

»Perfekt, Sir.«

»Vorräte, Van Leuwen.«

»Perfekt, Sir.«

»Elektrische Ausrüstung, Buvitch.«

»Perfekt, Sir.«

»Die Umlaufbahn ist ebenfalls perfekt«, sagte Helmer, und Houghton gab den offiziellen Befehl, von dem jeder wusste, dass er nun kommen musste.

»Zieht die Raumanzüge ›Regulation III‹ an und bereitet euch auf den biologischen Stupor vor.«

Die Männer zogen die Raumanzüge an, die Clifton in der Zwischenzeit in die Hauptkabine gebracht hatte, und schnallten sich in ihren Hängematten fest, nachdem sie die notwendigen

Verbindungen hergestellt hatten, um ihre Körperfunktionen zu überwachen. Sie schluckten mehrere Kapseln »Xenisol« – die echte Droge, nicht das schlaffördernde »Atrosomniol«, das Houghton Gwendolyn Le Marr nach einer wahrheitsgetreuen Erklärung des wirklichen Ablaufs gegeben hatte. Die Ärzte hatten vorher festgelegt, wie viele Kapseln jeder Mann zu schlucken hatte, um für etwa 200 Tage in künstlichen Schlaf zu fallen.

Wenige Minuten später begannen die Männer zu schnarchen, ein Geräusch, das rasch abnahm und schließlich ganz verschwand, als die Besatzung vom betäubten Schlaf in den Zustand des Scheintods überging. Nur Houghton und Helmer waren noch wach. Leise zogen sie ihre eigenen Raumanzüge an, leise stellten sie Heizung und Luftreinigungsanlagen ein, um die richtigen Bedingungen für den langen Tiefschlaf zu schaffen.

Während Houghton ein Alarmsystem für sich selbst anschloss, verließ Helmer das Schiff und begann, die Befestigungen, die Schiff und Kugel zusammenhielten, zu lösen. Schließlich war nur noch ein langes, dünnes Stahlseil übrig. Dann stieß er kräftig gegen die Kugel, wobei seine Füße fest gegen das Schiff drückten. Die Kugel gab nach und begann, sich vom Schiff zu entfernen, nur noch gehalten von dem sich langsam abwickelnden Kabel. Helmer wusste, dass es hauptsächlich das Schiff war, das nachgab, da die Kugel eine viel größere Masse hatte. Aber das war unerheblich. Schiff und Kugel würden sich in entgegengesetzte Richtungen bewegen, bis das zwei Meilen lange Kabel vollständig abgewickelt war. Dann kehrte er in das Innere des Schiffes zurück, verschloss die Luftschleuse und schwebte zurück in den Kontrollraum. Houghton, der das Manöver beobachtet hatte, wartete darauf, dass sich das Kabel in voller Länge abwickelte.

»Das wird noch etwa eine halbe Stunde dauern«, sagte er. »Ich gehe jetzt besser schlafen.«

»In Ordnung, Houghton – Bon Voyage an uns alle.«

»Ich werde dich rechtzeitig wecken – gute Nacht.«

Houghton wartete geduldig, bis der letzte Meter des Kabels

abgerollt war. Die Kugel lag jetzt in zwei Meilen Entfernung und sah aus wie ein großer, vollkommen glatter Mond. Das Kabel spannte sich wie ein erstarrter Lichtstrahl zwischen Schiff und Kugel, die jetzt beide mit einer Geschwindigkeit von mehr als 70 Kilometern pro Sekunde relativ zur Sonne durch die Leere rasten.

Ein paar Kilogramm Treibstoff – verbrannt in einer der seitlichen Brennkammern – ließen Schiff und Kugel langsam um einen gemeinsamen Schwerpunkt rotieren, der viel näher an der Kugel lag als am Schiff. Houghton beobachtete, wie sich die Nadel des Schwerkraftmessers nach oben bewegte, während der Reaktionsmotor schwach arbeitete. Drei, vier, viereinhalb, fünf, sechs, sechseinhalb, sechs und drei viertel Meter pro Quadratsekunde. Houghton schaltete den Motor wieder ab. Das war etwa ein Drittel weniger als die Schwerkraft auf der Erde, aber es war genug. Noch einmal drehte er sich in dem schweigenden Schiff um, das sich geräuschlos durch das All bewegte, lautlos um den gewaltigen Treibstoffvorrat kreiste und eine tief schlafende Mannschaft trug. Nur ganz wenige Dinge waren wach: die Luftmaschinen, die elektrischen Uhren, die ewig wachenden Detektoren und das elektrische Thermometer der Heizungsanlage. Er hatte die Visierscheibe seines Helms geöffnet. Durch die Öffnung strömte Luft, die bereits dünn und kalt war. Er fröstelte und ging zu seiner Hängematte. Er stopfte sich ein kleines Kissen unter den Kopf, verband seinen Raumanzug mit dem Alarmsystem, schnallte sich in der Hängematte fest und nahm ein halbes Dutzend der Kapseln aus dem Behälter.

Als er einschlief, wurde ihm die wahre Bedeutung ihrer gewaltigen Reise bewusst, die von der Sonne weg in Gefilde jenseits des Mars und zum ersten Mal in der Geschichte der Menschheit sogar über die Umlaufbahnen des Jupiters und seiner Monde hinaus führen würde.

IV.

HOUGHTON wachte auf, als sie etwa drei Millionen Kilometer von dem Punkt entfernt waren, an dem die Umlaufbahn XXIII H die Bahn des Saturns kreuzen würde. Er brauchte nur einen Augenblick, um sich zu orientieren. Die Luft war dünn und kühl; sein Körper fühlte sich kalt an und seine Finger waren so steif, dass er es kaum schaffte, das Visier seines Raumanzugs zu schließen. Er wartete still und spürte, wie sein Körper sehr, sehr langsam seine natürlichen Funktionen wieder aufnahm. Als sich seine Finger weniger steif anfühlten, ließ er die Luftregenerierungseinheit seines Raumanzugs mit voller Kraft arbeiten und schaltete die Heizspulen ein. Bald fühlte er sich viel besser und begann, die Gurte zu lösen, mit denen er an seiner Hängematte befestigt war.

Er stand auf und schob sich zum Kontrollraum hinüber. Seine noch schlaftrunkenen Augen suchten nach den Anzeigen, die alles bereithielten, was er wissen wollte. Er schloss ein paar Schalter und drehte an ein paar Reglern; die normale Temperatur und der normale Luftdruck begannen, sich im Inneren des Schiffes aufzubauen. Dann weckte er Helmer, und während dieser zu sich kam, stoppte Houghton die Drehung des Schiffes und zog die Treibstoffkugel wieder heran. Helmers Aufgabe war jetzt, bei einem Ausstieg die Klammern zur Verbindung beider Körper zu befestigen.

Als er zurückkam, war der Großteil der Besatzung schon wach und mit der Zubereitung einer Mahlzeit beschäftigt, die vor allem wegen ihrer Menge bemerkenswert war. Sie hatten alle einen Bärenhunger, denn ihre Körper hatten in diesen 200 Tagen Energie verbraucht, die etwa 20 Stunden harter körperlicher Tätigkeit entsprach. Nach der Mahlzeit beorderte Houghton alle auf ihre Stationen, während er und Helmer mit der Arbeit an ihren Instrumenten begannen.

»Von der Koordinate A 200.000 Kilometer«, sagte Helmer nach zwei Stunden intensiver Arbeit. »Von B etwa 80.000

Kilometer und von C etwa 5.000 oder 6.000 Kilometer – es ist schwer, die kleine Differenz genauer zu ermitteln.«

Die Besatzung hatte inzwischen die Untersuchung des Schiffes selbst und von allem, was darin war, abgeschlossen. Es schien alles in Ordnung, soweit sie es überprüfen konnten. Als alle bereit waren, begannen Houghton und Helmer, die kleinen Abweichungen von der geplanten Umlaufbahn zu korrigieren, und gaben dem Schiff schließlich einen kräftigen Schub von kurzer Dauer, um es in eine Umlaufbahn zu zwingen, die es in einem Abstand von etwa zehntausend Kilometern von der Oberfläche des Titan kreisen lassen würde.

Sie waren sorgfältig darauf bedacht, Entfernung und Umlaufgeschwindigkeit so einzuhalten, dass sie von der Oberfläche des Mondes aus schwer zu erkennen waren. Sie wussten nicht, ob die anderen über Waffen verfügten, die eine Reichweite von sechstausend Kilometern im Weltraum hatten; sie wussten nicht, ob solche Waffen zum Einsatz kommen würden, wenn es sie gäbe. Sie wussten praktisch nichts über die anderen, die sie im Geiste »den Feind« nannten – sie wussten nur, dass dieser »Feind« vernichtet oder gefangen genommen und dass Dr. Le Marr um jeden Preis lebend und unverletzt gerettet werden musste. Wenn sie nur wüssten, ob die anderen auf Titan gelandet waren und wo. Dann könnten sie einen Kurs festlegen, der sie außer Sichtweite der Männer an Bord der »Tahiti« hielt. Sie mussten im Tageslicht bleiben – aber niemand konnte sagen, ob die anderen Tag oder Nacht hatten, sobald die »Dragon« sich an einem bestimmten Punkt im All positioniert hatte. Es machte die Sache nicht einfacher, dass sie auch die genaue Periode der Rotation des Titans nicht kannten. Sicher war, dass der Mond eine axiale Rotation hatte und sich nicht wie der Mond der Erde zuwandte, aber die Schätzungen über die Dauer dieser Rotation reichten von sechs Stunden bis zu vier Tagen. Houghton hatte zwei Pfund astronomische Checklisten und Fragen dazu in seinem Spind. Van Stijnberg und seine Kollegen wollten sehr viele Dinge bestimmen oder überprüfen – aber selbst wenn es so wäre, würde es den Weltraumwächtern nicht helfen. Außerdem spielten Tag und Nacht so weit draußen im Sonnensystem wahrscheinlich keine große Rolle. Es konnte sein, dass dort unten »Sonnen-Nacht« war oder aber »Saturn-Tag«, und es konnte schwierig sein, den Unterschied zu erkennen, ohne in den Himmel zu schauen.

Endlich waren die beiden Männer mit ihrer Arbeit zufrieden. Houghton füllte alle Treibstofftanks des Schiffes aus der Kugel und koppelte dann sein Schiff, die Treibstoffleitungen, die Stützen, das Seil und alles andere ab. Dies konnte von der Steuerkonsole aus geschehen. Dennoch blieben Kugel und Schiff noch dicht beieinander.

Die vorderen Düsen des Schiffes flammten nur einen kurzen Moment auf; ein schwacher Stoß ging durch das Schiff. Sofort begann die große Kugel scheinbar zu schrumpfen und entfernte sich vom Schiff. Tatsächlich setzte die Kugel ihre kreisförmige Bahn fort; nur das Schiff blieb zurück und begann in einer langen Spirale in Richtung Titan zu sinken.

»Bereit für das Landemanöver«, rief Helmer ins Mikrofon, und über die Lautsprecher schallte es durch das ganze Schiff. Es folgten Minuten der Abbremsung, unterbrochen von Momenten der Schwerelosigkeit. Die schweren Raketentriebwerke gaben ein stakkatoartiges Donnern von sich – dann ein leichter Stoß, der kaum zu spüren war, wenn er nicht durch die darauffolgende Stille unterstrichen worden wäre.

Houghton unterbrach diese Stille mit einer ruhigen Ansage: »Space Guard Kreuzer ›Dragon‹ ist auf Titan gelandet.«

In den ersten beiden Tagen verhielten sie sich völlig ruhig. Es war für sie eine neue Welt mit fast, wenn nicht komplett unbekannten Lebensbedingungen. Sie brauchten diese zwei Tage, um zuerst das Schiff, die Bewaffnung und die Raumanzüge zu testen, dann die Atmosphäre, die Temperatur und die verschiedenen und komplexen Wechsel von »Tag« und »Nacht«. Selbst am »Tag« war es ziemlich kalt, aber nicht so kalt, wie es sich die Astronomen auf der Erde und dem Mond vorgestellt hatten. Houghton fand Bedingungen vor, die denen auf dem Mars ziemlich ähnlich waren. Manchmal kamen starke Winde auf, die aber nicht so stark waren, dass sie ernsthaften Schaden anrichten konnten.

Nach zwei Tagen beschlossen Helmer und Houghton, dass es sicher war, sich ins Freie zu wagen, geschützt durch leichte Raumanzüge und natürlich schwer bewaffnet. Es gab keinen Grund, sich unbekannten Gefahren auszusetzen, nur weil man heldenhaft sein wollte. Als sie den Boden des Mondes betraten, stand der halbe Saturn über dem Horizont, und die mächtigen Ringe reichten bis zum Zenit wie der Schweif eines gigantischen Kometen. Das Schiff, das vom Licht des Saturns und von den Strahlen der fernen Sonne phantastisch und seltsam beleuchtet wurde, lag in der Mitte eines Tals, das von hohen Bergen aus schwärzlichem Gestein umgeben war. Ohne den seltsamen Effekten dieser fremden Landschaft viel Aufmerksamkeit zu schenken, ließen Houghton und Helmer, die beide schon unter dem grünen Himmel des Mars gelebt und die Herrlichkeit des Himmels von luftlosen Monden aus gesehen hatten, eine Reihe von Instrumenten aus dem Schiff holen und im Freien aufstellen. Unter den Instrumenten befand sich auch ein kleines, aber leistungsfähiges Teleskop, das die Raumfahrer »Kometenfänger« nannten.

Während die Besatzung mit dem Aufbau beschäftigt war, begaben sich Houghton und Helmer vorsichtig auf ihre erste Erkundungstour. Ein kleiner und zwei große Pässe führten aus dem Tal hinaus, vermutlich in andere Täler. Zuerst versuchten sie es mit dem, der dem Schiff am nächsten lag. Das Gehen war aufgrund der geringen Schwerkraft des Mondes nicht schwierig, aber es war schwer, in dem unsicheren Licht entfernte Formen zu erkennen.

Als sie viele Stunden später zur »Dragon« zurückkehrten, hatten sie eine Menge interessanter Dinge gesehen und konnten die Besatzung über einige der wichtigsten Merkmale dieses Teils von Titan, auf dem sie gelandet waren, unterrichten. Aber sie hatten nicht die geringste Spur des »Feindes« gefunden – aber auch nicht erwartet, ihn gleich zu finden.

Nach sechzehn Tagen auf Titan hatten sie mehr als ein halbes Dutzend der von ihnen aus erreichbaren Täler abgesucht, ohne die geringste Spur menschlichen Lebens zu finden. Sie hatten alle Beobachtungen gemacht, auf die die Astronomen auf der Erde und auf dem Mond gewartet hatten; sie hatten Exemplare der blass grün-gelben Kriechvegetation der Talsohlen gesammelt; sie hatten die wurm- oder schlangenähnlichen Dinger gefunden und bekämpft, die in dieser Vegetation lebten. Sie hatten sich mit blassgelben Insekten herumgeschlagen, die wie Kreuzungen aus Ameisen und Hummern aussahen. Es waren grausame Beißer, und ihre durchschnittliche Länge von zehn Zentimetern machte sie nicht angenehmer. Die Männer von der Erde vermuteten, dass sie noch viel größer werden könnten, wenn es nur mehr Nahrung für sie gäbe.

Die Weltraumwächter hatten sich über die vielstämmigen Bäume gewundert, die an den Hängen der Berge wuchsen und immer dann eine neue Wurzel von einem Ast herunterschickten, wenn der Boden unsicher wurde. Die Männer hatten versucht, die kleinen Tiere zu fangen, die in fünfzig Meter langen Sprüngen vor ihnen davonliefen, und waren bisher erfolglos geblieben. Und sie hatten einen Mann verloren, der von dem plötzlichen und unerwarteten Angriff eines riesigen, gepanzerten Tieres überwältigt worden war, das dem irdischen Hufeisenkrebs ähnelte, die Houghton aus amerikanischen Gewässern gut kannte. Nur dass sie hier auf Titan bis zu vier Meter lang wurden und einen zwei Meter hohen gewölbten Panzer hatten. Die Space Guards hatten alles gesehen, was es in diesen Tälern zu sehen gab; sie hatten alles getan, was ein Forscher tun kann – aber sie hatten keine Spur von menschlichem Leben gefunden.

HOUGHTON erwog, mit seinem Schiff ins All zu fliegen und auf einem anderen Teil des Titan zu landen, um die Suche fortzusetzen. Schade, dass ein Raumschiff nicht wie ein Luftschiff in der Luft kreisen kann. Alles wäre so viel einfacher. Vielleicht war der »Feind« gar nicht auf Titan gelandet. Houghton dachte über die Möglichkeit nach, dass sie sich einen anderen der vierzehn Saturnmonde ausgesucht hatten, obwohl nur Titan eine nennenswerte Größe aufwies. Er hoffte, irgendwo einen großen Wald zu finden, dessen Holz in der Titanatmosphäre brennen würde. Wenn ja, würde er ihn mit einer Raketenexplosion in Brand setzen, um den »Feind« anzulocken.

Er berechnete die Treibstoffmenge, die er für Start und Landung benötigen würde. Der Vorrat, den er in seinen Tanks hatte, reichte sogar für einen zweiten Start. Er würde sogar Treibstoff sparen, wenn er seine Tanks nicht noch einmal aus der Kugel auffüllen würde, da er dann ein leichteres Schiff zum Landen und zum zweiten Start hätte. Aber er wollte vor dem Start die Position der Kugel feststellen, wie er es alle paar Stunden zu tun pflegte. Während er zum Teleskop ging, merkte er, dass er dieser unheimlichen, fremdartigen Landschaft langsam überdrüssig wurde. Er gab es nicht gern zu, nicht einmal sich selbst gegenüber, aber es war eine Tatsache. Er war froh, dass jeder seiner Männer über Mars-Erfahrung verfügte und daher Nerven hatte, die eine Menge seltsamer Landschaften ertragen konnten, ohne Schwächen zu zeigen.

Er hockte sich hinter das Teleskop und versuchte, die Treibstoffkugel zu finden. Sie sah immer wie ein perfekter kleiner Planet mit hoher Albedo aus, da ihre Hülle hochglanzpoliert war. Ihre Sichtbarkeit wäre geringer gewesen, wenn sie mit einer lichtabsorbierenden Farbe gestrichen gewesen wäre. Aber eine lichtabsorbierende Farbe war auch eine wärmeabsorbierende Farbe, und der neuartige Treibstoff musste auf einer gleichmäßig kühlen Temperatur gehalten werden.

Houghton fand den kleinen Mond nicht sofort, aber zu seiner großen Überraschung sah er ein anderes Raumschiff. Langsam bewegte es sich aus dem Sichtfeld des leistungsstarken Instruments hinaus. Houghtons Überraschung war so groß, dass er es für einen Moment aus den Augen verlor. Aber er fand es gleich wieder und starrte es an. Kein Zweifel, das Schiff war die »Tahiti«. Jetzt sah er auch die Treibstoffkugel. Langsam manövrierte die »Tahiti« näher. Houghton presste die Lippen fest zusammen. Seine Befürchtungen, dass der »Feind« die Treibstoffkugel sehen würde, waren nur zu berechtigt gewesen. Sie hatten sie gesehen, und nachdem sie sie gesehen hatten, waren sie losgezogen, um sie zu untersuchen. Wenigstens könnte er jetzt einen Hinweis darauf bekommen, wo sie sich versteckt hielten.

Gespannt beobachtete er, wie sich die »Tahiti« langsam, ganz langsam, an die Kugel heranschlich. Für den Bruchteil einer Sekunde konnte Houghton sich ein Lächeln nicht verkneifen. Sie sah aus wie ein Goldfisch, der versucht, einen Gummiball zu verschlucken, der in sein Becken gefallen war. Houghtons Gesicht wurde immer grimmiger, je länger er zusah. Die »Tahiti« manövrierte nahe an die Treibstoffkugel heran, berührte sie sogar und drehte dann um, wobei ihr Bug die Kugel von der anderen Seite her berührte. Dann flammten die Auslassdüsen auf und brachten die sorgfältig berechnete Umlaufbahn der Kugel durcheinander. Sie glitt unter dem Schiff weg, folgte der Anziehungskraft von Titans Gravitationsfeld und versuchte, sich in einer anderen Umlaufbahn, näher am Mond, zu etablieren. Wieder flammten die Auspuffdüsen auf, und die ultrastarken Raketentriebwerke übten ihren ganzen Schub auf die Kugel aus und bremsten ihre Geschwindigkeit.

Sowohl das Schiff als auch die Kugel begannen, auf die Oberfläche des Titan zu sinken. Nach einigen Sekunden drehte sich das immer noch fallende Schiff wieder um, und als seine Raketentriebwerke anfingen, Flammenströme auszustoßen, entfernte es sich rasch von der fallenden Kugel. Houghton versuchte, das Schiff mit seinem Teleskop zu verfolgen, aber es verschwand hinter dem Horizont und er musste aufgeben. Zwei Minuten vergeudete er damit, den Himmel mit seinem Instrument nach der Kugel abzusuchen, dann rief er Alarm der höchsten Stufe aus.

»Alle sofort in den Kreuzer und die gesamte Ausrüstung einsammeln. Bereitet euch auf den sofortigen Abflug vor!«

Exakt einhundertfünfzig Sekunden später saß er vor dem Armaturenbrett der »Dragon«. Durch das Fenster sah er, wie zwei seiner Männer mit Höchstgeschwindigkeit auf die noch offene Schleuse zustürmen. In weiteren sechzig Sekunden waren sie drinnen – ein Instrument meldete ihm das Schließen der Außentür. Die »Dragon« war bereit zum Start. Und sie startete auch.

Versengende Flammenstrahlen rissen die kriechende, blassgrüne Vegetation vom Boden des Saturnmondes, verbrannten und versengten die wurmartigen Dinger und ameisenartigen Beißer gleichermaßen und schleuderten eines der gepanzerten Monster in die dünne Atmosphäre. Das Schiff schaukelte und schüttelte sich; eine weitere, noch stärkere Flammenexplosion folgte, und es schoss in die Höhe wie ein feuriger Drache aus der Sage. Vierfache Erdbeschleunigung, sechsundsiebzig Grad Steigungswinkel. Fünfundneunzig Sekunden lang volle Energie auf allen Heckdüsen des Typs B. Heizsystem auf null, Kühlmaschinen auf volle Leistung – Heckdüsen des Typs B auf null – fünf Minuten Schwerelosigkeit zum Anlegen der Raumanzüge des Typs III, des schwersten Typs – Koordinatenrad zwei 2.500 volle Umdrehungen, um die Längsachse des Schiffes parallel zur Titanoberfläche auszurichten – jetzt Heckdüsen des Typs A dreißig Sekunden lang auf viertel Leistung – Geschwindigkeit prüfen – eine Heckdüse des Typs B auf ein Zehntel der vollen Leistung, bis die Kreisgeschwindigkeit des Titans erreicht ist!

Houghton und Helmer bedienten die Steuerung der »Dragon« mit äußerster Ruhe, riefen sich gegenseitig zu, was sie taten, und informierten gleichzeitig die Besatzung über die Lautsprecher.

»Kreisbahngeschwindigkeit von Titan erreicht, alle Düsen auf null«, erklärte Houghton leise.

Helmer fügte hinzu: »Geschütze zur kleinen Luftschleuse stellen.«

165

Houghton lehnte sich in seinem Stuhl zurück.

»Wow«, sagte er zu Helmer, »das war eine rasante Flucht. Vielleicht waren wir ein bisschen zu schnell, aber es ist ja nichts passiert. Unter keinen Umständen wollte ich dort unten sein, wenn die Bombe einschlägt. Selbst wenn sie nicht in unser Tal fällt, sondern auf die gegenüberliegende Seite kracht, könnte sie durch ein paar kleine Erdbeben das Leben ungemütlich machen.«

»Konntest du den Feind sehen?«, fragte Helmer.

»Tut mir leid, konnte ich nicht. Ich nehme an, sie machen es wie wir – sie warten im Weltraum, bis die Explosion vorbei ist.«

»Du glaubst also, dass sie die Natur der Treibstoffkugel erkannt haben? Vergiss nicht, dass es sich um eine brandneue Erfindung handelt.«

»Ich glaube, sie haben es erraten«, antwortete Helmer gleich darauf selbst. »Es waren zu viele Ventilbezeichnungen auf den Rumpf gemalt. Sie waren nah genug dran, um sie lesen zu können.«

»Leider war das wohl so. Wir müssen abwarten und weiter beobachten!«

Es war eine kleine Erleichterung für die Weltraumwächter, dass sie ihre wertvolle Treibstoffkugel in einem gewaltigen Blitz selbst explodieren sehen konnten. Die Kugel traf Titan auf seiner Nachtseite; die »Dragon« hatte den Mond gerade wieder umrundet und befand sich fast über dem Zentrum der Explosion. Die Männer sahen einen unvorstellbar großen weißen Feuerball aus der dunklen Kugel aufsteigen. Für eine Sekunde oder länger waren die umliegenden Berge in grelles Licht getaucht. Sie sahen, wie Felsspitzen umzustürzen begannen – dann wurde alles wieder schwarz.

»Das war's dann wohl mit unserem Rückflugticket«, sagte einer der Männer. Houghton hörte ihn; er sprach seine eigenen Gedanken aus. Aber nur einen Moment lang fühlte er sich niedergeschlagen.

»Jungs, da ist noch ein anderes Schiff in der Nähe. Und soweit

ich das beurteilen kann, haben sie den nötigen Treibstoff, um zu Mutter Erde und zu euren Liebsten zurückzukehren. Lasst uns das Schiff holen!«

Helmer sah Houghton fragend an; sie hatten seit ihrem überstürzten Start vom Titan keinen einzigen Raketenstoß der »Tahiti« gesehen. Houghton presste die Lippen aufeinander und ging in den Kontrollraum. Helmer folgte ihm. Die anderen wurden auf ihre Stationen beordert.

»Ich hab verstanden«, sagte Helmer, als er sich an die Doppelsteuerung setzte. »Du denkst, sie werden sich den Schaden, den sie angerichtet haben, genau ansehen wollen. Und dann werden wir in der Nähe sein.«

»Ja! Und wir werden sie erwischen. Ich habe keine Ahnung von ihrer Bewaffnung, aber ich kenne unsere, und ich denke immer noch, dass sie wie ursprünglich geplant funktionieren wird.«

Die »Dragon« senkte sich wieder in Flammenschleiern hinab und sah aus wie ein großer Meteorit. Houghton war es egal, ob der Feind sie landen sah. Er glaubte nicht, dass sie es tun würden, denn kein Meteoritendetektor hatte etwas registriert und kein Teleskop hatte sie gezeigt, sie waren wahrscheinlich auf der anderen Seite des Titan. Houghton musste ihnen mindestens eine Stunde voraus sein; er brauchte die Zeit für bestimmte Vorbereitungen.

DIE BEIDEN PILOTEN landeten das Raumschiff trotz Dunkelheit und trotz der gelegentlichen Staubwolken, die noch in der dünnen Atmosphäre schwebten, ohne Fehler. Die explodierte Treibstoffkugel hatte einen riesigen Krater von mehreren Meilen Durchmesser in die Berge gerissen. Houghton nahm an, dass die Innenseite der Ringmauer dieses neu entstandenen Meteoritenkraters ziemlich glatt und der Boden eben sein würde. Zumindest war dies nach der Theorie über den Entstehungsmechanismus von Meteorkratern zu erwarten. Beide – die Theorie und Houghton – hatten recht. Der Boden war nahezu eben, und die »Dragon« kam fest auf dem geborstenen und erstarrten Gestein zur Ruhe. Sobald die Raketenmotoren verklungen waren, wurde jede künstliche Lichtquelle, jede mit Strom betriebene Maschine, sogar die Luftreiniger, sofort abgeschaltet. Die feindlichen Augen konnten nichts mehr sehen, und die feindlichen Detektoren konnten nichts mehr aufspüren.

Die Männer, die immer noch ihre schweren Raumanzüge trugen, standen mit ihren Waffen in der Schleuse bereit. Es gab keine große Auswahl an Waffen. Die Weltraumwächter hatten noch nie mit organisierten menschlichen Feinden zu tun gehabt – nur gelegentlich mit einzelnen Geächteten und mit wilden Tieren von anderen Planeten. Sie besaßen schwere Repetierpistolen, Gewehre mit Spreng- oder Brandgeschossen, Handgranaten, tragbare Flammenwerfer und – auf dieser besonderen Reise – sogar zwei langläufige Drei-Zoll-Kanonen. Aber sie hatten noch etwas anderes, das nur den beiden Kommandeuren bekannt war.

Einer der leistungsstarken Dieselmotoren für die Kraftstoffpumpen wurde so manipuliert, dass er den Elektromotor der Luftreinigungsanlage antrieb und somit als Generator diente. Der so erzeugte Strom, den die hocheffizienten Akkumulatoren an Bord der »Dragon« noch verstärkten, wurde umgewandelt und schließlich in eine besondere elektrische Vorrichtung geleitet, die am Rumpf des Schiffes befestigt war. Im Gehäuse dieses Geräts war auch eine kleine Bombe versteckt, die explodieren würde, wenn jemand versuchen sollte, es zu öffnen oder direkt oder mit Hilfe von Röntgenstrahlen unter das Gehäuse zu schauen. Wahrscheinlich würde sie den Spion töten, aber auf jeden Fall würde sie den Mechanismus, den sie bewachte, völlig zerstören.

Nach Abschluss der Vorbereitungen befahl Houghton seiner Mannschaft, sich auszuruhen, aber zum sofortigen Handeln bereit zu sein. Er und Helmer gingen aus dem Schiff, setzten sich auf den Boden und beobachteten. Sie berührten sich mit ihren Helmen – sie wagten es nicht, die Funkgeräte ihrer Raumanzüge zu benutzen – und konnten sich so unterhalten.

Es blieb ihnen nicht viel Zeit zum Reden. Plötzlich erschien eine »Sternschnuppe« am Himmel. Es dauerte nur wenige Minuten, um festzustellen, dass es sich nicht um einen Meteoriten, sondern um ein Raumschiff handelte; natürlich musste es die »Tahiti« sein, da außerhalb des Asteroidengürtels kein anderes Schiff zu finden war. Ein Stein, der gegen den Rumpf der »Dragon« geworfen wurde, informierte die Männer im Inneren des Schiffes, dass der Feind in Sicht war. Sie waren bereit, jedem Befehl der beiden, die sich draußen ausgestreckt hatten, als wären sie tot, zu gehorchen. Donovan, der Chefingenieur, nahm auf dem Pilotensitz Platz, seine Hand schwebte über einem bestimmten Knopf. Es war der Schalter, der das Gerät am Rumpf aktivierte.

Die meisten dieser Vorsichtsmaßnahmen waren unnötig; die »Dragon« wurde nicht entdeckt – zumindest nicht vor der Landung der »Tahiti«. Helmer befand sich gerade in der richtigen Position, um zu sehen, wie ihre Abgase verebbten. Er informierte Houghton, dessen Visier in die entgegengesetzte Richtung blickte. Houghton schaltete sein Funkgerät nur für ein paar Sekunden ein, gerade genug Zeit, um Donovan das Kommando zu geben. Donovan, der das Geheimnis zwar nicht genau kannte, aber über die nötige Ausbildung und Vorstellungskraft verfügte, um es ziemlich genau zu durchschauen, legte den Schalter mit einem erwartungsvollen Grinsen um.

V.

SOTUKOMO, Chefingenieur auf der »Tahiti«, bemerkte die Veränderung sofort. Die sorgfältig ausbalancierten elektrischen Felder, die die überladenen Quecksilbermoleküle zerrissen und sie in Quecksilberatome mit einer Abgasgeschwindigkeit von etwa 65 Kilometern pro Sekunde verwandelten, begannen zu kollabieren. Die Zeiger der meisten seiner Messgeräte fielen auf null Andere zeigten zunehmende Überlastungen an. Sotukomo hatte alle Hände voll zu tun, die Verbindungen zu kappen, bevor ihnen diese Überlastungen zum Verhängnis wurden. Er wusste genau, was die plötzliche Störung verursachte – es gab nur eine Ursache, die eine solche Anzeige der Instrumente bewirkte. Es musste eine sehr durchdringende Strahlung sein, eine Strahlung, die die Luft in den Funkenstrecken ionisierte. Die Ionisierung ließ die Ströme frei fließen und das elektrische Feld in den Antriebsröhren zusammenbrechen.

Kaum hatte der Kapitän dem Bericht seines ehrfürchtigen Chefingenieurs zugehört, tauchten die Strahlen eines starken Suchscheinwerfers sein Schiff in weißes, kaltes Licht, und aus den Lautsprechern des Raumtelefons ertönte ein lauter Ruf:

»Raumwächter rufen Raumschiff ›Tahiti‹–Raumwächter rufen SS ›Tahiti‹. Hier spricht Commander Houghton, der den Eigentümer und Kommandanten der SS ›Tahiti‹ des interplanetarischen Vergehens beschuldigt, ohne vorherige Ankündigung auf einer Welt gelandet zu sein, die der Zuständigkeit der Raumwächter untersteht. Stoppen Sie die Triebwerke und öffnen Sie die Luftschleuse für die Inspektion durch die Raumfahrtbehörde.«

Der Suchscheinwerfer erlosch. Houghton wandte sich mit einem grimmigen Lächeln an Helmer.

»Das könnte sie ein wenig erschrecken«, sagte er.

»Nun«, antwortete Helmer und lächelte ebenfalls, »ich weiß was, das ihnen Angst macht. Man muss sich nur vorstellen, wie sie jetzt an ihren Triebwerken arbeiten.«

»Es ist wirklich schön, dass das Ionisationsfeld auch mit dem Le-Marr-Antrieb funktioniert«, gab Houghton zu. »Ich glaube, man kann diese Art von Antrieb ausreichend isolieren, aber natürlich haben sie nicht an einen solchen Notfall gedacht.«

Während er sprach, beobachtete er das Raumschiff. Nach Weltraumrecht sollten sie innerhalb von zwölf Minuten ihre Triebwerke abschalten (die ohnehin nicht liefen) und ihre Hauptluftschleuse öffnen.

Zwölf Minuten verstrichen, aber nichts geschah.

171

Am Ende der zwölften Minute flammte der Suchscheinwerfer erneut auf, Houghton wiederholte seine Aufforderung. Erneut wartete er auf eine Antwort. Aber es kam keine. Er schaltete den Suchscheinwerfer aus. Im Halbdunkel waren plötzlich Feuerlinien zu sehen, auch das Geräusch von Explosionen war zu hören. Ein Maschinengewehr feuerte Explosivgeschosse auf die »Dragon«, jedes siebte ein Leuchtspurgeschoss.

Houghton fluchte, unhörbar, aber entschlossen. Er befahl fünf Männern, die »Tahiti« anzugreifen. Allison sollte allein mit einem tragbaren Maschinengewehr gehen; die vier anderen sollten in zwei Gruppen vorgehen, einer von jeder Gruppe mit einem Flammenwerfer, der andere mit Gewehr und Handgranaten. Donovan sollte in der Schleuse bleiben und eine der beiden Drei-Zoll-Kanonen besetzen. Da Donovan praktisch keiner Gefahr, verletzt zu werden, ausgesetzt war, überließen ihm die Kommandanten die Verantwortung für das Schiff, nahmen zwei schwere Gewehre an sich und bildeten eine dritte Angriffsgruppe. Falls der Feind noch verheerendere Waffen einsetzen sollte, wäre es gut, die Männer so weit wie möglich über das Gelände zu verteilen. Da die »Dragon« ohnehin nicht genug Treibstoff für die Rückkehr hatte, war sie nicht so wertvoll. Es spielte keine Rolle, ob die explosiven Geschosse ein paar Fenster zertrümmerten und ein paar Platten des Rumpfes verbeulten, wenn nur das Ionisationsfeld aufrechterhalten wurde.

Die beiden Kommandanten sprangen durch die Luftschleuse hinter ihren Männern hinaus und machten sich, so schnell sie konnten, auf den Weg ins Innere des großen Kraters. Es war ein Leichtes, dem Kugelhagel des Maschinengewehrs auszuweichen. Kaum waren sie ein paar Hundert Meter gelaufen, als ein zweites Maschinengewehr die »Dragon« unter Beschuss nahm. Fast im gleichen Moment begann das erste Maschinengewehr, sich verrückt zu verhalten. Die glühenden Schlieren der Leuchtspurgeschosse flogen in fast jede Richtung. Schließlich zielte das Geschütz fast senkrecht in den Himmel, feuerte aber weiter.

»Komisch«, murmelte Helmer, der dies zufällig zuerst sah. Houghton konnte ihn nicht hören, denn die Funkgeräte der Raumanzüge funktionierten nicht in dem Ionisationsfeld, das sich über mehr als vierzig Meilen in alle Richtungen von der »Dragon« aus erstreckte. Aber dann sah er es auch – er sah auch, dass eine Reihe von explosiven Kugeln aus Gewehren abgefeuert wurden. Während die beiden Raumschiffe etwa zwei Meilen voneinander entfernt waren, hatten sich die gegnerischen Kräfte offensichtlich irgendwo im Krater getroffen.

Vorsichtig öffnete Houghton für einen Moment das Visier seines Helms, um die Luft zu prüfen. Sie war dünn – sehr dünn und kalt – aber es gab offensichtlich keine giftigen Gase oder Dämpfe.

Seine jahrelange Erfahrung auf dem Mars ließ ihn die dünne Luft und die Kälte ertragen; er ließ die Visierscheibe offen. Wenigstens konnte er jetzt hören: Überall gab es Explosionen von Kugeln. Einmal hörte er das Bellen der Kanone und die Explosion einer Handgranate. Jedes Geräusch war seltsam schwach in der dünnen Luft. Das Krachen von ein, zwei, drei Handgranaten drang zu ihm durch. Ein weiteres von der Kanone. Das zweite Maschinengewehr hörte auf zu feuern, das erste feuerte weiter, aber seine Kugeln rasten immer noch in einem steilen Winkel nach oben.

Helmer hatte sein Visier ebenfalls geöffnet, als er sah, dass Houghton dies tat.

»Das hört sich nach einem Dreieckskampf an«, rief er. »Ich hoffe, die Morgendämmerung kommt bald.«

Das tat sie. Langsam begannen sie, etwas besser zu sehen. Es waren Männer in leichten Raumanzügen, kleine Männer, leicht zu unterscheiden von den Space Guards, von denen keiner weniger als sechs Fuß maß und die alle die schweren Regulation III Anzüge trugen.

Wo immer sich jemand von einer der beiden Seiten bewegte, flogen Staub, Sand und Steinchen von den Explosionen der Gewehrkugeln in die Atmosphäre. Ein Teil der Kampfszene wurde durch das Feuer der Flammenwerfer erhellt, offenbar in der Nähe der Position des ersten Maschinengewehrs, das bei Tagesanbruch endgültig aufgehört hatte zu schießen. Ob dies nun daran lag, dass es außer Gefecht war oder weil sein Munitionsvorrat erschöpft war, konnte niemand sagen.

Plötzlich sahen Houghton und Helmer etwas vor sich, das wie eine gepflasterte Autobahn aussah, mindestens zweitausend Fuß lang. Große Basaltklippen befanden sich vor ihnen, die entweder durch tektonische Veränderungen dieses Ortes, die seit der Abkühlung des Basalts stattgefunden hatten, oder durch die Explosion der Treibstoffkugel umgeworfen worden waren und waagerecht lagen. Die beiden Männer liefen auf dieser natürlichen Straße aus umgestürzten Basaltsäulen weiter, die links und rechts durch andere, höher aufgetürmte Säulen vor Blicken und Gewehrfeuer geschützt waren. Später erfuhren sie, dass ihre Männer ähnliche geschützte Wege gefunden hatten und nur deshalb so schnell an den Feind herankommen konnten.

Als sie das andere Ende der umgestürzten Natursäulen erreicht hatten, sahen sie beide Flammenwerfer in Betrieb. Der Boden war noch etwas abschüssig und sie konnten einen großen Teil des Kraters gut überblicken.

»Was zum Teufel ist da los?«, dachte Houghton und suchte nach dem einfachsten Weg, sich der »Tahiti« zu nähern – möglichst ungesehen. Er konnte seine eigene Frage nicht beantworten; das Feuer der Flammenwerfer war plötzlich verschwunden, und ohne dieses Licht war es immer noch zu dunkel, um auf die Entfernung etwas zu sehen.

Vor ihnen bewegte sich etwas. Sie hielten ihre Gewehre bereit, aber bald sahen sie, dass es einer ihrer eigenen Männer war, der die rauchende Düse eines Flammenwerfers hielt. Als er seine vorgesetzten Offiziere erkannte, öffnete auch er sein Visier.

»Clifton ist tot, Sir«, meldete er.

»Explosives Geschoss?«, fragte Houghton.

»Nein, Sir. Diese Biester, die wie große Schildkröten mit vielen Füßen aussehen. Es sind Dutzende von ihnen auf der

rechten Seite. Schießen nützt nicht viel, aber unsere Flammenwerfer waren sehr effektiv. Der Feind hat mit ihnen gekämpft,
als wir kamen.«

Houghton wandte sich an Helmer: »Das ist also die dritte
Seite im Kampf.«

Der Satz wurde durch das Geräusch von Gewehrsalven und
das Krachen von Handgranaten unterbrochen. Der andere
Flammenwerfer feuerte auf den Panzer eines der Ungeheuer.
Houghton versuchte zu erkennen, woher die Gewehrschüsse
kamen. Schließlich fand er die Scharfschützen; sie standen
direkt an der Luftschleuse der »Tahiti«. Die beiden Kommandanten befahlen dem Mann mit dem Flammenwerfer, ihnen zu
folgen, und schritten durch einen weiteren Basaltkorridor, der
sich vor ihnen öffnete. Dann noch einer und noch einer.

Als sie aus dem letzten herauskamen, waren Saturn und die
Sonne bereits über den Horizont gestiegen, und es war nun ein
ziemlich heller Morgen. Dort lag die »Tahiti«, nur etwa zweitausend Fuß vor ihnen. Drei kleine Gestalten in Raumanzügen
standen in der Nähe ihrer Luftschleuse und feuerten auf ein paar
Ungeheuer mit Panzerung, die sich der »Tahiti« auf Nahrungs-
suche näherten. Die drei schenkten den Raumwächtern, die
für sie sicherlich deutlich sichtbar waren, zunächst keine
Beachtung. Die Raumwächter folgten den Monstern, die von
den Explosivgeschossen der Verteidiger langsam in Stücke
gerissen wurden. Als die Raumwächter ziemlich nahe an der
»Tahiti« waren – nur noch etwa hundert Meter trennten sie
von der Schleuse –, begannen die drei Männer in der Nähe der
Tür, jetzt auf sie zu schießen. Die Tiere lagen im Sterben, grün-
liches Blut sickerte aus großen Wunden, die vielen Beine strampelten in der Luft.

Der Mechaniker der Space Guard blieb stehen, ließ seinen
Flammenwerfer los, der fast leer war, und warf seine letzte Handgranate auf die Verteidiger der »Tahiti«. Die Granate explodierte
harmlos etwa hundert Fuß von der Luftschleuse entfernt; das
Werfen erforderte bei dieser geringen Schwerkraft viel Übung.

Houghtons und Helmers schwere Dienstpistolen sprachen wie aus einem Mund – eine der drei Gestalten schwankte und fiel, die anderen feuerten weiter. Plötzlich ertönte ein dröhnendes Geräusch in Houghtons Ohren, für den Bruchteil einer Sekunde glaubte er, getroffen zu sein. Dann wurde ihm klar, dass es sein Funkgerät war, das mit statischem Rauschen laut zischte. Er rannte, sprang und schoss, um herauszufinden, was die plötzliche Aktivität im Kopfhörer zu bedeuten hatte. Aber es war leicht zu verstehen: Wenn das Funkgerät funktionierte – egal, welche Geräusche es von sich gab –, war das Ionisationsfeld zusammengebrochen. Irgendetwas war in der »Dragon« schiefgelaufen. Deshalb war die »Tahiti« wieder manövrierfähig. Er hoffte, dass der Feind es nicht so schnell bemerken würde wie er.

Er hörte Helmer fluchen. Der Deutsche war ihm zwei Schritte voraus, weil er viel schwerer war als er und deshalb unter der geringeren Schwerkraft des Titans einen besseren Stand hatte. Wahrscheinlich hatte Helmer auch den Hintergrund der erneuten Aktivität seines eigenen Funkgeräts erkannt. Es waren noch sechzig Fuß – das Rauschen machte ihn taub, doch es war keine Zeit, es abzuschalten. Dieses Geräusch bedeutete, dass die Triebwerke der »Tahiti« ihre elektrischen Felder aufbauten – ihre elektrischen Potentiale mussten die Quelle der heftigen statischen Störungen sein – noch vierzig Fuß. Houghton rannte in gerader Linie auf die beiden Männer zu, die immer noch die offene Schleuse der »Tahiti« verteidigten, und feuerte auf sie. Seine Kugeln fanden ihr Ziel. Einer der beiden begann erst zu schwanken und sich dann zu drehen, seine Hände griffen nach seinem Kopf, den sie nicht finden konnten, seine Beine machten unkontrollierte Bewegungen. Er fiel genau in dem Moment um, als Houghton ihn überholte. Der andere hatte sich umgedreht und lief zurück zur Luftschleuse. Für einen kurzen Moment fragte sich Houghton, warum der Mann sich umgedreht hatte, denn er wusste, dass er es mit Soldaten zu tun hatte, die sich niemals umdrehen und weglaufen würden, selbst wenn ihr Überleben für das Land oder die Sache, die sie verteidigten, viel besser wäre als ihr Opfer. Die Außentür der Luftschleuse schloss sich langsam. Der Soldat war drinnen, Helmer landete soeben mit einem weiten Sprung neben ihm. Houghton sprang ebenfalls und flog – auf den letzten Zentimeter – durch den sich schließenden Spalt.

Er spürte, wie sich die Tür schloss, als er auf den Metallboden im Inneren der Schleuse fiel. Das Schiff vibrierte; die Beschleunigung erhöhte sein Gewicht. Als geübter Pilot konnte er spüren, dass sie in einem Winkel von dreißig Grad mit einer Beschleunigung von eineinhalb Gravitationsgraden aufstiegen. Helmer drohte dem letzten Soldaten und erklärte ihm, welch schreckliches Schicksal er nach langer und sorgfältiger Planung für ihn bereithielt, wenn er in irgendeiner Weise Alarm schlüge. Leider war Helmer aufgeregt und hielt seine Rede auf Deutsch, sodass der Soldat kein einziges Wort verstand. Aber Helmers Gesicht sah bedrohlich genug aus, um die Bedeutung der gutturalen Laute, die er von sich gab, verständlich zu machen.

»Wie öffnet man die Innentür?«, fragte er dann auf Englisch, als er merkte, dass er die falsche Sprache benutzt hatte.

»Kein Wort«, antwortete der Soldat trotzig, und Houghton wollte gerade den eindrucksvollsten Teil von Helmers Rede übersetzen, als sich die Tür von selbst öffnete. Offensichtlich erwartete der Pilot des Schiffes Überlebende in der Luftschleuse und wollte sie hereinlassen.

Houghton verpasste dem Soldaten durch das offene Visier einen kräftigen Faustschlag und brachte ihn so zumindest für ein paar Minuten zum Schweigen. Sie liefen einen Korridor entlang und stellten fest, dass die »Tahiti«, obwohl sie ursprünglich ein fliegendes Labor war, in eine luxuriöse Raumjacht verwandelt worden war. Sie stolperten durch die nächste Tür, die sie finden konnten; es war die Bibliothek, dort war niemand. Sie luden ihre Pistolen nach und gingen wieder auf den Korridor hinaus, bereit und fest entschlossen, jedes Lebewesen, das ihnen begegnete, sofort zu erschießen – es sei denn, sie begegneten zufällig Dr. Le Marr.

Da war eine weitere Tür, Helmer drückte sie auf – beide hatten ihre Pistolen bereit.

Dann vergaßen beide alles, was sie sich vorgenommen hatten.

Es war eine große, luxuriöse Kabine. Ein Orientale stand einer wunderschönen und teuer gekleideten Dame gegenüber, die ruhig eine kleine Pistole auf ihn richtete und ebenso ruhig, ja sogar angenehm, in einer Sprache sprach, die die beiden Space Guards nicht verstanden.

Als sie die beiden Männer sah und die Abzeichen auf ihren Raumanzügen erkannte, erhob sie sich von ihrem Sitz und sagte, immer noch ihre Pistole auf den Orientalen gerichtet: »Messieurs, Ihre Gefangenen!«

DIE BEIDEN SCHIFFE, die luxuriöse Raumjacht »Tahiti« und der beschädigte Kreuzer der Raumfahrtwacht, standen Seite an Seite auf den zertrümmerten Felsen am Boden eines riesigen Kraters, den die Treibstoffkugel in die Oberfläche des Titan gerissen hatte. Das Licht des Saturn und seiner Ringe beleuchtete die seltsame Szenerie. Mächtige Basaltsäulen waren über den Boden des Kraters verstreut, auf der einen Seite klaffte eine große Öffnung, der Eingang zu Höhlen, die durch die Explosion entstanden waren. Dort befanden sich gigantische Drusen aus Kristallen, die von den unglaublichen Kräften, die die ursprünglichen Täler und Berge in weniger als einer Sekunde zerstört hatten, in Stücke gerissen worden waren. Große Bergkristalle, die mindestens eine Tonne wogen, funkelten in Farben, die von blau-weiß über violett bis hin zu einem hellen Braun reichten. Es gab tiefviolette und hellgrüne Kristalle, große Klumpen amorpher Materie, undurchsichtig weiß wie frisch gefallener Schnee.

Männer in leichten Raumanzügen trugen Ausrüstungsgegenstände von einem Schiff zum anderen, bewacht von einem Raumwächter mit Maschinengewehr und Flammenwerfer gegen einen möglichen Angriff von diesen Monstern mit Panzerung. Die Flagge der Weltraumwächter – ein goldener Komet in einem blauen Sternenfeld – war an einer Metallstange gehisst, die an der spitzen Stabilisierungsflosse der »Dragon« befestigt war, die gerade aufgegeben wurde. Das Wrack der »Dragon« war das erste offizielle Zentrum der Weltraumwächter auf Titan; der Mond stand somit unter interplanetarischem Recht.

Auf dem Metalltisch stand dampfender Kaffee, der vom Licht des mächtigen Saturn erhellt wurde, das durch die großen Fenster der Hauptkabine der »Tahiti« hereinströmte. Um den Tisch herum saßen drei Männer und eine Frau. Zwei der Männer waren Space-Guard-Offiziere, groß und stämmig, mit an den Schläfen ergrautem Haar – Houghton und Helmer.

Ein intelligenter und gut aussehender Mann mittleren Alters in einem grauen Anzug war der dritte – Dr. Le Marr.

Zwischen Dr. Le Marr und Helmer, gegenüber von Houghton, saß die Frau – die schöne, elegante und distinguierte Madame Sima.

Nach ein paar bedeutungslosen Vorbemerkungen eröffnete Houghton das Gespräch. »Madame Sima«, sagte er, »Sie wissen natürlich, dass ich Ihnen als Vertreter der Space Guard eine Reihe von Fragen stellen muss.«

Madame Sima nickte. Es sah nicht wie das Nicken einer Gefangenen aus, sondern wie das Nicken einer Königin, die sich herabließ, ihnen eine Audienz zu gewähren. Sie nickte lächelnd; es schien, als sei sie äußerst erfreut, dem Kommandanten zu sagen, was sie zu sagen hatte.

Houghton war bereit gewesen, sich offenem oder verstecktem Widerstand zu stellen – und ihn zu brechen. Da er auf keinen stieß, wusste er nicht recht, wie er anfangen sollte.

»Madame«, sagte er schließlich, »ich hatte geglaubt, Sie auf der Seite des Feindes zu finden, wo Sie anscheinend hingehören. Doch gerade im entscheidenden Moment fand ich Sie auf der Seite des Gesetzes. Ihre Lage war keineswegs aussichtslos – im Gegenteil, wir sahen wie die Verlierer aus. Sofern Sie die Situation nicht falsch eingeschätzt haben, ist Ihre tatsächliche Haltung angesichts der bekannten Faktoren nicht nachvollziehbar. Deshalb würde ich gern eine Erklärung von Ihnen hören.«

Madame Sima lächelte wieder, zündete sich eine Zigarette an und schaute Houghton in die Augen. »Commander«, begann sie in perfektem Englisch mit einem leichten exotischen Akzent, wie der Duft eines teuren Parfüms, »ich hatte vor, jede Erklärung zu verweigern, bis ich den ehrenwerten Oberkommandierenden Rawlinson und Farrington gegenüberstehe. Aber da die Space Guard es für angebracht hielt, zwei ihrer besten Männer für die Rettung von Dr. Le Marr abzustellen, halte ich Geheimnisse für überflüssig.«

Dann fuhr sie fort: »Sie wissen natürlich, Commander, dass es auf der Erde ein Volk gibt, das zwar selbst nie etwas für den Fortschritt hervorgebracht hat, aber der beste Schüler war. Es begann als Schüler der großen chinesischen Nation. Später, als es die Geheimnisse des Westens gelernt hatte, wandte es sich gegen seinen ersten Lehrer.

Die Regierung ist mit allen in Frieden – aber Sie können sich vorstellen, dass es viele gibt, die die Schüler beobachten, damit sie nicht auf neue Eroberungen gehen und eine unvorbereitete Welt vorfinden. Es gibt zu viele, die aufpassen und rechtzeitig warnen. Denkt nicht an eine Organisation, die Flugzeuge und Panzer und Kanonen und anderes Gerät hat. Es gibt keine Organisation. Es gibt Freunde, die die Kinder von Menschen sind, die Freunde waren – und deren Väter, Großväter und Urgroßväter, oft bis zurück in die Zeit von Ming.«

HOUGHTON hatte Zeit, sie in Ruhe zu betrachten. Die Beschreibung des Mädchens passte wirklich. Die Männer hatten über Miss Le Marrs eindrückliche Beschreibung gelächelt, von der man glaubte, sie entspränge ihrem jugendlichen Enthusiasmus – aber abgesehen von ein paar kleinen Übertreibungen stimmte ihr Bild.

»Man sieht ihr das Alter nicht an«, hatte sie gesagt, »nur ihre Schönheit. Ihre Kleider sind die bezauberndsten Dinge der Welt, aber sie passen zu ihr. Sie sieht aus, als wäre sie von königlichem Blut, aber obwohl ihre Haut weißer war als die meines

Vaters, glaube ich nicht, dass sie Europäerin oder Amerikanerin ist. Suchen Sie die Enkelinnen des Kaisers Ku-yang und nehmen Sie die jüngste, schönste und königlichste von ihnen, und Sie kennen Madame Sima, die mir sagte, dass sie etwas älter als dreißig sei.«

Houghton, der die Rassen der Menschheit besser kannte als das Mädchen, glaubte ihre Abstammung zu kennen; es war aristokratisches chinesisches Blut mit weißem vermischt.

Madame Sima schien zu wissen, was er dachte, denn sie sagte: »Meine Mutter war weiß. Als ich zwanzig Jahre alt war, bat mich ein Freund meines Vaters, ihm und seinen Freunden bei der Betreuung von Schülern zu helfen. Ich hielt es für bequemer abzulehnen und einige Jahre später ging ich nach Europa und heiratete einen europäischen Diplomaten. Das Schicksal wollte es aber, dass er nach ein paar Jahren in den Fernen Osten geschickt wurde. Nach einiger Zeit starb er plotzlich und unter so großer Geheimhaltung, dass niemand etwas davon erfuhr. Dann fand mich mein väterlicher Freund wieder. Ich wurde beauftragt, den Mann zu beobachten, der später die ›Tahiti‹ stahl. Es war aufregend, ihn anzulocken und ihn gleichzeitig in Schach zu halten. Ich wurde dieses Schauspiels gerade überdrüssig, als die Nachricht von Dr. Le Marrs Raketenantrieb eintraf. Sie grübelten lange über die innewohnenden Möglichkeiten nach. Mein väterlicher Freund sah mit Interesse zu, und wir beschlossen, den Dingen ihren Lauf zu lassen, ohne zu handeln. Eines Tages wurde Oyiki aus dem Dienst entlassen, aber es wurden ihm große Geldsummen ohne konkrete Anweisungen übergeben. Er wusste, was er zu tun hatte.«

»Den Le-Marr-Antrieb beschaffen, um ihn zuerst zu testen und dann die äußeren Planeten und ihre Monde für sein Volk zu besetzen«, schloss Houghton.

»Genau«, stimmte Madame Sima zu. »Bis jetzt hat er nichts dergleichen getan, da er rechtlich gesehen nicht einmal Bürger des Landes ist. Man könnte annehmen, dass sie ein mögliches Scheitern des Vorhabens in Betracht zogen.«

Damit schloss Madame Sima. Sie sah Houghton an, als erwarte sie von ihm eine Antwort. Schließlich meinte er: »Madame Sima, ich glaube, Sie haben Recht, wenn Sie Erklärungen verweigern, bis Sie dem höchsten Befehlshaber gegenüberstehen. Jetzt werde ich den ehemaligen Kommandanten der ›Tahiti‹ befragen.«

»Das können Sie nicht mehr, Commander«, sagte Madame Sima mit einem schwachen Lächeln.

Houghton verstand die Andeutung sofort und nickte. Aufgrund der Situation blieb dem nur ein ehrenhafter Ausweg, und er hatte die Stunden, die er allein gelassen worden war, zweifellos genutzt, um diesen Weg zu gehen.

Houghton setzte sich wieder.

»Noch eine Frage. Miss Le Marr hat in den Akten der Gesellschaft nach Ihrem Foto gesucht, Madame Sima, aber ohne Erfolg. Wie kommt das?«

Jetzt lächelte Madame Sima. »Haben Sie schon einmal gehört, dass manche Frauen auf Fotos ganz anders aussehen? Ich gehöre dazu, wie Sie sich selbst überzeugen konnten.«

»Und eine letzte Frage: Warum haben Sie Miss Le Marr auf dem Mond zurückgelassen? Ich nehme an, Sie haben es nicht gewagt, in der Nähe eines bewohnten Teils der Erde zu landen, aber warum haben Sie sie nicht mitgenommen?«

»Um ihrer selbst willen. Wir haben bald herausgefunden, dass sie sehr anfällig für Weltraumangst war, und wir befürchteten, dass die Mitnahme ihr Leben gefährden würde.«

»Das stimmt«, lachte Houghton.

In diesem Moment klopfte jemand an die Tür. Es war Donovan, der berichtete, dass die gesamte Ausrüstung, die nicht auf Titan bleiben sollte, auf die »Tahiti« gebracht worden war. Zwei Männer sollten in der »Dragon« bleiben – Raumwächter von Center Titan vor Ort.

»Wie schnell können wir fliegen?«, fragte Helmer Dr. Le Marr.

»Wir könnten es in neunzig Tagen schaffen, aber ich glaube, die Erde wird eine günstigere Position haben, wenn wir ein wenig faulenzen. Sagen wir, hundertzehn Tage für den Flug.«

»In Ordnung.« Houghton schaltete die Lautsprecher ein und gab seine Befehle.

»Die ›Tahiti‹, zusätzlicher Space-Guard-Kreuzer für diese Reise, hebt um 17 Uhr irdischer Oststandardzeit Amerika ab. Die Gefangenen erhalten ›Xenisol‹, die Besatzung bleibt wach. Die Raumwächter von Center Titan melden sich sofort bei mir.«

Er schaltete die Lautsprecher aus.

»In den nächsten Tagen, wenn wir im Weltraum sind, werden wir uns Meldungen über die Ereignisse hier ausdenken müssen. Sie werden sie über das Weltraumtelefon haben wollen – Deimos-Mond-Erde«, meinte er.

»Und ich werde anfangen, Fragen über Ihren Antrieb zu stellen«, kündigte Helmer an.

»Ich möchte am Tisch des Kapitäns essen«, forderte Madame Sima, »und ich möchte, dass Commander Houghton mir Geschichten über die Weltraumwächter erzählt, die kleine Sima hat Retter immer bewundert.«

Houghton lachte. Sie klang plötzlich wie ein kleines Mädchen. »In Ordnung«, versprach er, »ich werde lügen, bis die Düsen zu stottern beginnen.«

200 Jahre auf der Suche nach einer Insel
Der Seefahrtsroman um das Bouvet-Eiland / Von Willy Ley

Hunderte von Seemeilen südlich von Kapstadt liegt im »kalten«
Südatlantischen Ozean ein winziges Fleckchen Land. Es ist vul-
kanisch und ragt steil aus mehr als Tausendmetertiefe hervor,
im Grundriss wie ein etwas missglücktes Quadrat gebaut.
Eigentlich ist es nur ein einziger großer Krater, ein erloschener
Feuerberg, der sich fünf Seemeilen von Ost nach West und
etwas über vier Seemeilen von Nord nach Süd dehnt. Das vul-
kanische Gestein ist von einer niemals schmelzenden dicken
Schicht aus Eis und Schnee bedeckt, die sich in drei kurzen,
breiten Gletschern zum Rande hin wälzt. Dort brechen die Eis-
ströme dann ab, und die »kalbenden Gletscher« senden kleine
Eisberge in die See. Der französische Seefahrer Lozier Bouvet
kam zum ersten Male am 1. Januar 1739 in diese Meeresgegend
und in Sichtweite der kleinen Insel. Man fuhr nicht um sie
herum und glaubte, dass es sich nur um das Vorgebirge eines
größeren Landes handele, so, wie es auf der anderen Seite
des Südatlantik, südlich von Feuerland, noch Festland oder
doch wenigstens große Inseln gab. »Cap de la Circoneision«
nannte Bouvet das von ihm entdeckte Land; übersetzt »Vorgebirge der Beschneidung«. Dieser Name hat seitdem immer
erneutes Kopfschütteln hervorgerufen. – Cook suchte nach
diesem Land auf seiner großen Reise von 1772 bis 1774, aber er
fand es nicht, und Loziers Vorgebirge verschwand wieder von

den Landkarten. Immerhin trauten die Franzosen den Engländern nicht recht, und Kapitän Fourneaurx machte sich – ebenfalls vergeblich – auf die Suche. Nun wurde es endgültig von den Seekarten gestrichen. Nachdem man sich glücklich zu der Ansicht durchgerungen hatte, dass Bouvet wohl einen gewaltigen Eisberg für ein Kap gehalten habe, berichtete – es war im Jahre 1808 – plötzlich der Kapitän eines englischen Walfängers, dass er die Insel gefunden und mit seinem eigenen Namen, also »Lindsay Island«, getauft habe. Wenige Jahre darauf erschien der Engländer Morell und erklärte, es sei ihm geglückt, die Insel zu finden, man habe ein Boot landen können. Das alles war schon durchaus genügend verwickelt und unklar, aber der Hauptstreich sollte erst noch kommen. Kapitän Norris, Walfänger wie Lindsay und sogar Angestellter derselben Londoner Firma, ging 1825 auf die Suche nach Lindsays Insel. Er fand sie auch, taufte sie nach kurzem Nachdenken in »Liverpool Island« um und segelte weiter. Am nächsten Tage entdeckte er noch eine Insel, die er nirgends vorher erwähnt gefunden hatte. Er nannte sie »Thompson-Insel«, und einige Klippen, die nicht weit davon lagen, bekamen auch gleich noch einen Namen ab und wurden »Chimneys«, »Schornsteine« geheißen. Aber James Roß, ebenfalls ein englischer Seefahrer von verdientem Rufe, fand im Jahre 1843 weder die eine noch die andere Insel, auch kein Kap und keine Schornsteine. Jetzt wurde es den Herren im englischen Marineministerium, denen die sich widersprechenden Berichte immer pünktlich ins Haus geschickt wurden, aber zu dumm. Irgendwie musste sich doch da Ordnung machen lassen, es sollte einem geprüften Seemann Ihrer Majestät doch möglich sein, erstens einmal festzustellen, wo er sich eigentlich auf dem Ozean befand, und zweitens, ob es auch wirklich Wasser war, auf dem er schwamm. Also sandte man Kapitän Moor, damit er unter allen Umständen die Inseln, oder »Bouvets Kap« oder was es sonst auf Erden oder im Wasser war, festlege oder nötigenfalls entdecke. Die Expedition wurde ein kläglicher Fehlschlag. Und die sich widersprechenden Berichte gingen lustig weiter. Bis dann endlich das deutsche Forschungs-schiff »Valdivia« sich der Sache annahm. Als es auf seiner berühmten Tiefseeforschungsfahrt in Kapstadt angelangt war, tauchte die Frage der Bouvet-Insel auf. Carl Chun, der Leiter der Expedition, beriet sich mit dem dicken Kapitän Krech, dem das Wohl und Wehe des Schiffes anvertraut war. Krech war bereit, den Vorstoß nach Süden zu wagen. Am 25. November 1898 lag die geheimnisvolle Insel, von dichten Wolken umgeben, vor den Augen der deutschen Forscher. Man nannte das auf der Nordseite liegende vorspringende Felsentor »Kap Valdivia«, den größten Gletscher den »Posadowsky-Gletscher« und die höchste Erhebung des zackigen Kraterrandes, die mit 935 Metern festgestellt wurde, den »Kaiser Wilhelm Pik«. Während die Zoologen Meeresgetier fischten, wurde die genaue Ortsbestimmung vorgenommen. Die Mitte der Insel liegt unter 54 Grad 26,4 Minuten südlicher Breite und 3 Grad 24,2 Minuten östlicher Länge. Das stimmte mit den Angaben Bouvets und der anderen Vorgänger so ziemlich überein. Landen konnte man wegen der starken Brandung an der sehr hohen Steilküste nicht. Man fuhr bis auf zwei Seemeilen heran, aber auch mit dem Fernrohr konnte man keine Spur von Pflanzen sehen, nur vulkanisches Gestein, Eis und Wolken. Dadurch wurde es erklärlich, warum Roß, der nach seinen Kursangaben der Insel auf vier Seemeilen nahe gekommen sein muss, sie nicht sah. Die anderen Inseln wurden nicht gefunden, die verschiedenen Entdecker mussten sich samt und sonders vermessen haben. Die Angaben der »Valdivia«-Offiziere wurden 1926 durch das deutsche Vermessungsschiff »Meteor« unter Kapitän zur See Fritz Spieß bestätigt. Zu landen gelang auch den Meteorleuten nicht, sodass die Insel bisher noch niemals von einem Forscher betreten worden ist. Mit Hilfe des Fernglases entdeckte Spieß Möwen, Kaptauben und Pinguine, auch in einigen Schluchten etwas, was er für Moospolster und Flechten ansprach.

FOG

By Robert Willey

*What a revolution in a major nation is really like—
by one who has lived through five of them. They're
not mad action—they're maddening uncertainty.*

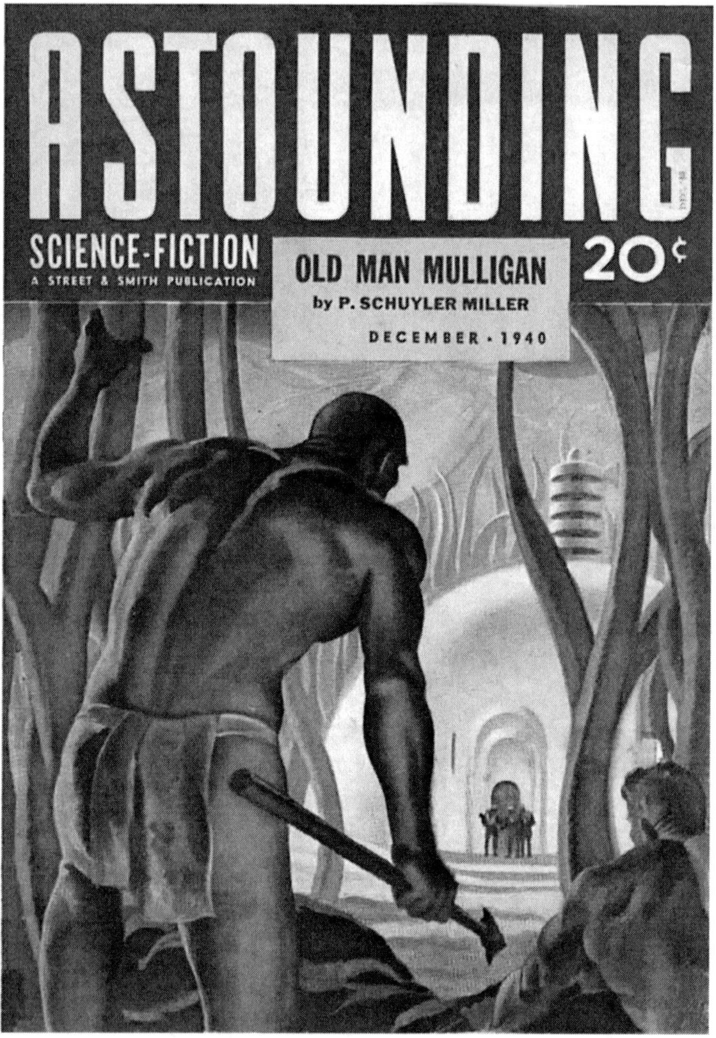

ASTOUNDING

SCIENCE-FICTION
A STREET & SMITH PUBLICATION

20¢

OLD MAN MULLIGAN
by P. SCHUYLER MILLER

DECEMBER · 1940

Nebel

»History of the Second World War«. 12 Bände, herausgegeben von der International Historical Society; New York, Toronto und London. Bd. X »Geschichte der nicht kriegführenden Länder in der Zeit von 1958 bis 1965«.
Aus der Einleitung zu Teil I von Bd. X.

Obwohl das wichtigste Land der westlichen Hemisphäre während des gesamten Krieges seine Neutralität aufrechterhielt, blieb die wirtschaftliche Lage der westlichen Hemisphäre im Allgemeinen und die der Vereinigten Staaten im Besonderen davon nicht unberührt. In den ersten Kriegsjahren erfreuten sich die Vereinigten Staaten, die zunächst vor allem Flugzeuge, Flugzeugmotoren, leichte und schwere Lastkraftwagen, bald aber auch andere Arten von militärischem Gerät, außerdem Nahrungsmittel und Brennstoffe verschiedener Art lieferten, noch eines gewissen Wohlstands. Die Cash-and-Carry-Basis wurde über einen vergleichsweise langen Zeitraum beibehalten. Als jedoch einige südamerikanische Länder in den Krieg hineingezogen wurden – beginnend mit dem Kampf Brasiliens gegen eine »Fünfte Kolonne« –, wurde es notwendig, zumindest den Ländern der westlichen Hemisphäre Kredite zu gewähren, um sie in die Lage zu versetzen, sich stark genug zu rüsten, um mögliche Invasionen auf amerikanischem Boden abzuwehren. Die stetige und rasche Steigerung der Produktion von Kriegsmaterial und Kriegsbedarf, wie Lebensmittel und Brennstoffe, ging mit einem noch schnelleren Rückgang des Verkaufs von Friedensgütern einher, von denen sich einige in

beträchtlichen Mengen ansammelten. *Die Einstellung der Feindseligkeiten in Europa aufgrund der vollständigen Erschöpfung
aller kriegsführenden Mächte sowie die vielen Jahre, in denen
der Frieden nicht offiziell wiederhergestellt war, bewirkten das
vollständige Verschwinden aller Weltmärkte für jegliche Art von
Waren. Dies führte natürlich zu einer schweren wirtschaftlichen
Depression in den Vereinigten Staaten. Obwohl diese Depression
nicht völlig überraschend kam und ihre Entwicklung von den
Wirtschaftswissenschaftlern mit einiger Sorge beobachtet worden
war, nahm sie ziemlich plötzlich erschütternde Ausmaße an.
Einige Monate nachdem die Depression ihren Tiefpunkt erreicht
hatte, gelang es bestimmten Elementen …*

I.

»EIN FERNGESPRÄCH, Sir, es ist das zentrale Büro«, hatte
die Telefonistin verkündet, als der Anruf eingegangen war.
Der Direktor hatte nach diesem langen und etwas schwierigen
Gespräch noch den eigenartigen Tonfall im Ohr, mit dem das
Mädchen diesen Anruf angekündigt hatte.

Er hob den Hörer wieder ab. »Ja, Sir?« Das hörte sich anders
an.

»Kommen Sie bitte einen Moment herein.«

Das Mädchen kam prompt, hielt Block und Stifte bereit, und
erwartete ein Diktat.

»Bitte setzen Sie sich. Miss Harter, ich habe bemerkt, dass Sie
mein Gespräch mitgehört haben.«

»Nein, Sir, das habe ich nicht, wirklich …«

Der Direktor lächelte, ein freundliches Lächeln, bei dem sich
das Mädchen dumm vorkam, weil es versucht hatte, ihn zu
belügen.

»Ich wusste natürlich, dass Sie es nicht zugeben würden. Ich
würde das Gleiche tun. Aber vergessen wir diesen Punkt. Ich
wusste, dass Sie mithören würden, und ich weiß, dass Sie es

getan haben. Und in diesem speziellen Fall macht es mir nichts aus. Sie können die Nachricht sogar im Büro verbreiten, wenn Sie wollen, und das werden Sie wahrscheinlich auch. Ich gehe jetzt zum Mittagessen und bin um zwei zurück. Mr. Allison kommt um 14:15 Uhr. Sagen Sie meiner Sekretärin, wenn sie zurückkommt, dass sie alle fernhalten soll, solange er bei mir ist. Stellen Sie alle Telefonanrufe auf ihren Schreibtisch um, mit Ausnahme eines möglichen Ferngesprächs von Anna – äh, meiner Frau, meine ich. Ich erwarte zwar nicht, dass sie heute anruft, aber nur für den Fall.«

Er lächelte wieder, als er mit dem Aufzug nach unten fuhr. Im ganzen Büro würde jetzt aufgeregtes und freudiges Geplapper herrschen, und Miss Harter würde die ganze Zeit über rätseln, wie er ihren Lauschangriff bemerkt hatte. Sie hatte es sehr geschickt gemacht, kein Klickgeräusch, das sie verraten hätte, kein Bürogeräusch von den anderen, aber sie hatte all ihre Emotionen in die kurze Ansage gelegt; Beklemmung und Angst in den Worten »Central Office« und große Erleichterung in dem »Ja, Sir?«. Auch ohne einen solchen Hinweis war es offensichtlich, dass sie mithören würde. Anrufe von der Zentrale gegen Ende des Monats und zu einem ungewöhnlichen Zeitpunkt waren auffällig. Sie konnten bedeuten, dass ein Drittel oder sogar die Hälfte des Personals entlassen werden sollte. Diese Mitarbeiter würden in der gegenwärtigen Situation nicht vermisst werden, sie aber würden ihren Arbeitsplatz vermissen; und es gab keine Chance, einen anderen zu finden. Sie waren noch nicht müde genug, um ihre Augen und Ohren vor schlechten Nachrichten zu verschließen.

Die Zentrale hatte diese Ankündigung gemacht. Aber es war ihm gelungen, sie zu verschieben. Die Geschäfte waren bis vor etwa drei Monaten zufriedenstellend gelaufen, sie konnten es sich leisten, ihre Mitarbeiter noch einige Zeit zu halten. Massenentlassungen würden nicht dazu beitragen, die plötzliche Ausweitung der Depression zu überwinden, die sich anbahnte, seit die Reste der Armeen in Europa den Kampf eingestellt hatten und stattdessen nach Hause gingen – einige mit, einige ohne und einige gegen den Befehl. Was seine eigene Niederlassung betraf, so sah er das Allison Geschäft recht optimistisch am Horizont. Unter normalen Umständen hätte er gesagt, dass es so gut wie abgeschlossen sei. Jetzt konnte er nur sagen, dass es noch zwei oder drei Wochen dauern würde und dass die Chancen für ein Scheitern sehr gering waren. Und, fügte er hinzu, schließlich stellen wir keine Diamantringe oder ausgefallene Modeschmuckstücke her, auf die man verzichten kann. Unsere Produkte sind eine Notwendigkeit im täglichen Leben. Die Leute könnten eine Zeit lang sparen, aber dann müssten sie wieder kaufen.

Die Zentrale hatte sich zwar skeptisch geäußert, aber er war der Direktor für diesen Bezirk, und er sollte seine Märkte und die allgemeine Situation kennen. Solange seine Bilanzen keine dauerhaften und untragbaren Verluste aufwiesen, würden sie sich nicht in seine Entscheidungen einmischen. Sie zögerten, selbst zu entlassen. Sie hatten gehofft, dass die Zweigstellen damit beginnen würden, damit sie irgendwo eine Kostenreduzierung vorweisen konnten. »Also gut, rufen Sie an, sobald Ihr Allison-Geschäft Realität ist, und warten Sie nicht auf den Routineanruf um 15:00 Uhr.«

Und die ganze Erleichterung, die die Telefonistin empfunden hatte, war in diesem »Ja, Sir« zum Ausdruck gekommen.

DER DIREKTOR ging nicht in sein gewohntes Restaurant zum Mittagessen, denn dort kannte ihn jeder, und er hatte keine Lust, über Geschäfte zu diskutieren, die es nicht gab, und über eine Situation zu theoretisieren, die sich nicht dadurch verbessern ließ, dass man darüber sprach. All die Dinge, die in den Zeitungen zu lesen waren, wie die Steigerung des privaten Konsums, die Senkung der Staatsausgaben, die Kürzung der Mittel für Armee und Marine, die »konstruktive Entlastung«, das Landesentwicklungsprogramm, die Geburtenrate und wer weiß, was noch alles, waren vielleicht richtig, aber sie würden

keinen Wohlstand schaffen. Allein die Steigerung des Geschäfts-
volumens könnte dies bewirken, ein sorgfältig geplantes lang-
fristiges Geschäft, keine schönen Reden, in denen reale oder
imaginäre »Situationen« analysiert wurden.

Er ging in einen kleinen Speisesaal, fand einen leeren Tisch
und gab seine Bestellung auf. Am Nebentisch stritten sich zwei
Männer wortgewandt. Er konnte nicht umhin, jedes Wort mit-
zuhören.

»Das Problem ist, dass niemand etwas Neues wagt. Wenn
jemand eine gute Idee hat, findet jemand anderes diese Idee
in irgendeinem Artikel bereits erwähnt. Und damit ist es aus.
Alien-Ismen nennt man das dann. Inzwischen geraten wir
immer tiefer in den Schlamassel, weil wir gute, brauchbare
Ideen ablehnen, nur weil sie irgendwo anders auf der Welt aus-
gebrütet wurden.«

»Wir hätten in den Krieg eintreten sollen. Dann hätten die
Alliierten schnell gewonnen und alles wäre jetzt besser.«

»Das wäre der größte Fehler gewesen!«, widersprach Erste-
rer und versuchte krampfhaft, eine arg zerdrückte halbe Zigarette wieder anzuzünden. »Hätten wir uns der einen Seite
angeschlossen, hätte sich Russland mit der anderen verbündet
und es wäre noch schlimmer geworden. So sind die beiden
stärksten Länder übrig geblieben. Russland, eines der größten
und fortschrittlichsten, mit einer wirklich guten Regierung, und
wir, die wir die meisten natürlichen Ressourcen und die besten
Menschen haben, die je auf dieser Erde lebten – auch wenn sie
dämlich genug sind, eine dumme Regierung zu wählen.«

»Hey, warte mal. Wo ist dein Russland? Die haben sich trotz
ihrer wirklich guten Regierung in ihrem Osten verstrickt und
sind seit etwa einem Jahr aus dem Blickfeld verschwunden, wie
alle anderen in Europa auch. Man hört nicht einmal mehr etwas
von ihnen.«

»Keine Sorge, das wirst du. Und glaub mir, ich sage dir das,
weil ich dich mag: Sag nicht viel gegen sie. Es gibt vielleicht
keine Zeit für Reue.«

»Ich habe das Recht der freien Rede.«

»Das ist eines dieser verachtenswerten bürgerlichen Vor-urteile, die nie vergessen werden. Die freie Rede in politischen Fragen sollte denen vorbehalten sein, die eine politische Aus-bildung haben.«

»Hmm, naja, es gibt sicher Leute, die dir zustimmen.«

»Hör zu, Jack. Ich wiederhole, ich mag dich. Aber du hast keine politische Bildung. Jetzt beantworte mir eine Frage: Wür-dest du dich mit einem Ingenieur über den Bau des Clemens-Towers streiten? Würdest du dich mit deinem Arzt über die Behandlung von Magengeschwüren streiten? Nein. Ich sage, das würdest du nicht. Du würdest erkennen, dass sie eine spezielle Ausbildung haben und du nicht. Aber du streitest trotzdem über Politik, habe ich recht?«

»Nun … Ja … Aber es gibt verschiedene politische Theo-rien.«

»Es kann viele Berechnungen über den Bau des Clemens-Towers geben, aber nur eine ist die richtige. Wenn du nur einen Moment lang ohne Vorurteile denken würdest …«

Der Direktor beeilte sich mit seinem Milchreis und seinem Kaffee. Er fragte sich – wie er es gelegentlich bei Geschäfts-besprechungen tat –, warum die Natur nicht einen Mechanis-mus vorgesehen hatte, mit dem man die Ohren schließen konnte, so wie man die Augen schließen konnte. Er bezahlte und ging, gerade als der Clemens-Tower schon wieder zur Sprache kam. Da wünschte er sich, dass ein Erdbeben dieses Gebäude unwiederbringlich zerstören würde, seine geschwungenen Linien und turmartigen Ecken gefielen ihm ohnehin nicht. Und dieser Mann würde sich etwas anderes zum Vergleich suchen müssen.

II.

ALLISON wartete bereits auf ihn.

»Nein, nein, Sie sind nicht zu spät«, sagte er, als der Direktor auf seine Uhr schaute, »ich war zu früh, es machte mir nichts aus zu warten, ich hatte sowieso nichts zu tun. Ihr Bürojunge hat mich mit Zeitschriften und Zeitungen versorgt. THE WORKER hat er oben drauf gelegt, damit ich ihn nicht übersehe.«

»Er ist ein guter Junge«, sagte der Direktor, »und ich denke, eines Tages wird er vielleicht hilfreich sein. Aber manchmal sieht es hoffnungslos aus. Jede Art von Ratschlag wird als altmodisch angesehen und entsprechend behandelt. Ich sage ihm, dass ein Mann arbeiten und vorausplanen muss. Er sagt, das sei eine Sache aus einer düsteren kapitalistischen Vergangenheit, die nicht so lange dauere wie geologische Epochen. Ein natürlicher Mensch passt sich politisch der Natur an, sagt er – fragen Sie mich nicht, was das bedeutet. Und die einzige Vorbereitung, die man betreiben muss, ist revolutionäre Disziplin zu zeigen, falls, wenn und sobald andere Zeiten kommen. Ich wünschte, die Zeiten würden sich schnell bessern; feste Arbeitsplätze mit anständigen Gehältern sind für radikale Ideologien das, was Chinin für Malaria-Keime ist.«

»Und damit kommen wir zur Sache.« Allison setzte sich auf. »Erinnern Sie sich, ich habe Ihnen einmal gesagt, dass ich es vorziehe, ein kleiner, aber unabhängiger Fabrikant zu sein. Für den Moment akzeptiere ich das und wünschte, ich wäre auch eine Führungskraft in einem großen Unternehmen. Sie sind selbst ziemlich unabhängig, und es ist wahrscheinlich, dass Ihre Gehaltsschecks länger reichen als meine Gewinne. Nun, das nur nebenbei, jetzt zum Geschäft.

Ich kann Ihnen Ihren Auftrag noch nicht geben, weil ich meinen noch nicht bekommen habe. Er ist sicher, nur wird er nicht so schnell abgewickelt werden. Was ich mit Ihnen besprechen möchte, ist die Frage der Bezahlung. Sie wissen, an wen ich verkaufe. Die sind für das Zwanzigfache des Betrags gut. Aber die Zahlungen ziehen sich hin, und es fehlt ihnen wohl an Bargeld …«

Als Allison nach fast zwei Stunden ging, waren beide zufrieden. Sie hatten eine vorläufige Vereinbarung getroffen, die funktionieren sollte.

Es brauchte nur Zeit. »Es scheint, dass wir die Depression abwarten müssen«, hatte Allison gesagt. Das stimmte zwar, aber das Problem war, dass einige Leute keine Geduld aufbringen konnten und andere nicht wollten.

Miss Ryan, seine persönliche Sekretärin, kam herein, nachdem er Allison verabschiedet hatte.

»Irgendwelche Anrufe?«

»Nein, Sir. Ich habe die Post mitgebracht.« Das Mädchen zögerte einen Moment und fügte dann hinzu: »Neun Briefe.«

Er nickte. »Bitte sagen Sie den anderen, sie können nach Hause gehen. Nur zwei Freiwillige bleiben hier, einer für die Telefonzentrale und einer für wichtige Post, falls mir welche einfällt. Schauen Sie, wer es nicht eilig hat, nach Hause zu gehen.«

»Ich werde bleiben. Es macht keinen Sinn, mit Leuten zusammenzusitzen, die entweder deprimiert oder aufgeregt sind.«

Das ist es, dachte er, sie sind entweder verunsichert oder erregt. Resigniert oder radikal, um es schärfer zu formulieren. Und das waren nur die Steigerungen der beiden möglichen Standardreaktionen: abwarten oder planen. Wie jene Armeestäbe, die in Friedenszeiten alle möglichen und unmöglichen internationalen Komplikationen durchspielten und sich auf jede einzelne vorbereiteten, um im Ernstfall nicht in Verzug zu geraten und ihre Zeit nicht zu vergeuden. Sein Bürojunge würde ihm wahrscheinlich sagen, dass eine solche Planung zum Krieg führt. Nun ja, wenn das stimmte, dann führte seine Geschäftsplanung vielleicht zu einem Geschäft. Und das war es, was er und alle anderen jetzt brauchten.

III.

DER ABEND war genau so, wie Abende Anfang März sein sollten, leicht kühl, aber ansonsten in Ordnung. Als er mit der U-Bahn nach Hause fuhr – er mochte es nicht, in der Stadt mit dem Auto zu fahren, es gab nie einen Parkplatz –, fiel ihm auf, dass er vergessen hatte umzusteigen. Das machte nichts, er würde an einem anderen Bahnhof aussteigen und quer durch die Stadt laufen. Es war nur ein Spaziergang von etwa fünfzehn Blocks, und niemand erwartete ihn; es bestand keine Eile. Er fragte sich, was seine Frau in diesem Moment wohl machen würde. Anna war nicht in der Stadt, sie half seiner Schwester, die ein Baby erwartete.

Es war ein bisschen frisch auf der Straße, eine dieser Nächte mit sehr klarem Himmel. Die Straßen in diesem Viertel waren verwinkelt, aber er kannte den Weg, es gab nur eine Abzweigung, wo er jemanden fragen musste. Ein paar Leute liefen auch in seine Richtung und unterhielten sich gelegentlich, hauptsächlich über Nachrichten oder Filme. »Ich wünschte, sie würden ein paar richtige Liebesfilme drehen, ohne Krieg darin.« »Oder Krimis oder Fantasy-Filme, gegen hübsche Mädchen darin habe ich aber nichts.« »Ohne europäische Flüchtlinge, wenn es sich machen lässt. Ich habe es satt, zu sehen, wie ausgehungerte Europäer innerhalb von drei Tagen wieder zunehmen. Den Teufel tun sie.« »Ich kann das Wort ›Europa‹ nicht mehr ertragen. Die kommen schon noch von allein. Wenn nicht, können wir sie rekolonialisieren.«

Hier war eine schwierige Ecke; mehrere Straßen zweigten von einem unregelmäßig geformten Platz ab. Er suchte nach einer Person, um sie nach dem kürzesten Weg zu fragen. Leute, die mit Hunden spazieren gingen, kannten in der Regel alle Ecken. Aber da war ein Polizist, sogar zwei. Sie blickten in die entgegengesetzte Richtung und bemerkten nicht, wie er herantrat. Als er sie ansprach, wirbelten sie herum, als wären sie überrascht, und machten eine merkwürdige Bewegung. Dann schienen sich ihre

Gesichter zu entspannen. Ihre Wegbeschreibung hörte sich an, als gehörten solche Hinweise nicht zu ihren Aufgaben, sondern schienen nur eine Unterbrechung einer anderen, viel wichtigeren Aufgabe zu sein. Etwas unsicher ging er in die von den Polizisten angegebene Straße.

Und dann, ganz plötzlich, begann er sich zu wundern. Normalerweise waren diese Männer gesprächiger. Vielleicht wären sie ein Stück mit ihm gelaufen, um sicherzugehen, dass er sich nicht verlaufen würde. Nicht dass das nötig gewesen wäre, er befand sich jetzt in einer vertrauten Straße, das große Neonschild des Dixie Hotels war unverkennbar. Zwei weitere Polizisten standen vor dem Hoteleingang. Warum zwei? Dann bemerkte er, dass sie Pistolenholster trugen, und ihm wurde klar, was die seltsame Bewegung der anderen gewesen war. Sie hatten nach ihren Pistolen gegriffen, als sie seine Stimme hörten.

Was war der Grund für all dies? Es war keine Wahl in Sicht, in der Stadt wurde nicht gestreikt, wohl auch weil diejenigen, die noch Arbeit hatten, darauf bedacht waren, diese zu behalten. Und den anderen hatte man versprochen, dass sie ihre Stelle zurückbekommen würden, sobald es wieder Arbeit gab. Er versuchte, sich jemanden vorzustellen, der den Namen »Staatsfeind Nr. 1« verdient hätte und nach dem die Polizei fahnden könnte. Aber wenn es einen solchen Menschen gab, wussten offenbar die Zeitungen und das Radio nichts von dessen Existenz. Er verfolgte alle Nachrichten aufmerksam, so viel Zeit hatte er ja.

Wenn es keinen amerikanischen Staatsfeind Nr. 1 gab, wie wäre es dann mit ausländischen Spionen? Oder einfach Kriminelle. Einigen von ihnen war es vielleicht gelungen, ihren Kriegen – Bürgerkriegen und Revolutionen – zu entkommen und in die westliche Hemisphäre zu gelangen. Die legale Einreise in die Vereinigten Staaten war jedoch sehr schwierig, auch wenn es theoretisch noch Einwanderung gab. Von Zeit zu Zeit landete ein kleiner Dampfer aus irgendeinem entlegenen Winkel der Welt mit Flüchtlingen an Bord in einem amerikanischen Hafen.

Sie wurden von den Inspektoren der Einwanderungsbehörde sehr sorgfältig überprüft, und die Tatsache, dass jeder Inspektor im Durchschnitt nur einen Fall pro Woche zu untersuchen hatte, machte es zweifelhaften Elementen nicht leichter, diese Barriere zu überwinden. Unerwünschte Ausländer könnten die mexikanische oder kanadische Grenze überqueren – diese Grenzen wurden zwar kontrolliert, waren aber zu lang, um vierundzwanzig Stunden am Tag Zentimeter für Zentimeter überwacht zu werden.

Ausländische Spione könnten eindringen – aber ein Spion musste für jemanden arbeiten, und in Europa gab es keine erkennbaren Regierungen mehr. Es gab kaum jemanden, für den man spionieren konnte, und es gab nicht viel zu spionieren. Die wenigen militärischen Geheimnisse, die im Kriegshandel nicht preisgegeben wurden, waren für Länder, die nicht mehr kämpften, nicht wegen eines Waffenstillstands, sondern weil es keine Soldaten, keine Ausrüstung, kein Geld und keine Kredite mehr gab, nutzlos. Selbst wenn es eine Superwaffe gäbe, mit der die Reste einer Armee die Überbleibsel aller anderen besiegen könnten, so würde ein Land mit diesen Plänen eine solche Waffe nicht mehr herstellen können. Man hatte in Europa weder das Material noch die Mittel dazu, nur in den Vereinigten Staaten.

Immer noch verwirrt und noch weiter von jeder Schlussfolgerung entfernt als zu Beginn, kam er zu Hause an. Das farbige Hausmädchen hatte das Abendessen für ihn vorbereitet, und es lag ein Luftpostbrief von Anna bei. Er aß und begann, den langen Brief zu lesen. Noch bevor er die erste Seite gelesen hatte, legte er ihn beiseite und wunderte sich. Er konnte sich nicht konzentrieren, obwohl er am Inhalt interessiert war. Folglich musste etwas mit ihm nicht stimmen.

Das Dienstmädchen fragte, ob sie noch gebraucht würde. Er schickte sie weg, ohne wirklich zu wissen, was er sagte. Es war ein langer und liebevoller Brief von seiner Frau. Der Brief war voll von Einzelheiten über sie selbst, über seine Schwester, über Familienangelegenheiten im Allgemeinen und über enge Freunde. Normalerweise hätten allein diese Fakten, selbst wenn sie von jemand anderem erzählt worden wären, ihn tatsächlich so interessiert, um eventuelle Anrufer warten zu lassen, bis er den Brief zu Ende gelesen hatte. Jetzt war er allein und ungestört – und er las den Brief nicht. Er fühlte sich irgendwie geistesabwesend. Dieser Brief war, als ob er zu ihm sprechen würde, aber er wollte die Stille hören - nur warum? Wie diese Polizisten, kam ihm der Gedanke. Sie waren durch seine Frage irritiert. Sie hatten in einer ziemlich stillen und ganz normalen Straße gestanden und gelauscht – wonach?

Morgen, dachte er schließlich, morgen würde er sich besser fühlen. Er hatte keinen Grund, trübsinnig zu sein, eigentlich war er es auch nicht. Er wartete auf Annas Rückkehr – ja, das war es. Er vermisste sie einfach; seine Schwester könnte sich mit ihrem Baby beeilen. Aber es würde wohl noch mindestens eine Woche dauern, bis Anna zurückkäme.

Er schaute noch einen Moment aus dem Fenster, bevor er sich in sein Schlafzimmer zurückzog. Der Himmel war kalt und klar, und auf halber Höhe des Zenits war ein sehr heller Stern zu sehen – Venus, oder vielleicht Jupiter. Er konnte sie nie auseinanderhalten.

Im Bett schaltete er das Radio ein. Es gab eine nächtliche Stunde Musik auf seinem Lieblingssender, eine Stunde, die durch keinerlei Gespräche unterbrochen wurde. Während er den Melodien lauschte, entspannte sein Geist. Nachdem das Allison-Geschäft abgeschlossen schien, würde er die Kampagne, über die er bereits eine geraume Zeit nachgedacht hatte, in groben Zügen planen. Es war natürlich sinnlos, die Leute mit Werbung zu bombardieren, wenn jeder sein Geld zusammen hielt, aber er hatte einige Verkaufsideen, die zur Situation passten, auch wenn sie vielleicht nicht ganz neu waren.

IV.

DER PORTIER, Joe, war nicht an seinem üblichen Platz, als der Direktor am nächsten Morgen das Haus verließ. Oder vielleicht war er es doch – Joes »üblicher Platz« war jedenfalls nicht an der Tür, sondern im Zeitungs- und Zigarrenladen an der Ecke, der Alexander Segal gehörte, der wiederum eine sehr hübsche Tochter hatte. Aber Joe war auch dort nicht, als er nach seiner DAILY POST fragte.

»Guten Morgen, Sir«, sagte das hübsche Mädchen, »Verzeihen Sie die Frage, aber haben Sie Joe gesehen?«

»Nein. Ich habe ihn nicht an der Tür gesehen, aber ich war mir sicher, dass ich ihn hier bei Ihnen finden würde.«

»Er ist noch nicht hier gewesen. Ich frage mich …«

»Keine Sorge – alle anderen hübschen Mädchen in der Nachbarschaft sind verheiratet. Er wird schon auftauchen.«

»Nun, Sir, wissen Sie, das ist es nicht. Ein Polizist war hier und hat nach ihm gefragt.«

»Was, ein Polizist? Was hat Joe mit der Polizei zu tun? Braucht der Hausmeister Hilfe, um einen Mieter loszuwerden, oder hat er wieder ein paar Penner im Heizungskeller gefunden, wie letztes Weihnachten?«

Die ganze Zeit über lief im Radio eine Nachrichtensendung, in der ausführlich über einen eher unbedeutenden Brand an der Ecke Siebenundneunzigste und Dritte berichtet wurde. »Das ist alles für den Moment, Leute. Um Punkt zwölf bin ich mit weiteren Nachrichten zurück …«

»Viel Neues gibt es heute Morgen nicht. Also dann, machen Sie's gut und machen Sie sich keine Sorgen um Joe.«

Es war ein schöner Morgen und die Straßen sahen sauber aus, aber irgendetwas stimmte nicht. Es gab so wenig Verkehr und mehr Fußgänger als sonst. Er ertappte sich bei dem Gedanken, dass er immer noch nervös war. Momente mit wenig Verkehr gab es jeden Tag, warum sollte er überhaupt darüber nachdenken?

Er ging die drei Blocks zu seiner üblichen U-Bahn-Station. Aber die Schranken am Eingang waren geschlossen.

»Mensch«, sagte ein Mädchen, »ich wusste gar nicht, dass die da Tore haben.«

»Es kann keine Panne im Kraftwerk sein«, sagte ein junger Mann, »mein elektrischer Rasierapparat funktionierte noch.«

»Sei nicht blöd«, sagte sein Begleiter, »die U-Bahn hat ihr eigenes Kraftwerk.«

Der Direktor dachte vage, dass dies wohl ein größeres Thema für die Nachrichtensendung gewesen wäre als der Brand. Vielleicht war es die erste Meldung gewesen und er hatte sie verpasst. Nun, er könnte mit dem Bus ins Büro fahren. Normalerweise tat er das nicht, denn die Busse waren langsam und meist überfüllt. Heute würden sie sicher noch voller sein. Aber er wollte nicht den ganzen Weg laufen, und er wollte nicht zu spät kommen, das wäre ein schlechtes Beispiel.

Die Busse waren so überfüllt, dass sie nicht mehr anhielten. Und die wenigen Taxis, die vorbeikamen, waren alle besetzt. Er beschloss, auf einen weiteren Bus zu warten und dann zur Garage zu laufen und seinen Wagen zu holen. Der nächste Bus hielt auch nicht, aber als er sich zum Gehen wandte, hielt ein Taxi neben ihm. Er sah, dass es besetzt war und dass die Ampel grün war. Dann erkannte er den Mann im Taxi.

»Oh, du bist es, Max. Was dagegen, wenn ich mitkomme? Wir haben die gleiche Strecke.«

»Das habe ich mir schon gedacht, als ich dich warten sah. Ich hatte wirklich Glück, ein Taxi zu bekommen. Wie geht's Anna?«

»Gut, ich erwarte sie in ungefähr einer Woche zurück. Sag mal, weißt du irgendetwas über den Ausfall der U-Bahnen?«

»Nein. Niemand weiß etwas. Ich hoffe, es wird alles gut gehen.«

»Natürlich wird es das, keine Panne kann so schlimm sein, dass sie nicht behoben werden kann. In ein paar Stunden werden die Züge wieder fahren, da bin ich mir sicher.«

»Da bin ich mir nicht so sicher. Pannen bei anderen Dingen

als Maschinen sind schwer zu reparieren, vielleicht irre ich mich.«

»Wieso … Was meinst du?«

»Ich will ja die Leute nicht verschrecken, aber solch instabile Wetterlagen kenn ich.«

Er war sich nicht sicher, aber es schien ihm, dass der Fahrer ohne erkennbare Motivation mit dem Kopf zuckte und die Gesichter seiner Kunden im Rückspiegel studierte. Übrigens hätte die Scheibe zwischen dem Fahrersitz und dem hinteren Abteil geschlossen sein sollen.

»Ich verstehe dich nicht.«

»Ich hab auch nicht gesagt, dass ich das tue. Ich bin ängstlich und mag nicht, wie die Dinge laufen. Tut mir leid, dass ich dich verwirre. Ich steig hier aus. Fahrer, halten Sie bitte an der nächsten Ecke. Auf Wiedersehen. Viel Glück.«

DER DIREKTOR beschloss, Max' düstere Bemerkung zu vergessen. Manche Menschen reagierten hin und wieder seltsam, vor allem, wenn es um Politik ging. Max zum Beispiel empörte ganze Versammlungen mit seiner Behauptung, es gäbe keinen Unterschied zwischen Republikanern und Demokraten. Er sagte, der entscheidende Vorteil des Lebens in Amerika wäre, dass die Menschen freiwillig für einen der beiden Flügel der einzigen Partei stimmen könnten, und dass alle dankbar sein sollten, dass es keine anderen wichtigen Parteien gäbe, Parteien, die anders wären.

Das Taxi hielt plötzlich an. Draußen standen zwei Polizisten. Einer von ihnen sagte etwas zu dem Fahrer, aber er verstand nicht, worum es ging.

»Tut mir leid, Mister«, sagte der Fahrer, »der Polizist lässt mich nicht weiterfahren. Wollen Sie zu Fuß gehen, oder soll ich Sie woanders hinbringen?«

Er war nur fünf Blocks vom Büro entfernt, also bezahlte er den Fahrpreis und wollte losgehen. Die beiden Polizisten, die sein Taxi angehalten hatten, sahen ihn an. Einer von ihnen näherte sich, der andere blieb auf Distanz. Er wusste nicht, dass er auf diese Weise mit einer Pistole bedroht werden konnte. Er hatte nie Unterricht im Straßenkampf genommen. Aber er sah jetzt, dass es noch mehr Polizisten gab, die einen Kordon bildeten.

»Es tut mir leid, Sir, aber Sie müssen einen anderen Weg nehmen.«

»Aber mein Büro ist da drüben.«

»Verstehe. Können Sie mir den Namen und die Adresse sagen?«

Ein anderer Polizist kam heran, der offensichtlich seine Antwort gehört hatte, denn er sagte:

»Die Firma befindet sich da drüben.«

»In Ordnung, Sir, Sie können passieren.«

»Was ist denn hier los?«

»Entschuldigung. Nur eine Anweisung. Ich bin nicht befugt, Informationen weiterzugeben. Außerdem habe ich keine. Bitte gehen Sie weiter.«

Er versuchte, sich die Dinge zu erklären, während er weiterging. Welche Gebäude befanden sich hinter dieser Absperrung? Hauptsächlich Bürogebäude – die Radio Corporation, die Redaktion der DAILY POST und das Gewerkschaftshaus. Dann war da noch der Air Terminal mit seinem Flachdach für den Lufttaxi-Service zwischen dem Gebäude und dem Flughafen außerhalb der Stadt. Und nicht zuletzt das Hauptpostamt. Die Polizei hat offensichtlich versucht, eines dieser Gebäude zu schützen.

Welches, warum und vor wem?

Eine Meile weiter in der Innenstadt gab es eine weitere Ansammlung wichtiger Gebäude, darunter die Western Union, das Polizeipräsidium, einen Bahnhof und die Telefongesellschaft. Sie könnten ebenfalls umzingelt sein – das konnte er leicht herausfinden, indem er ein wenig herumtelefonierte. Wenigstens hatte er etwas zu tun, wenn er im Büro ankam, auch wenn man das nicht als geschäftlich bezeichnen konnte. Der Gedanke ließ ihn schneller gehen.

»Wozu die Eile, Mister?«

Eine zweite Polizeiabsperrung.

»Sie dachten wohl, Sie könnten sich vorbei schleichen, was? Wo wollen Sie hin?«

Er wiederholte den Namen seiner Firma und die Adresse.

»Haben Sie einen Ausweis dabei?«

»Meinen Führerschein.«

»Zeigen Sie ihn mir.«

»Hm-m-m. So weit ist alles in Ordnung, Sir. Wie können Sie beweisen, dass Sie bei diesem Unternehmen angestellt sind?«

Er erinnerte sich, dass er irgendwo einen Brief hatte, der an ihn persönlich adressiert war, aber c/o seiner Firma. Darin waren die Flugtickets für seine Frau enthalten gewesen. Er hatte den stabilen Umschlag benutzt, um einige vertrauliche Briefe von der Zentrale aufzubewahren, die er nicht im Büro ablegen wollte, wo es zu viele neugierige Leute gab. Der Polizist sah sich den Absender an.

»Northern Air Lines. Planen Sie, die Stadt zu verlassen?«

»Nein, meine Frau hat es vor zwei Wochen getan, wenn Sie das wissen wollen!«

Der Polizist sah sich den Poststempel an. »In Ordnung, Sir, tut mir leid, dass ich Sie belästigt habe. Das ist ein Befehl, wissen Sie?«

»Sagen Sie, Officer, das ist schon das zweite Mal in fünf Minuten, dass man mich anhält. Wen wollen Sie denn da fangen?«

»Es steht Ihnen frei weiterzugehen, Sir. Tut mir leid, Sir.«

»Zumindest sind sie diszipliniert«, dachte er, »man kriegt kein Wort aus ihnen heraus, oder vielleicht wissen sie es wirklich nicht.«

Um die Ecke gab es eine dritte Absperrung. Diesmal sah er sie rechtzeitig und beschloss, den Streit schnell zu beenden, da er nun wusste, was erforderlich war. »Ich bin …«

»Okay. Wenn man Sie durchlässt, ist das für mich in Ordnung. Meine Aufgabe ist es, dafür zu sorgen, dass niemand rausgeht. Bitte gehen Sie weiter.«

Ihm fielen mindestens sechs Freunde ein, die jetzt schon kurz vor dem Überkochen stehen würden. Es überraschte ihn, dass es ihn selbst nicht überkam. Aber er hatte das seltsame Gefühl, dass es gleich so wäre.

V.

ALS DER DIREKTOR endlich eintraf, fand er zu seiner großen Überraschung die meisten seiner Angestellten im Büro vor – wenn auch nicht an ihren Schreibtischen. Kaum jemand beachtete sein Eintreten, sie standen in Gruppen zusammen und unterhielten sich angeregt.

«Ich wette, dass sich unter den Planen Flugabwehrgeschütze befinden.«

»Unsinn, die vierzig oder fünfzig Flugzeuge, die in Europa übrig geblieben sind, würden den Atlantik nicht überqueren können.«

»Kanada hat welche, und die sind viel näher dran.«

»Ach, komm schon, warum sollten die Kanadier bei uns einmarschieren? Wir haben sie nicht bedroht, und sie können nicht sagen, sie hätten nicht genug Platz.«

»Invasionen wären eine Aufgabe für die Armee, nicht für die Polizei.«

»Vielleicht planen die Gewerkschaften einen Hungermarsch oder so etwas.«

»Dann hätten sie es angekündigt, aber ich habe nichts in der Zeitung gelesen. Mein Bruder ist Mitglied der Ortsgruppe 119 und er hat auch nichts gesagt.«

»Und wenn es eine Überraschungsdemonstration sein soll?«

»Überraschungsdemonstrationen bewirken normalerweise nichts. Die Männer, für die sie inszeniert werden, sind vielleicht gar nicht in der Stadt. Und das hier hat die Polizei sicher nicht überrascht.«

Plötzlich läutete sein Telefon.

»Die Polizei möchte mit Ihnen sprechen, Sir.«

»Ja … Ja, hier ist der Direktor.«

»Hier spricht Leutnant Gallazzini. Hier ist ein Mann, der behauptet, er arbeite für Sie. Ich habe meine Zweifel. Er hat einen französischen Akzent. Und er möchte mit Ihnen sprechen.«

Nach ein paar Sekunden meldete sich die Stimme seines Berichterstatters in Kanada:»Monsieur, guten Morgen. Hier ist Jollet. Die Polizei lässt mich nicht durch. Sie sagen, ich habe keine Beweise, dass ich mit Ihnen arbeite. Also habe ich sie dazu gebracht, bei Ihnen anzurufen, um mich telefonisch zu identifizieren. Sie kennen meine Stimme, nicht wahr, Monsieur?«

Fünfzehn Minuten später stürmte Jollet schwitzend und erschöpft ins Büro. »Ich glaube, das ist die Revolution. Oh, ich habe immer zum lieben Gott gebetet, dass ich lieber sterbe, bevor ich sehe, wie das mit diesem schönen Land geschieht. Oh, mon Dieu, quelle tragédie, quelle tragédie. Merci, Monsieur, dass Sie mich gerettet haben. Die hätten mich vielleicht eingesperrt oder als Spion erschossen.«

Bevor er Jollet antworten konnte, klingelte das Telefon erneut.

»Allison hier. Guten Morgen. Haben Sie eine Ahnung, was passiert ist? Ich habe versucht, Grant im Air Line Building zu treffen, aber man hat mich nicht durchgelassen. Sie sind in diesem Stadtbezirk, Sie wissen es wahrscheinlich … Sie wissen es auch nicht? … Greenbaum spricht von einer deutschen Invasion, aber die anderen sind zu dem Schluss gekommen, dass sie einige große Gangster in Ihrem Bezirk gefangen haben. Die Polizei lässt niemanden mehr raus und so wenig Leute wie möglich rein, damit sie weniger zu durchkämmen haben. Ich denke, das klingt vernünftig, was meinen Sie? Das erklärt die Geheimniskrämerei und all das Zeug. Tja, jetzt sitze ich hier fest und muss warten, bis die Polizei mich nach Hause lässt.«

Ferguson, der Chef des Büros im nächsten Stockwerk, kam herein.

»Ich wollte nur sichergehen«, entschuldigte er sich, »dass Sie die Nachrichten im Radio gehört haben. Der Polizeipräsident hat angekündigt, dass aus Gründen, die er später erklären wird, einige Bezirke mit Absperrungen umgeben werden müssen. Er bat darum, dass jeder, der sich in diesen Bezirken aufhält, einen Ausweis bei sich trägt und dass die dort Beschäftigten ein Schreiben auf Kopfbögen bekommen, in denen die Bürozeiten angegeben sind.«

»Vielen Dank«, sagte er. »Ich habe noch kein Radio gehört. Ich bin gerade selbst angekommen und habe ein paar Telefonate geführt. Es sieht so aus, als würden sie die Absperrungen wohl noch eine ganze Weile aufrechterhalten. Hat der Polizeipräsident etwas über die U-Bahnen gesagt?«

»Nein, vielleicht sind sie noch nicht bereit für eine öffentliche Erklärung. Ich muss zurück in mein Büro. Ich wollte nur sicherstellen, dass Sie über die Aufforderung des Polizeipräsidenten Bescheid wissen.«

Der Direktor rief seine Sekretärin und diktierte ihr eine kurze Notiz.

»Lassen Sie sofort eine Abschrift auf Firmenpapier für jeden Mitarbeiter anfertigen. Schicken Sie die Mädchen an die Arbeit. Sie können alle selbst unterschreiben, auch meine. Ich werde Ihre unterzeichnen. Und wenn Sie sie verteilen, machen Sie bitte eine Liste der Beschäftigten, die nicht gekommen sind.«

»Alle, die die U-Bahnen benutzen oder außerhalb der Stadt wohnen«, verkündete Miss Ryan, als sie einige Zeit später wiederkam. »Miss Harrison ist gerade hier angekommen; sie ist den ganzen Weg von Wilson Hills nach Ricer Bend gelaufen und wurde beschimpft. Sie sagt, dass Wilson Hills von der Polizei umstellt ist. Sie hat spät in der Nacht ein paar Explosionen gehört. Sie ging spät zu Bett und die Explosionen weckten sie auf. Es muss mindestens drei Uhr gewesen sein. Sie glaubt, dass es die U-Bahn-Kraftwerke waren; die sind da draußen. Sie hat eine Menge Lastwagen mit Polizei und Maschinengewehren gesehen, und andere Lastwagen, mit Planen verdeckt, folgten den Polizeiwagen«.

»Danke, dass Sie mir das gesagt haben. Schicken Sie Miss Harrison zu mir, wenn sie sich erholt hat.«

Miss Harrison konnte nicht mehr sagen, als die Sekretärin berichtet hatte. Sie fügte nur einige kleine Details hinzu. Die Lastwagenkolonnen sahen aus wie die Verstärkungskolonnen, die sie in den Kriegsreportagen gesehen hatte. Und die Leute in Wilson Hills sagten, es gäbe Sabotage in den U-Bahnen.

Als er wieder allein war, versuchte er, das herauszufinden. Er wählte das Polizeipräsidium an.

»Identifikationsnummer?«

»Nein, nein, ich bin ein Privatmann.«

»Entschuldigung.« Klick! Aufgelegt.

Er wählte die DAILY POST – keine Reaktion.

Was hatte das zu bedeuten? Die Jagd nach Bankräubern oder Spionen im Geschäftsviertel wäre logisch, wenn man die Aktivitäten rund um sein Büro lokal betrachtete. Aber die Stilllegung der U-Bahn, die Polizeiwagen und das ganze Treiben in Wilson Hills ergaben keinen Sinn.

Da geschah etwas auf dem Dach des Air Lines Buildings. Männer arbeiteten an irgendetwas in der Nähe des flachen Dachs, was ihn daran erinnerte, dass er keine Lufttaxis hatte kommen oder abgehen sehen. Er rief im Air Terminal an.

»Wann kommt Ihr nächstes Lufttaxi an?«

Die Telefonistin hatte eine gut geschulte und sehr angenehme Stimme:

»Es tut mir leid, Sir, der Shuttleservice ist heute nicht in Betrieb.«

»Aber der Flughafen ist doch in Betrieb, oder nicht?«

»Es tut mir leid, Sir, ich habe keine Informationen. Darf ich Sie bitten, dass Sie den Flughafen anrufen?«

»Das werde ich, danke … Oh, sagen Sie, ich nehme an, dass der Shuttle-Service eingestellt ist, weil das Dach repariert wird?«

»Es tut mir leid, Sir, ich weiß es nicht.« Klick.

Ein halbes Dutzend weiterer Telefongespräche endete auf ähnliche Art und Weise. Die meisten Befragten waren offenbar wirklich unwissend und wurden durch einen ständigen Strom von Fragen bedrängt, die sie nicht beantworten konnten.

Andere hatten wohl die Anweisung, keine Informationen preiszugeben – und nicht zuzugeben, dass sie einen solchen Befehl hatten.

Als er erneut nach Miss Harrison rief, wurde ihm gesagt, sie sei unterwegs zum Mittagessen. Er bemerkte erst jetzt, dass es schon weit über die übliche Mittagspause war und es vielleicht eine gute Idee wäre, hinauszugehen und zu sehen, welche Informationen er aufschnappen konnte. Bisher hatte er alle möglichen Gerüchte gehört, angefangen von einem groß angelegten Raubüberfall auf das Postamt – mit Sabotage in den U-Bahnen, um die Polizei anderweitig zu beschäftigen – bis hin zu einer Revolte in der US-Armee, der Abspaltung des Bundesstaates und einigen anderen Dingen. Da die Gerüchte alle Möglichkeiten abdeckten, musste zumindest eines von ihnen wahr sein. Aber welches?

HEUTE gab es in der Kantine keine Diskussionen, zumindest keine, die er mitbekommen hatte. Nur wenige Tische waren besetzt und die Leute aßen entweder schweigend oder flüsterten miteinander. Er versuchte dann, den Polizeileutnant des innersten Kordons zu befragen. Der war freundlich, wenn auch etwas müde, aber seine Antworten waren völlig belanglos. Die Streifenpolizisten hatten den Befehl, keine Auskünfte zu erteilen, sondern alle Fragen an ihre Vorgesetzten weiterzuleiten. Der einzige neue Anhaltspunkt war die Tatsache, dass eine ganze Reihe Polizisten jetzt mit neuen Thompson-Schnellfeuergewehren bewaffnet waren.

Der Direktor kehrte gerade rechtzeitig ins Büro zurück, um den Routineanruf der Zentrale um 15 Uhr abzuwarten. Er kam nicht. Um 15:25 Uhr wies der Direktor Miss Harter an, die Zentrale nach weiteren zehn Minuten anzurufen. Um 15:26 Uhr schrie Miss Harter fast in das Mikrofon: »Das Fernamt hat den Betrieb eingestellt.«

Um 15:30 Uhr begann es zu regnen – aber es war kein richtiger Regen, eher ein feiner Sprühregen, der nur ein paar Minuten anhielt, und danach leuchtete der Himmel in einem tiefen, dunklen Rot. Es sah aus wie der Widerschein eines fernen Feuers vor dem sich verdunkelnden Himmel, aber jeder kannte diese tiefe Farbe aus Filmen. Sie war in jedem Kriegsfilm mindestens einmal eingesetzt worden: die Jenkins-Radiokuppel – ein außergewöhnliches Propagandamittel, das um die Mitte des Krieges erfunden worden war. Es handelte sich um ein elektrisches Feld, innerhalb dessen alle Wellenlängen jenseits des roten Endes des Spektrums abgeschirmt wurden. Die Begrenzung des Spektrums begann bei den Infrarot-Wärmestrahlen und reichte bis zu den kürzesten Mikrowellen. Das Feld veränderte die Wellenlänge unter dem Schirm. Sie wurden in Richtung Wärme und rotem Licht verschoben, gerade an der Grenze der Sichtbarkeit. Radiostationen lagen auf anderen Frequenzen, waren nicht mehr empfangbar, Funkverkehr unmöglich. Der Effekt war unregelmäßig, und als seltsames Nebenprodukt kondensierte beim Einschalten des Feldes plötzlich aller Wasserdampf in der Luft.

Jemand öffnete das Fenster, um das rote Glühen besser sehen zu können, und es drangen Geräusche herein, die nur zu gut aus Filmen bekannt waren. Das scharfe Knallen von Pistolen, das Rattern von Maschinengewehren und einige schwerere Explosionen, Handgranaten oder sogar Artillerie. Und dann war da noch das Geräusch von sehr schweren Motoren, die auf Hochtouren liefen. Aus den Fenstern, die vom Air Lines Building abgewandt waren, konnte man das Dach des Postamtes sehen. Auf dem Dach befanden sich jetzt Maschinengewehre, die auf ein unsichtbares Ziel in der Straße feuerten.

Ein paar der Mädchen fingen an zu weinen, die anderen sahen aus, als würden sie ebenfalls gleich anfangen. Die Männer waren blass, selbst im tiefroten Licht der Radiokuppel.

»C'est la nuit rouge.«

»Halt die Klappe«, sagte jemand, »gegen wen kämpfen sie?«

»Die Radiokuppel war das Signal.«

»Und beide Seiten wussten das. Wer hat sie aufgestellt? Der Generator ist so ein kleines Ding, das in ein Auto passt.«

»Die Polizei hatte nie eine.«

»Na, dann ist es die andere Seite. Aber wer ist es?«

Ein wütender Feuerstoß aus der anderen Richtung übertönte alle anderen Geräusche aus. »Chicago Pianos«*, dachten die Männer, wahrscheinlich sagten sie es auch, aber niemand konnte es hören. Die Geschütze waren auf dem Dach des Air Lines Buildings montiert und feuerten auf dunkle Punkte am roten Himmel. Die Punkte verschwanden und das Schießen hörte auf.

Und dann war es ganz still. Keine anderen Geräusche waren zu hören gewesen, während das donnernde Knattern der »Chicago Pianos« gedröhnt hatte. Niemand hatte bemerkt, dass alle anderen Geräusche inzwischen verstummt waren. Es war jetzt sehr still, und alle waren dankbar, dass Miss Harrison in Ohnmacht fiel und beim Sturz eine Schreibtischlampe mit zu Boden riss. Dieser Lärm zeigte ihnen, dass sie nicht taub waren; außerdem gab es jetzt etwas zu tun.

Als Miss Harrison wieder zu sich kam, verkündete Miss Harter, die sich als Beobachterin an den Fenstern postiert hatte: »Die Leute gehen nach Hause.«

Es stimmte, es waren Menschen auf der Straße, und sie trugen keine Uniformen. Und in der Tat war kein einziger Polizist zu sehen.

»Es scheint«, meinte der Direktor, »dass jetzt Ruhe herrscht. Niemand weiß, wie lange das andauern wird. Wir sollten versuchen, nach Hause zu kommen, solange es noch geht. Ist alles in Ordnung, Miss Harrison?«

»Isch bringe la 'Arrison nach 'ause«, bot Jollet sich an. Die Männer erklärten sich bereit, die anderen jungen Frauen aus dem Büro zu begleiten. Einige von ihnen hatten glücklicherweise Autos in der Nähe geparkt. Sie hofften, sie in fahrbereitem Zustand vorzufinden. Er hatte erwartet, dass er in der Menge, die die hohen Gebäude verließ, aufgeregte Diskussionen hören

---

*　　Spitzname für eine amerikanische Flugabwehrkanone (A. d. Ü.)

würde. Das war nicht der Fall, alle eilten still nach Hause und verschwendeten keinen einzigen Atemzug an die Vorgänge. Einige weinten leise, aber sie eilten trotzdem weiter. Abgesehen von Privatfahrzeugen gab es keine Transportmittel. Der Direktor hatte von verschiedenen Männern aus seinem Büro das Angebot erhalten, ihn zu fahren, aber er hatte abgelehnt. Es war ein einstündiger Fußmarsch und er wollte allein sein. Mancher schien so zu denken. Die einzige Bemerkung, die er auf dem Weg hörte, war die eines jungen Mannes, der ziemlich fröhlich sagte: »Es wird nicht regnen!« Nein, es regnete nicht; in der Umgebung einer Jenkins-Radiokuppel konnte es nicht regnen.

VI.

JOLLET hatte wohl recht mit seinem impulsiven Ausruf: »Das ist die Revolution!« Später sah er auch Anzeichen dafür. Er stand am Fenster seiner abgedunkelten Wohnung – das elektrische Licht war ausgefallen. Sein Abendessen war bei Kerzenlicht gekocht und bei Kerzenschein gegessen worden. Aber es gab nur fünf Kerzen im Haus und im Laden waren sie ausverkauft. Die weiter entfernten größeren Läden konnte er nicht anrufen, das Telefon funktionierte auch nicht. Mehrere Male waren Lautsprecherwagen vorbeigefahren, die mit Polizisten besetzt waren und alle aufforderten, in den Häusern zu bleiben. Bald darauf waren Lastwagen mit Suchscheinwerfern gekommen und hatten ihre Strahlen über die Fassaden der Gebäude, insbesondere über die Dächer, streifen lassen. Einmal hatte ein Maschinengewehr eine halbe Minute lang geschossen und ein paar Handgranaten waren an einer Ecke explodiert. Er war überrascht, wie viel lauter diese Geräusche in Wirklichkeit waren, als wenn man sie im Kino erlebte.

In der Ferne zeichnete sich der Turm der Radio Corporation dunkel gegen den tiefroten Himmel ab. Manchmal wurde er von Lichtgarben erhellt, dann waren Suchscheinwerfer über

ihn hinweggezogen, und der schwache Schall von Maschinengewehren erklang.

In der Stadt war es sehr dunkel und sehr still unter ihrer roten
Kuppel. In der Ferne waren Schüsse zu hören. Er ging ans Fenster, um zu sehen, ob das mit den Geräuschen der Lastwagen-
motoren zusammenhing, die er von der Straße her hörte. Das
war nicht der Fall. Da war nur ein Scheinwerferwagen, der sich
langsam bewegte und dessen Lichtstrahl eine Gruppe von Polizisten mit vier oder fünf Gefangenen beleuchtete, die vorbei-
marschierten. Ins Gefängnis? Oder zur Hinrichtung?

So ging es den größten Teil der Nacht weiter. Fernes Feuer, gelegentlich dumpfe Schläge, einmal das Geräusch eines Flugzeugmotors und das Dröhnen der »Chicago-Pianos«. Es war dunkel unter der roten Kuppel. Und dann plötzlich – wie Messer – die blendenden Strahlen der Suchscheinwerfer und Rufe: »Fenster zu oder wir schießen!« Dann Schüsse und das Klirren von zerbrochenen Fensterscheiben, deren Splitter auf die Straße fielen.

Schließlich schlief er ein, um drei Stunden später wieder aufzuwachen – seine übliche Weckzeit. Sich an die Routine zu halten schien der sicherste Weg zu sein, um bei Verstand zu bleiben. Er duschte und rasierte sich, zog sich an und ging die Treppe hinunter. Der Zigarrenladen an der Ecke war geschlossen, und in der Tür steckte ein Stück Pappe. Es trug die mit blauem Stift geschriebene Aufschrift KEINE ZEITUNGEN HEUTE. An der Wand hing ein großes, gedrucktes Plakat, auf dem alle Bewohner aufgefordert wurden, auf Anweisung der Polizei bis auf weiteres zu Hause zu bleiben.

Den ganzen Tag über rief niemand an, das Telefon war tot. Kein Postbote kam, kein Anrufer, nicht einmal ein Bürstenverkäufer. Der Direktor hatte ein paar Bücher in der Wohnung. Er erinnerte sich nun daran und versuchte zu lesen. Nachdem er etwa hundert Seiten gelesen hatte, meinte er, dass dieser berühmte Roman das langweiligste Buch war, das je gedruckt wurde. Der neue Tag war eine Wiederholung der vorangegangenen Nacht, gelegentliche Schießereien – wer schoss auf wen? Hin und wieder eine größere Explosion – wo? Dann wieder das Rattern von Maschinengewehren. Für eine Sekunde schien es, als ob die Radiokuppel flackerte, aber sie hielt stand. Das Telefon war immer noch tot. Ebenso das elektrische Licht. Seltsame Ereignisse, seltsame und zunächst erschreckende Geräusche, aber keinerlei Nachrichten, völlige geistige Dunkelheit.

Um vier Uhr hielt er es nicht aus. Er ging nach unten. Die Geschäfte waren alle geschlossen. Er ging zur nächsten Ecke, wobei er seltsamerweise seine eigenen Schritte hören konnte. In einiger Entfernung wurde geschossen, und doch konnte er seine eigenen Schritte hören.

Plötzlich pfiffen Kugeln vorbei und jemand schrie: »Zurück ins Haus!«

Er sprang rückwärts, stolperte und fiel gegen eine Tür, die nachgab. Er stürzte fast, und als er das Gleichgewicht wiederfand, befand er sich im Zigarrenladen von Alexander Segal. Mr. Segal selbst stand hinter der Ladentheke und schaute ihn mit freundlichen und wenig überraschten Augen an.

»Gütiger Himmel«, keuchte er, »wie können Sie Ihren Laden zu einer Zeit wie dieser öffnen?«

»Warum nicht?«, sagte Mr. Segal mit einer freundlichen Bewegung seiner Hände, »Warum nicht? Die Herren sind alle zu Hause, sie werden mehr rauchen als sonst, der Tabak könnte ihnen ausgehen. Irgendjemand muss sie doch bedienen.«

»Aber … Aber es scheint eine Revolution im Gange zu sein.«

»Ja, das scheint so zu sein. Die Revolutionäre werden auch rauchen, glaube ich. Mich wird niemand ausrauben, und wenn doch, dann gibt es nicht viel zu rauben.«

»Haben Sie keine Angst vor der Schießerei?«

»Doch, doch, doch, aber was nützt das? Eine Kugel geht ›zimm‹ durch eine geschlossene Tür wie durch eine offene Tür. Wenn sie trifft, ist es Gottes Wille. Es schießt hier, es schießt dort. Solange sie Munition haben, werden sie schießen. Morgen ist ein neuer Tag und Gott kann ihn noch schöner machen, wenn er will … Was soll es denn sein?«

Mr. Alexander Segal hätte nie geglaubt, dass seine private Philosophie, die er über die Erfahrungen Hunderter Generationen erworben hatte, das geistige Gleichgewicht seines Kunden wieder herstellen würde. Und der Direktor hätte es auch nicht geglaubt. Aber sie tat es. Er kaufte Zigarren, doppelt so viele wie üblich. Und als er sein Dienstmädchen schlafend vorfand, machte er sich selbst Kaffee und Sandwiches. Dann begann er tatsächlich zu lesen, wobei er gelegentlich an die freundliche

alte Stimme dachte, die sagte: »Es schießt hier, es schießt dort.«
Obwohl der Beschuss gegen Mitternacht an Intensität zunahm,
ging er zu Bett. Und er schlief diesmal sehr gut nach der fast
schlaflosen letzten Nacht.

VII.

DAS TELEFON weckte ihn am nächsten Morgen. Er ging ran,
musste aber seinen Namen dreimal wiederholen.

»Falsche Verbindung«, sagte eine Stimme und legte auf. Er
brauchte weitere fünf Minuten, um sich bewusst zu werden,
dass das Telefon offenbar wieder funktionierte. Um sich zu vergewissern, nahm er den Hörer wieder ab und überlegte, wen er
anrufen könnte. Dann wählte er »TIME-222«.

»Wenn Sie das Signal hören«, antwortete eine süße Tonband-
stimme, »ist es genau 8:52 Uhr und eine halbe Minute.«

Er schüttelte den Kopf und ging vorsichtig ans Fenster. Die
Straßen sahen normal aus, ein kleiner Lastwagen fuhr vorbei.
Für einen Moment glaubte er, dass alles nur ein Traum gewesen
war.

Die Menschen träumten ganze Jahre in einer Nacht, das
wusste er. Sie träumten gelegentlich von Transatlantiküber-
querungen und davon, zweimal zu schlafen und zu träumen.
Es war möglich.

Verschiedene Lampen im Zimmer gingen an, flackerten,
gingen aus, gingen wieder an, gingen aus, blieben an. Es waren
die Lampen, die er beim Stromausfall angelassen hatte. Die
Kraftwerke funktionierten wieder. Es war kein Traum gewesen.
Er rief im Büro an. Keine Antwort. Hm-m-m! Jetzt musste er
hinausgehen und selbst nachsehen.

Diesmal war Joe, der Portier, an seinem Platz. Er trug eine
rote Krawatte und eine rote Armbinde und blickte mit Stolz und
Würde auf die Straße. Dann sah er den Direktor.

»Guten Morgen, Bürger«, sagte er sehr förmlich, »das Volk

hat gesiegt und der Wechsel ist vollzogen. Jetzt sind gute Zeiten für alle da, die arbeiten.«

»Ich hoffe, Sie haben recht.«

»O ja, zweifellos, Sir – äh – Bürger, meine ich. Jetzt liegt die Regierung in den Händen von ausgebildeten Meistern, nicht von gewählten Amateuren. Auf dem Roten Platz findet eine Siegesparade statt, die um elf Uhr beginnt, es ist empfehlenswert, pünktlich zu sein.«

»Auf dem Roten Platz?«

»In kapitalistischen Zeiten hieß er Washington Square.«

»Ah, ich verstehe. Und was haben Sie gemacht?«

»Ich gehörte zu den Wachen, die die Volksregierung im Clemens-Tower verteidigten.«

»Sie sind nicht verwundet, wie ich sehe.«

»O nein, nur Anfänger verlieren Kämpfe. Wir waren so schwer bewaffnet, dass die Polizei keinen Angriff wagte, so haben wir gewonnen.«

Das Geschäft von Mr. Segal war geöffnet. Der Direktor fand seine Zeitung am gewohnten Platz und das Mädchen sagte ihm, dass die U-Bahnen fuhren. Aus irgendeinem unbekannten Grund fuhren keine Busse, und das Radio war natürlich immer noch ausgefallen – die abschirmende Kuppel war ja immer noch in Betrieb.

Die U-Bahnen fuhren zwar, aber nicht pünktlich. Als er auf einen Zug wartete, schlug er seine Zeitung auf und dachte, dass er eine falsche genommen hatte. Es war DIE ROTE FAHNE – darunter stand in kleinen Lettern: »Vormals DAILY POST«.

Er hatte keine Erfahrung mit der Herstellung von Zeitungen, aber er konnte trotzdem erkennen, dass sie stark zensiert war. Die Berichte enthielten zwar keine Leerstellen, aber sie wiesen Lücken auf. Spalten, die die Siegesparade ankündigten, füllten die Lücken. Die redaktionelle Seite enthielt einen Nachdruck aus einem fünfzehn Jahre alten Jurnal Polititscheskoje-Ekonomitscheskoje Institut, Moskva – »Die Taktik des Straßenkampfes in revolutionären Aufständen«. Die Zeitung sagte kaum etwas aus, einige der offensichtlichsten Auslassungen ließen das erkennen.

DAS BÜROGEBÄUDE war geschlossen. Ein Mann mit einer kurzen grauen Segeltuchjacke – offensichtlich anstelle einer vollständigen Uniform –, einer roten Armbinde und hohen Stiefeln lehnte an der Wand. Sein Kopf war kahl, aber einer seiner Stiefel stand auf einem Helm. Er trug ein Gewehr, den Riemen über der Schulter, die Mündung nach unten gerichtet.

»Heute ist revolutionärer Feiertag«, meinte er. »Geh lieber zum Roten Platz. Morgen beginnt die Reorganisation.«

»Danke, Soldat«, sagte der Direktor, »gehst du nicht auch?«

»Ich würde schon gern. Aber ich habe diese verdammte Wache und nicht einmal mehr eine Zigarette.«

Er verstand. »Ich rauche keine Zigaretten, aber wenn du eine Zigarre annehmen möchtest.«

»Besser als kein Rauch«, stimmte der Soldat zu und streckte die Hand aus.

»Was will der Bürger?«, unterbrach sie eine Stimme. Ein anderer halbuniformierter Mann hatte sich genähert, lautlos, denn er trug Segeltuchschuhe.

Er hatte kein Gewehr, sondern eine Automatikpistole, und unterhalb der breiten roten Armbinde trug er eine schmale gelbe, offensichtlich ein Vorgesetzter.

»Er sagte, er wolle sich die Parade auf dem Roten Platz ansehen, wenn es keine Arbeit gibt. Das hat er gesagt, Genosse Leutnant.«

Der Leutnant sah eine halbe Sekunde lang etwas freundlicher aus.

»Lassen Sie mich Ihre Hände sehen, Bürger.«

Er dachte, dass der andere sich vergewissern wollte, dass er unbewaffnet war.

»Handschuhe aus! Ah, trägt einen Ring. Bourgeois. Muss vielleicht später liquidiert werden. Gehen Sie weiter.«

Es blieb ihm nichts anderes übrig, als weiterzugehen – und da man von ihm erwartete, dass er zum nahe gelegenen Washington Square ging, konnte er das auch machen. Um die Ecke beobachteten ein paar »Soldaten« Männer, die große Plakate an Häuserwände und Schaufenster klebten.

Diese kleine Gruppe und er waren die einzigen Menschen auf der Straße. Nun, der eine Soldat war freundlich gewesen, und diese Plakate könnten Informationen enthalten. Er war immer in der Lage gewesen, mit jedem gut auszukommen.

»Guten Morgen, Bürger. Habt ihr auch keine Zigaretten mehr? Ich habe noch welche übrig.«

Er war auf jede Art von Antwort vorbereitet – aber er bekam keine. Die Soldaten behandelten ihn, als gäbe es ihn nicht, starrten durch ihn hindurch, ohne die geringste Regung. Die Arbeiter hatten ihre Arbeit beendet, rollten die restlichen Plakate zusammen und gingen, gefolgt von den Soldaten.

Er blieb allein zurück, um den Text zu lesen:

PROKLAMATION

Arbeiter! Soldaten! Bürger!

Dieses Land ist vom Arbeiterrat (Sowjet) übernommen worden und wird in Kürze in die Union der Sozialistischen Sowjetrepubliken der Welt eingegliedert werden. Bis dahin liegt die gesamte Macht beim Amwosov* (Amerikanischer Arbeitersowjet). Jeder wird aufgefordert, seine gewohnte Arbeit wieder aufzunehmen. Wer versäumt, dies zu tun, wird wegen Sabotage vor dem Revolutionstribunal (Revtri) angeklagt. Alle politischen Parteien, gesellschaftlichen Gruppen und Unternehmen jeglicher Art wurden aufgelöst, außer als Exekutivorgane des Amwosov. Ihr Eigentum ist nun Eigentum des Amwosov, das heißt, des Volkes.

---

*   American Worker Soviet

Waffen sind innerhalb von vierundzwanzig Stunden an den Amwosov zu übergeben, Zuwiderhandlungen werden vom Revtri bestraft.

Das Reisen ist vorübergehend nicht erlaubt. Niemand darf die Stadt verlassen oder seinen Wohnsitz wechseln. Post-, Telefon- und Telegrafendienste wurden vorübergehend eingestellt, außer innerhalb der Stadtgrenzen. Die Banken und die Börse sind vorübergehend geschlossen, die Gerichte sind suspendiert, ihre Räume dienen dem Revtri.

Arbeitslose haben sich innerhalb von vierundzwanzig Stunden an den unten genannten Orten zu melden. Die nicht arbeitenden Angehörigen der ehemaligen sogenannten »Klasse der Müßiggänger« werden angewiesen, zum Zwecke einer besonderen Volkszählung zu Hause zu bleiben.

Die Verwendung von elektrischem Strom oder Leuchtgas ist nur zwischen 7.00 und 21.00 Uhr gestattet. Die Verwendung anderer Beleuchtungsarten ist untersagt, außer in Räumen, in denen das erzeugte Licht von außen oder aus der Luft nicht wahrgenommen werden kann, beleuchtete Fenster werden beschossen.

Das Betreten der Straße oder öffentlicher Plätze ist nur zwischen 7:00 und 21:00 Uhr erlaubt. Es steht jedem frei, sich bei den Revtri-Gerichten zu melden. Weisungen werden auch von Roten Soldaten erteilt, deren Befehle unter allen Umständen zu befolgen sind. Rote Soldaten, die im Besitz des Abzeichens 23-14 sind, sind von diesen Regeln befreit.

Im Auftrag des AMWOSOV
O'Hannigan, Curtiss, Wilkins,
Kulawanoff, Tereschtschenko

DIE PARADE hatte gerade begonnen, als der Direktor ankam. Der Rote Platz war weniger überfüllt, als er es erwartet hatte.

»Darf ich dir Gesellschaft leisten?«

»Max! Wie bist du hierhergekommen?«

»Mit dem Auto natürlich. Solange ich es habe, kann ich es auch benutzen.«

Eine Kapelle, die hauptsächlich aus professionellen Musikern bestand, die sich »freiwillig« gemeldet hatten, spielte den *Washington Post March*. Einer Gruppe Soldaten, die eine große Anzahl von Fahnen trugen, folgten zwei große Lastwagen, vollgepackt mit Roten Soldaten und bestückt mit Maschinengewehren. Einige Soldaten schleppten ein paar Panzerabwehrkanonen mit sich – ob als Trophäe oder als Waffe, war nicht klar. Es folgte ein halbes Dutzend mittelgroßer Polizeipanzer und dann ein Regiment Roter Soldaten.

Max beugte sich vor und schaute mit einem geschlossenen Auge die Reihen entlang:

»Soll das etwa eine Marschordnung sein? Im Vergleich dazu ist eine Herde geschorener Schafe geordnet.«

»Warum tragen die ihre Gewehre verkehrt herum?«, fragte er.

»Wahrscheinlich, weil sie Angst haben, dass sie die Mündung nicht in die richtige Richtung bekommen.«

»Bürger, es wäre besser für Sie, wenn Sie lernen würden, keine destruktive Kritik zu üben!«

Max sah den Roten Offizier erst wie ein interessantes Tier an. Er lugte in die Luft und sprach, an niemanden speziell gerichtet: »Ich frage mich nur, was Tereschtschenko sagen würde, wenn er wüsste, dass ich in der Öffentlichkeit kritisiert werde.«

Als der Direktor sich nach dem Offizier umschaute, war der verschwunden.

»Du hast mir nie gesagt, dass du Tere… kennst. Du weißt, wen ich meine.«

»Tue ich auch nicht«, flüsterte Max, »und ich habe auch nicht behauptet, dass ich ihn kenne. Ich habe mich nur laut über ihn gewundert. Ich kenne diese Wetterlagen, das habe ich dir ja schon gesagt. Und jetzt denke ich, dass wir schnell verschwinden sollten. Es könnte ja sein, dass Genosse Tereschtschenko vorbeikommt, um einem alten Freund die Hand zu schütteln. Mein Auto steht da drüben.«

»Sollen wir zu mir gehen, oder soll ich zu dir kommen?«

»Um belauscht zu werden? Nein, du willst wahrscheinlich darüber reden, was hier abgeht. Und solange wir das tun, fahren wir besser einfach herum.«

»Aber wenn uns jemand anhält?«

»Zum Glück habe ich ein auswärtiges Nummernschild. ›Verfahren – ich kann den Roten Platz nicht finden, sorry.‹«

»Und jetzt erzähl mir, was passiert ist«, forderte der Direktor, nachdem sie sich auf den Weg gemacht hatten.

»Du hast die Plakate gelesen, nehme ich an. Nun, ich habe seit dem Morgen, an dem wir uns sahen, jeden Tag achtzehn Stunden damit verbracht, Gerüchte und Fakten zu sammeln. Wenn man den offensichtlichen Unsinn weglässt, dann zeichnen sich zwei Bilder ab: Das eine ist das, was auf den Plakaten steht. Übrigens, wenn man diesen Forderungen nachkommt, wird einem nichts passieren. In den ersten Wochen werden sie nie gewalttätig, das kommt später; manchmal, um den Widerstand zu brechen, manchmal, um die Bevölkerung in Angst und Schrecken zu versetzen, manchmal nur, weil rivalisierende Gruppen angeben wollten. Und noch etwas: Denk daran, dass jedes Telefongespräch abgehört werden kann und dass der einzige sichere Ort für ein Gespräch ein Auto mit laufendem Motor ist.

Jetzt die andere Seite: Wichtig war, dass die Polizei nicht überrumpelt wurde. Bei den Kämpfen wurde nicht allzu viel Schaden angerichtet – nur ein paar Dutzend alte Gebäude in den Außenbezirken scheinen wirklich zerstört worden zu sein. Es gab nur wenige Barrikaden, die hauptsächlich aus umgestürzten Trolleybussen errichtet waren. Ich war in der ganzen Stadt unterwegs, habe aber keinen einzigen Bus gesehen, und sie sind auch nicht in ihren Depots. Viele der privaten schweren Lastwagen sind verschwunden – die Polizei hat sie wohl beschlagnahmt. Wracks habe ich nicht gefunden. Das Gefängnis wurde geöffnet und ist immer noch leer. Und viele Leute, die der Nationalgarde, der American Legion und ähnlichen Organisationen angehören, sind einfach verschwunden. Man findet sie nicht, egal wie sehr man sucht.«

»Was glaubst du, was mit ihnen passiert ist?«

»Ich glaube – und hoffe –, dass die Polizei sich einfach zurückgezogen hat und dass die bei ihnen sind. Aber es ist genauso gut möglich, dass sie tot sind, irgendwo eingesperrt sind oder sich einfach nur verstecken. Bei einer Revolution weiß man nie.«

VIII.

DIE U-BAHNEN fuhren, aber nicht nach Fahrplan. Es gab immer noch keine Busse. Der Strom fiel häufiger aus und schaltete sich ohne Ankündigung wieder ein. Aus den Wasserhähnen in der Küche kam kein Wasser. Das lokale Telefon funktionierte teilweise. Die Geschäfte waren geöffnet, aber wenn ein Artikel ausverkauft war, dann blieb er ausverkauft. Die Zeitungen erschienen regelmäßig und waren auf acht Seiten reduziert. Anzeigen fehlten, sie wären der einzige zuverlässige Lesestoff. Ansonsten enthielten die Zeitungen Proklamationen und »erläuternde Artikel« – manchmal auch ein paar lokale Nachrichten.

Die Umbenennung öffentlicher Plätze schritt planmäßig voran. Die Radiokuppel stand stabil.

Das Büro wurde zwar vom Direktor geleitet, aber unter Aufsicht von Sam Collins, dem Bürogehilfen, der von seinem üblichen Arbeitsplatz versetzt worden war. Er musste alle eingehende Post lesen – sie war ohnehin als »zensiert« gekennzeichnet – und alle ausgehenden Briefe abstempeln. Er hörte alle Telefongespräche ab, hielt täglich eine Rede vor der Belegschaft und schrieb einen täglichen Rapport an den Amwosov. Sowohl die Reden als auch seine Berichte wurden von Tag zu Tag kürzer.

Der Direktor war zunächst unzufrieden, dann aber freute er sich über die eifrige Geschäftigkeit des Bürgers Collins, und wurde sehr schnell ehrlich dankbar: Collins' Existenz verhinderte, dass bei irgendjemandem der Verdacht von Sabotage aufkam. Seine bloße Anwesenheit bewirkte, dass keine anderen Wachen eingesetzt wurden, die möglicherweise unangenehmer waren. Bürger Collins verlangte nur, als Bürger Collins angesprochen und als Vertreter des Amwosov anerkannt zu werden. Und das war er auch. Und er fand immer bereitwillig Gründe, warum das Büro nicht in voller Stärke an dieser oder jener Sitzung oder Parade teilnehmen konnte. Normalerweise gingen nur einer oder zwei Vertreter – bei all den Umstrukturierungsarbeiten, die im Gange waren.

Schlechte Nachrichten sind unangenehm. Keine Nachrichten sind schlimmer. Aber Gerüchte sind wirklich entnervend: Mr. Davis ist verreist. Es tut mir leid, ich weiß nicht, wann er zurückkommt. Mr. Davis ist nicht zu Hause. Er ist nicht in seinem Büro. Nein, er ist nicht im Gefängnis. Er ist nicht erschossen worden, natürlich nicht. Aber er ist nicht da und niemand weiß Genaueres. Maschinengewehre rasselten und kleine Kanonen bellten. Gibt es noch reguläre Truppen auf der anderen Seite des Flusses, wie Gerüchte behaupten? Gab es jemals reguläre Truppen auf der anderen Seite des Flusses? Oder gibt es gegnerische Truppen direkt in der Stadt, die sich auf irgendwelchen Dächern verstecken. Vielleicht sind es nur Zielübungen. Oder sind es Hinrichtungen?

Gelegentlich werden Leute verhaftet. Manchmal kommen sie zurück und erzählen, dass alles ein Irrtum war. Niemand hatte sie verhört, nachdem ihre Identität festgestellt wurde. Sie wurden sofort wieder freigelassen. Mit einer feierlichen Entschuldigung. Oder sie kamen nicht zurück. Mitten in der Nacht hört man schwere Stiefel im Treppenhaus – die Aufzüge funktionierten wegen Stromsperre nicht. Ein Revolver wurde gegen eine Quittung abgegeben, die als Beweis der Kooperationsbereitschaft aufbewahrt werden sollte. Aber sie könnten auch den alten Säbel als Waffe betrachten. Am besten wirft man ihn aus dem Fenster – vorsichtig –, öffnet es gerade so weit, dass der Säbel hindurchgeschoben werden kann. Es klappert auf dem Pflaster und die Schießerei beginnt. Am nächsten Morgen beteuern alle, dass in der Nacht überhaupt nichts passiert sei.

Eines Nachts hört der Beschuss stundenlang nicht auf. Die Artillerie mischt sich mit dem schrecklichen Krachen der schweren Mörser ein. Am Himmel waren Leuchtspurgeschosse und die geisterhaften, heißen Gasspuren von schweren Raketengeschossen zu sehen. Im Morgengrauen beruhigte es sich und um neun Uhr sah alles wieder ruhig und normal aus. DIE ROTE FAHNE lag an den Zeitungsständen und erwähnte das Ganze mit keiner Silbe. Die U-Bahnen ruckelten zwar, aber die Züge fuhren.

TOM GRAHAM, der in der Nähe des Flughafens wohnte, sagte, er hätte zwar nichts sehen können, aber die meiste Zeit der Nacht das Dröhnen von Flugzeugmotoren gehört. Und als er zur U-Bahn-Station ging, sah er überall die tiefen Spuren, die die Ketten schwerer Panzer hinterlassen hatten.

Die Luft war erfüllt von einem tiefen, pfeifenden Heulen, wie von einer Dampfpfeife. Und die höchsten Gebäude reflektierten von irgendwoher ein fahles, gelbes Licht. Stickstoffpanzer – Panzer, die mit Generatoren ausgestattet waren, die den Stickstoff aktivierten und ihn aus Metalldüsen ausstießen. Dreißig Fuß lange gelbe Zungen, die alles Lebendige töten. Nur festes Metall konnte ihnen widerstehen.

Ein anderes pfeifendes Geräusch drängte sich durch das ferne Heulen der Stickstoffaktivatoren. Einige der Männer, die Soldaten waren, erkannten es. »Das sind schwere Geschütze – ich schätze, es sind Eisenbahngeschütze, und ich meine wirklich schwere.« Es fühlte sich an wie ein entferntes Erdbeben. Nach zehn Minuten bebte der Boden wieder. Und nach weiteren zehn Minuten wieder. Manche sagten, es hat noch ein bisschen mehr gewackelt, und sie hatten recht.

Die dritte Granate war ein Volltreffer und der Clemens-Tower stürzte ein.

Drei, vier, fünf Lufttaxis tauchten auf und landeten auf dem Dach des Air Lines Buildings, während schnelle Jäger hin und her flitzen. Die »Chicago Pianos« schwiegen. Panzer rumpelten durch die Straßen, eine Handgranate fiel von einem Dach und explodierte. Panzerabwehrkanonen beharkten den Rand eines Daches. »Es schießt hier, es schießt dort.« Zur Hölle mit dieser Philosophie der Kapitulation. Die schießt nicht – Menschen tun es. Aber – wer?

Einige der Mädchen weinten wieder, das tun sie immer, wenn sie Explosionen hören. Sie haben nicht mehr Angst als die anderen, es ist der Lärm, der sie zum Weinen bringt. Die Bürouhr zeigte 11:15 Uhr. Etwas konzentriertes Feuer war in der Nähe zu hören, und das Heulen der gelben Zunge von aktiviertem Stickstoff, dem tödlichen Gift. Dann wieder Stille, nur Panzer rasseln durch die Straßen.

Um ein Uhr kamen sie zurück, ganze Kolonnen. Diesmal bewegten sie sich langsam, gingen an den Ecken in Position. Jemand klopfte an die Tür, geduldig. Niemand machte sich die Mühe zu antworten. Schließlich öffnete sich die Tür und Mr. Ferguson schaute herein.

»Ich bitte um Verzeihung, aber eines meiner Mädchen meinte, die Kuppel sei vielleicht nicht mehr in Betrieb, also habe ich einen Sender gesucht. Es läuft eine Aufzeichnung auf unserer Station. Ich habe es mir notiert ... ach ja, der Sendebetrieb wird um 19 Uhr wieder aufgenommen. Ich habe ein leistungsstarkes Gerät, also werde ich jetzt versuchen, ein paar auswärtige Sender zu empfangen.«

Männer stiegen aus den Panzern aus. Aber sie trugen weder den grauen Drillich der Roten Soldaten, noch das Blau der Polizei – es war die Armee!

Blaue Uniformen folgten, verschwanden in den Gebäuden, kamen mit niedergeschlagen aussehenden Zivilisten zurück. Wir sollten Collins irgendwo verstecken. Sinnlos, sie wissen, dass es für jedes Büro einen gab, und er kann jetzt nicht mehr aus dem Gebäude.

»Ich will nicht, dass sie den Jungen erschießen; bringen wir ihn nach oben.«

Die Polizei war im Büro, bevor sie es merkten. Und sie schienen zu wissen, wen sie verhaften mussten. Sie fragten nicht einmal.

»Entschuldigen Sie, Officer, ich bin der Direktor. Ich möchte nicht, dass dem Jungen etwas passiert. Er hat zwar den Rat vertreten, aber in Wirklichkeit hat er uns beschützt.«

»Sie werden darüber mit dem Leutnant sprechen müssen, Sir, er ist unten.«

Er ging hinunter. Der Leutnant schien zu wissen, was er gleich hören würde.

»Sie wollen sagen, dass er ein anständiger Kerl war? Anscheinend waren es viele von ihnen. Bringt ihn weg. Sie werden alle bekommen, was sie verdienen.« Und dann, als Sam Collins außer Hörweite war: »Wenn das so ist, sechs Wochen, schätze ich. Auf Wiedersehen, Sir.«

»Hat jemand noch genug Kraft, um Sandwiches und Kaffee für uns alle zu besorgen, bevor die Polizisten alle Vorräte aufessen? Ich bin ja bereit, sie als Befreier zu bezeichnen und Steuern zu zahlen, aber zu verhungern, das ist wieder etwas anderes.«

Das Telefon war ständig besetzt.

»Für Sie, Sir«, rief Miss Harter.

»Ja?«

»Allison. Ist alles in Ordnung mit Ihnen? Sagen Sie, dieser Einsturz kurz nach zehn, war das der Clemens-Tower in Wilson Hills? Sie haben wohl vergessen, Panzerplatten anzubringen. Wie wäre es morgen mit Mittagessen? Ich habe noch etwas auf dem Herzen …«

Miss Harter hatte wie üblich zugehört. Das Mittagessen würde ohnehin bedeuten, dass die Geschäfte wieder aufgenommen würden.

»Es tut mir leid, Sir, aber ich muss Sie unterbrechen. Da ist ein Ferngespräch für Sie, Ihre Frau …«

… in einer Reihe von Großstädten der Vereinigten Staaten versucht, durch überraschende Aufstände lokale »rote« Regierungen zu etablieren. Keine dieser lokalen »Regierungen«, denen es auch nicht gelang, den Kontakt untereinander aufrecht zu erhalten, bestand länger als zwei Wochen, die reguläre und die Reservearmee der Vereinigten Staaten schlugen die Rebellionen, die nicht den erhofften Erfolg hatten, rasch nieder. Die Aufständischen leisteten nur schwachen Widerstand, als sie merkten, dass weder die Armee noch das Land im Allgemeinen dem Beispiel einiger Großstädte gefolgt waren.

Der Präsidentschaftswahlkampf von 1960 verlief in ungewöhnlich heftigen Diskussionen zur Frage einer Zusammenlegung mehrerer Staaten zum Zwecke einer vereinfachten und kostengünstigeren Administration. Die Wiederwahl von Präsident Miller …

THE INVASION

By ROBERT WILLEY

Man tried with all his ingenuity, but the strange ships would not answer his signals. So they had to be destroyed. . . .

Die Invasion

WALTER HARLING beobachtete die Soldaten, wie sie ein Magazin mit langen und gefährlich aussehenden Patronen in die Flugabwehrkanone einlegten. Die dünnen, mehrfachen Läufe der Kanone ragten fast senkrecht in die Luft und durch das Laub der großen und schönen Bäume, die sie vor den Blicken feindlicher Flugzeuge verbargen. An ihren Mündungen trugen die langen Läufe klobig aussehende trommelartige Vorrichtungen: Schneider-Rückstoßbremsen, die den Strom der bei der Explosion der Patronen entstehenden Gase so umleiteten, dass der Gegenrückstoß den ursprünglichen Rückstoß ausglich und die Geschütze ruhig hielt.

Dicht schließende, gummigefütterte Metalldeckel versperrten die Mündungen der Rückstoßbremsen. Regenwasser durfte nicht in den Lauf fließen, sonst konnte niemand garantieren, was bei einem plötzlichen Einsatz der Geschütze passieren würde. Es regnete stark, es regnete schon seit vielen Stunden. Und obwohl es noch nicht einmal später Nachmittag war, war es fast völlig dunkel. In der feuchten Luft konnte man gerade noch die nächsten Bäume und die anderen Geschütze erkennen.

Die Batterie stand nicht weit von der Straße entfernt. Auf der anderen Straßenseite, auf einer Lichtung, die in diesem Wald – einem der schönsten Nationalwälder des Landes – ein berühmter Campingplatz gewesen war, stand eine Batterie von Acht-Zoll-Haubitzen.

Sie feuerten rhythmisch. Walter Harling hatte sie vor einer Stunde eine ganze Weile beobachtet. Alle vierzehn Minuten zuckte der schwere Lauf eines der Geschütze unter dem heftigen Rückstoß der explodierenden Ladung zurück. Die anderen drei Geschütze folgten diesem Beispiel und feuerten jeweils genau zwölf Sekunden nach dem vorangegangenen Schuss. Dann herrschte wieder vierzehn Minuten lang Ruhe. An der Ausrichtung der dicken Läufe war zu erkennen, dass die Haubitzen auf äußerste Entfernung schossen.

Er hätte es nicht bemerkt, wenn man ihm nicht gesagt hätte, dass all dies nur für zivile Augen wie ein echter Krieg aussah; tatsächlich glaubte er es erst nicht. Aber dann erkannte er es auch. Die Haubitzen schossen ohne weiteren Feuerschutz und die Soldaten verhielten sich nicht so, wie sie es getan hätten, wenn man mit Gegenbeschuss gerechnet hätte. Die Soldaten schwitzten, arbeiteten hart und schossen mit der größten Feuergeschwindigkeit, zu der ihre Geschütze fähig waren, auf ein weit entferntes Ziel. Aber sie mussten nicht auf das Geräusch herannahender feindlicher Granaten achten. Sie wurden nie ohne Vorwarnung beschossen.

UNAUFHÖRLICH dröhnte Artilleriefeuer durch den berühmten Wald, von dem jetzt der Regen tropfte. Viele andere Batterien schwerer Haubitzen schossen ebenfalls, und alle feuerten synchron, sodass es nie länger als fünfzehn Sekunden dauerte, bis mindestens eine Granate in der Luft war. Es klang fast wie das donnernde Stakkato einer gigantischen Maschine, die laut, aber unaufhörlich lief.

Plötzlich drangen Rufe durch den Regen und durchdrangen den Artillerielärm, der in seiner Monotonie fast Teil des verregneten Waldes zu sein schien.

»Flugabwehreinheiten, Achtung! Feindliches Schiff nähert sich!«

Die Besatzung der Flugabwehr wurde sofort lebendig. Sie gruppierten sich um ihre Geschütze, bereit zum sofortigen Einsatz, angespannt in Erwartung von Befehlen und möglicherweise des Todes.

Eine Weile gab es keine Befehle. Durch die plötzliche Stille, die dem Aufruhr zu folgen schien – die Haubitzen schossen wie ein Uhrwerk weiter –, hörte Harling das tiefe Grollen von viel schwereren Geschützen. Er wusste, dass mehrere Vierundzwanzig-Zoll-Eisenbahngeschütze an der einzigen Eisenbahnstrecke stationiert waren, die in der Nähe des Waldrandes verlief.

Die schweren Geschütze mit großer Reichweite verstärkten das Feuer der Haubitzen.

Der Batteriechef der Flugabwehrkanonen, der mit den Kopfhörern eines speziellen Detektors auf dem Kopf inmitten von Patronenstapeln saß, brüllte plötzlich eine Reihe von Zahlen, deren Bedeutung Harling nicht verstand.

»Höchste Feuergeschwindigkeit, Feuer!«

Die nächsten Minuten waren von einem gewaltigen Lärm erfüllt. Vier Flugabwehrkanonen begannen, ihre Granaten in die Luft zu pumpen, jede vierzig Schuss pro Minute. Andere Batterien taten dasselbe. Der Wald schien voll von versteckten Flugabwehrgeschützen zu sein. Er schaute in den Regen nach oben, aber es war unmöglich, irgendetwas zu erkennen, außer dem gelegentlichen Aufblitzen explodierender Granaten. Wenn das feindliche Schiff über sie hinwegfuhr – wie der Detektor des Obersten anzeigte –, war es in den Regenwolken nicht zu erkennen.

Plötzlich wurde die Szene von einem hellen Blitz erleuchtet, als wären mindestens zehn Tonnen Magnesiumpulver explodiert. Unmittelbar danach war links ein rötlicher Schein zu sehen. Die Bäume brannten. Doch die Glut erlosch bald wieder. Der Regen war stärker als die chemischen Löschmittel, die wahrscheinlich von den Soldaten in der Nähe des Einschlagortes verwendet wurden. Aber: Der »Feind« hatte das Feuer erwidert.

Ein Soldat näherte sich ihm. Er salutierte, der Regen tropfte aus jeder Naht seiner Uniform.

»Die Panzer werden in einer halben Stunde auf der Straße sein, Sir«, berichtete er. »Autos kommen nicht durch«, fügte er hinzu, als Harling überrascht dreinschaute. »Wenn die mit dem

Abladen der Munition fertig sind, fahren Sie bitte mit ihnen zurück. Der General erwartet Sie.«

»Ich komme mit«, antwortete er. Er sagte es eher geistesabwesend, weil er sehr mit seinen Überlegungen beschäftigt war. Nachdem der Soldat weg war, begann er über den matschigen Waldboden in Richtung der zerfurchten Schotterstraße zu gehen.

DIESER seltsame Krieg hatte erst vor wenigen Monaten begonnen, als die Erde noch friedlich und die Menschheit eine Zeit lang zu stolz auf ihre Errungenschaften gewesen war, um an Zerstörung zu denken. Und die Menschheit hatte sogar geglaubt, am Beginn einer neuen Epoche zu stehen, die wichtiger war als die Entdeckung Amerikas vor einigen Jahrhunderten.

Aber der eigentliche Anfang lag weiter zurück, wenn auch nicht viel mehr als ein Jahrzehnt. Es gab einen mächtigen Fluss, der sich durch eine lange Kette von Tälern schlängelte, umgeben von sanft abfallenden Bergen. Zedern und Kiefern und ein Dutzend anderer Baumarten wuchsen dort in Hülle und Fülle. Es war ein großer, schöner Wald, so schön, dass die Regierung entschied, aus seinem eindrucksvollsten Teil einen Nationalpark zu machen. Besucher aus dem ganzen Land und dem Ausland kamen, um ihn zu sehen. Geologen hatten in ihren Sommercamps die Bodenstruktur untersucht. Die Formationen der Täler und des Flusses waren für sie so interessant, dass die Arbeit zu einem angenehmen Hobby wurde. Eines der größten Täler war einst ein riesiger See gewesen. Vor Tausenden von Jahren war es dem Fluss, der den See speiste, gelungen, sich einen Weg durch eine Schwachstelle in den Bergen zu bahnen, und der See hatte sich in das nächste Tal und schließlich über ein Stück Wüstenland in den Ozean ergossen.

An der Stelle, an der der ursprüngliche See durchgebrochen war, gab es noch einen großen Wasserfall, der zwar nicht sehr hoch war, aber eine enorme Wassermenge führte. Ingenieure hatten sich diesen Wasserfall gelegentlich angesehen, um zu prüfen, ob er als Quelle für elektrische Energie genutzt werden könnte. Eigentlich hatten sie beschlossen, ihn unberührt zu lassen. Der Höhenunterschied war nicht sehr beeindruckend, und der Bedarf an elektrischer Energie war in diesem Teil des Landes noch nicht sehr groß.

Dann wurden nur zwei Dutzend Meilen vom Wasserfall entfernt große Mengen Bauxit gefunden. So entstand ein großer Bedarf an elektrischer Energie und schließlich beschloss die Regierung, die Wasserkraft des Flusses nutzbar zu machen. Auf die Berichte der Geologen wurden Ingenieure zur Prüfung angefordert. Der alte Pass, der einst durch den Wasserdurchbruch des ursprünglichen Sees zerstört worden war, sollte als Damm wiederhergestellt, der See neu angelegt werden. Dann gäbe es genug Strom für die Aluminiumindustrie und immer noch genug Wasser, um die eher trockenen Gebiete in der Nähe der Bauxitminen über einen Kanal zu bewässern, der gleichzeitig genutzt werden könnte, um Erz und Aluminium in die dichter besiedelten Gebiete des Landes zu transportieren.

Mit den neuen Baumethoden, die bereits bei vergleichbaren Projekten entwickelt wurden, war das alles gar nicht so schwierig zu bewerkstelligen. Während die Untersuchungen durchgeführt wurden, wuchs das Projekt. Und als der Damm schließlich gebaut wurde, war er das neueste Kapitel in der Staudammtechnik, revolutionär in der Konstruktion. Bei steigendem Wasserstand im Tal konnte der Damm um weitere Abschnitte erweitert werden. Walter Harling, auf dessen Arbeitseifer und Erfindergeist die Regierung vertraute, als er sich mit vielen anderen um den Bau des Dammes beworben hatte, war die Seele und das Gehirn des Werkes. Und mit dem Damm stieg auch sein Ruhm. Natürlich gab es auch kein moderneres Kraftwerk auf der Erde, und keines, das diese Kapazität hatte.

Mit diesem Kraftwerk ging nie etwas schief. Egal wie sehr der Bedarf der Aluminiumwerke wuchs, es lieferte konstant und effizient die benötigten Millionen von Kilowattstunden. Im Finanzministerium herrschte ungetrübte Freude, wenn vom

Harling-Damm die Rede war. Es war einer der seltenen Fälle, die selbst in den Augen der Buchhaltung perfekt waren. Das Schlimmste, was in den dreieinhalb Jahren des erfolgreichen Betriebs passierte, war, dass jemand neunzigtausend Kilowattstunden stahl, bevor er erwischt wurde.

DER ALARM kam plötzlich und völlig unerwartet in einer Frühlingsnacht, als die Ingenieure ruhig und gelassen die Reihen der Messgeräte betrachteten. Sie hatten das Gefühl – und hätten es auch gesagt, wenn man sie gefragt hätte –, dass sie gerade zur richtigen Zeit auf einem perfekten Planeten lebten.

Schlagartig tanzten die Nadeln der Messgeräte wie verrückt. Diejenigen, die bei null hätten stehen müssen, zeigten unglaubliche Überlastungen. Andere fielen auf null und taten so, als ob sie verzweifelt versuchten, negative Werte anzuzeigen. Dutzende von Warnlampen blinkten wie verrückt. Beinahe jede Alarmglocke begann zu schrillen. Aber nicht einmal das Geräusch, das sie machten, war normal; sie läuteten stotternd, in einem seltsamen Stakkato-Rhythmus. Aus dem Radio, aus dem zuvor sanfte Musik erklungen war,, ertönten Geräusche, die sich wie eine schlechte Imitation von Artilleriefeuer anhörten.

Telefone läuteten – im gleichen Stakkato-Rhythmus wie die Alarmglocken –, und als die Männer die Hörer abnahmen, hörten sie das gleiche donnernde Geräusch, das auch aus den Lautsprechern des Radios kam.

So plötzlich wie es gekommen war, hörte es auch wieder auf. Die Zeiger der Messgeräte kehrten in ihre Normallage zurück – immer noch ein wenig zitternd wie vor Aufregung; die Alarmglocken und die Telefone verstummten, die Warnlichter verschwanden, und das Radio nahm den ersten Satz der »Mondscheinsonate« wieder auf. Die Ingenieure sahen sich verwundert an. Niemand sagte ein Wort, jeder wollte eine Theorie zur Erklärung vorbringen, aber niemandem fiel eine ein.

Noch bevor sie Zeit gefunden hatten, eine erste Bemerkung zu machen, wiederholte sich die Störung in allen Einzelheiten.

Doch dieses Mal sahen die Männer etwas, von dem sie glaubten, dass es die Ursache für diese seltsamen Ereignisse sein könnte: Drei Luftschiffe kreisten mit geringer Geschwindigkeit über den Wäldern und steuerten auf den Damm und das Kraftwerk zu. Dann sahen die Männer, dass es keine Luftschiffe waren, aber auch keine Flugzeuge. Im hellen Licht des Vollmonds war es leicht zu erkennen, dass es sich um etwas ganz anderes handelte. Sie sahen ein wenig aus wie der Rumpf eines großen Flugzeugs ohne Flügel.

Ihre allgemeine Form war die eines länglichen Tropfens mit kreisförmigem Querschnitt, die sich zu einem nadelspitzen Heck verjüngte. Obwohl die Männer die Metallplatten sehen konnten, die die Rümpfe der Schiffe bildeten – sie waren etwas vernarbt und beschädigt –, und obwohl sie die Reihen der elliptischen Bullaugen zählen konnten, sahen sie nichts, was die drei Himmelsschiffe tragen oder antreiben könnte. Es gab keine Motoren, keine Propeller, nicht einmal Flügel oder Schwanzflächen. Gelegentlich erschien etwas, das wie leuchtende Spiralen aussah, in der Nähe des Hecks, aber es kam und ging so schnell, dass die Männer sich ihrer Beobachtungen nicht sicher waren.

Die drei Schiffe setzten nur etwa tausend Fuß vom Maschinenhaus entfernt unterhalb des Damms auf und sanken dabei so langsam und sanft wie Luftschiffe, obwohl sie sicherlich keine Gasballons hatten, die sie in der Luft schweben ließen. Die Männer standen jetzt an den Fenstern und beobachteten sie. Sie konnten keine nationalen Insignien erkennen, aber sie nahmen an, dass diese Schiffe zur Armee ihres Landes gehörten, da es keinen Grund für eine Invasion durch einen Feind gab. Außerdem hätte eine solche Invasion sicherlich anders ausgesehen. Diejenigen der Männer, die an den Anzeigetafeln geblieben waren, sahen zu ihrer größten Überraschung, dass die Leistung ihres Kraftwerks stetig zu sinken begann. In weniger als dreißig Sekunden war sie bei null angelangt. Einige Sicherungen brannten durch, ohne ersichtlichen Grund. Aber die Anzeigen zeigten auch, dass die Turbinen und Dynamos noch immer auf Hochtouren liefen! Es war, als hätte jemand die ganze Energie abgesaugt, bevor sie die Übertragungskabel erreichte.

PHILLIPS, der Chefingenieur des Kraftwerks, der zufällig Nachtschicht hatte, beschloss, sich die drei Schiffe genauer anzusehen. Er ging mit einigen anderen auf das Flachdach. Als die Männer oben ankamen, befanden sich die Schiffe noch auf dem Boden, aber es schien, als seien sie inzwischen näher gekommen. Sie waren jetzt kaum mehr als 500 Fuß von dem Maschinenhaus entfernt. Und dann geschah etwas Unglaubliches: Die drei Schiffe begannen, im Boden zu versinken. Der Boden war nicht sehr weich, er konnte sogar das Gewicht eines Autos tragen, und er war keineswegs felsig. aber die drei Schiffe begannen, darin zu versinken, als wären sie aus Blei. Als der obere Teil ihres Rumpfes nur noch so hoch wie die umgebende Oberfläche war, stoppte das Ganze.

Dann machte einer der Männer einen Fehler: Es zogen Wolken auf, die die helle Scheibe des Mondes verdeckten. Man konnte die seltsamen Schiffe kaum noch erkennen, von den vielen Bullaugen war kein einziges beleuchtet.

»Die Suchscheinwerfer«, sagte der Mann.

Phillips richtete den Suchscheinwerfer auf die Schiffe. Dann betätigte jemand einen Schalter, und der Lichtstrahl des Suchscheinwerfers beleuchtete eines der Schiffe. Etwas wie ein heller Blitz antwortete. Er traf zuerst einen der Stahlmasten, die die schweren Hochspannungskabel trugen. Der Mast zersplitterte wie eine Bologneser Träne*. Dann schlug der Strahl in das Maschinenhaus ein. Und eine Zehntelsekunde später waren alle Käfer und Motten, die auf den Steinen der Wände saßen, alle Vögel und Eidechsen, die in den Ranken lebten, und natürlich alle Menschen im Haus und auf dem Dach tot.

---

* Glastropfen mit hoher innerer Spannung, der bei kleinster Berührung zu Staub zerfällt.

AM NÄCHSTEN TAG kamen Flugzeuge, um die Lage zu untersuchen. Der Stromausfall hatte sich über Hunderte von Meilen bemerkbar gemacht. Die Tatsache, dass kein Telefonanruf aus dem Kraftwerk kam und auch kein Anruf angenommen wurde, alarmierte die Verwaltung. Deshalb wurden Flugzeuge eingesetzt. Die Menschen erwarteten, dass der Harling-Damm gebrochen und jede Seele im Tal ertrunken wäre. Doch die Piloten, die über den Tälern kreisten, fanden den Damm intakt und an seinem Platz vor. Allerdings sahen sie ein paar andere Dinge, die ungewöhnlich waren. Einer der Masten fehlte. Die Stromkabel, die er getragen hatte, waren durchtrennt und führten zu drei seltsamen Gebilden, die wie metallene Luftschiffe aussahen, aber jeweils zu drei Vierteln in der Erde steckten.

Die Flugzeuge kehrten nicht zurück. Als sie nicht auf die Funkrufe reagierten, wurden weitere Flugzeuge entsandt. Eines von ihnen schaffte es zurück und der Pilot berichtete, dass das andere plötzlich mitten in der Luft zerbrochen war, als helle Blitze vom Boden aus sie beide erfassten.

Dieser Bericht stoppte weitere Flüge zum Harling-Damm. Die Armee übernahm die Zuständigkeit für das weitere Vorgehen. Und drei Tage später war eine ganze Reihe von Informationen zusammengetragen worden – während Batterien schwerer Artillerie im Wald eintrafen, ohne dass es jemand bemerkte.

Im Oberkommando des Heeres gab es hitzige Diskussionen.

Die Faktenlage schien klar. Aber sie fanden keine Erklärung. Drei Luftschiffe unbekannter Bauart hatten das größte Kraftwerk des Landes besetzt. Sie ließen es in Betrieb und nutzten den erzeugten Strom für ihre eigenen, unbekannten Zwecke. Flugzeuge, die versuchten, sie anzugreifen, waren dem Untergang geweiht – die Eindringlinge verfügten über eine unbekannte, aber tödlich genaue Waffe. Aber sie traf nicht alle Flugzeugtypen gleichermaßen; einige waren entkommen. Sie waren zwar nicht unbeschädigt, hatten es aber geschafft, aus der Gefahrenzone zu gleiten.

Es stellte sich heraus, dass ihre Motoren und einige andere Geräte verschwunden waren, bis auf ein paar Handvoll Metallstücke, die im Rumpf gefunden wurden. Jemand entdeckte zufällig, dass diese Teile stark magnetisiert waren. Ein anderer erkannte, dass die entkommenen Flugzeuge aus anderen Metallen als Stahl gebaut waren. Die Schlussfolgerung lag nahe, dass der weiße Strahl der drei Schiffe Eisen und Stahl zerstörte. Möglicherweise durch die Erzeugung solcher magnetischen Spannungen, dass das Material zerfiel – obwohl die Theorie des Ferromagnetismus einen solchen Vorgang nicht erklären konnte –, möglicherweise durch völlig unbekannte Mittel, die die Magnetisierung nur als Nebenprodukt mit sich brachten. Die von der Armee entsandten Bodenuntersuchungseinheiten meldeten weitere seltsame Erscheinungen. Es schien eine Zone zu geben, in der kein Leben existieren konnte. Diese Zone war fast kreisförmig mit den Schiffen im Mittelpunkt. Die Zone erstreckte sich bis kurz hinter den Harling-Damm. Wer die unsichtbare Grenzlinie der Zone überschritt, fiel einfach tot um, niemand konnte sagen, warum. Die Soldaten hatten die Gefahrenlinie jetzt so gut wie möglich abgesteckt.

Eine andere Besatzung hatte versucht, per Heliograph mit den drei Schiffen Kontakt aufzunehmen, da diese nicht auf Funkrufe reagierten. Sie hatten den Ruf mit einem hellen Blitz beantwortet, der Mannschaft, Heliograph und Auto gleichermaßen auslöschte. Offensichtlich wurde das helle Licht von den Insassen der drei Schiffe als Angriff gewertet.

Gelegentlich erhob sich eines der drei Schiffe aus seiner Grube und flog zu einem anderen Teil der Erde. An einem Tag meldete Hongkong sie, am nächsten Tag London und Berlin fast gleichzeitig, dann Buenos Aires und New York, mit nur zweieinhalb Stunden Unterschied. Es passierte nie etwas. Wenn Flugzeuge sich ihnen näherten, zogen sie sich in große Höhen zurück, wohin die Flugzeuge ihnen nicht folgen konnten. Gelegentlich blitzte etwas auf, was als geheimnisvolles Signal angesehen wurde: ein heller Lichtball, der zunächst tiefviolett war, dann langsam zu blau und dann immer schneller über alle anderen Farben des Regenbogens zu rot wurde.

ES WAR der Astronom Professor Hasgrave, der als Erster öffentlich aussprach, was viele schon seit vielen Tagen vermuteten, nämlich dass diese drei Schiffe von einem anderen Planeten, möglicherweise sogar aus einem anderen Sonnensystem kamen.

Die Militärbehörden, die mit dem Fall betraut waren, lachten zunächst über Hasgrave. Aber sie mussten zugeben, dass keiner ihrer Wissenschaftler die von den Fremden vollbrachten Fähigkeiten wirklich erklären, geschweige denn, sie nachvollziehen konnte. Sie mussten auch zugeben, dass ihr Geheimdienst nicht in der Lage gewesen war, auch nur den geringsten Hinweis darauf zu finden, dass Schiffe dieser Art in irgendeinem anderen Land gebaut worden waren. Sie begannen, die Möglichkeit eines außerirdischen Ursprungs der seltsamen Schiffe anzuerkennen, als Hasgrave plötzlich eine überzeugende Erklärung für den hellen Lichtball fand, der über mehreren Städten auftauchte.

Es handele sich nicht um eine Waffe, erklärte er, sondern um eine Warnung. Es sei die Adaption eines astronomischen Prinzips zur Kommunikation. Der Ball zeigte den Doppler-Effekt; er verschob sich von Blau über alle Farben zu Rot. In der Astronomie zeigt dies die Rückläufigkeit eines Körpers an. Da die Lichtkugel unbeweglich geblieben war, bedeutete dies offensichtlich, dass die Flugzeuge wegfliegen sollten. Die Geschwindigkeit, mit der sich die Farben veränderten, nahm während ihres Erscheinens zu, was bedeutete, dass sie mit zunehmender Geschwindigkeit fliegen sollten.

Nach einigen Tagen wurde auch den Behörden klar, dass es sich bei den drei Schiffen um Besucher aus dem All handelte. Um genau zu sein, waren sie nicht wirklich Besucher. Sie waren einfach gekommen und hatten sich niedergelassen. Sie waren unkommunikativ und warnten die Menschen nur, sich fernzuhalten. Sie richteten keinen Schaden an, wenn man sich ihnen

245

nicht näherte. Und sie nahmen nichts mit, außer dem Strom, der im Kraftwerk des Harling-Damms erzeugt wurde. Sie verhielten sich tatsächlich so, wie sich ein Mensch an einem Bienenstock verhalten könnte. Sie taten nichts absichtlich, nahmen nur den Honig weg und zerquetschten die Bienen, die sie störten. Aber die Bienen hatten Stacheln, um sich zu verteidigen und um den Verlust der Getöteten zu rächen. Die Menschheit hatte auch Stacheln: Flugzeuge, Panzer und Gewehre. Bald forderten die Menschen einen Krieg mit den Außerirdischen. Sie waren nicht als Freunde gekommen, also mussten sie Feinde sein. Dass sie ihnen gegenüber gleichgültig waren, verletzte den Stolz der Menschen. Sie sollten wenigstens versuchen, sich für den Verlust von Menschenleben zu entschuldigen, den sie verursacht hatten. Intelligente Wesen, die in der Lage waren, das zu tun, was sie taten, wären sicherlich auch in der Lage zu kommunizieren. Auf jeden Fall hatten sie die Feindseligkeiten eröffnet und man musste ihnen zeigen, dass die Menschheit keine Angst vor dem Kampf hatte.

Der General, der die Streitkräfte befehligte, war schließlich davon überzeugt, dass er einen Artillerieangriff anordnen sollte. Im Wald waren jetzt viele schwere Batterien versammelt. Der General gab den Befehl. Sechs Acht-Zoll-Granaten fielen in einer steilen Flugbahn auf die drei Schiffe. Die Batteriekommandeure hatten wochenlang Zeit gehabt, alle Faktoren, die die Flugbahnen bestimmten, auszuarbeiten. Fünf der sechs Granaten trafen genau … aber sie explodierten fünfzig Meter über den Zielen. Die sechste Granate wich ein wenig von ihrer Flugbahn ab, landete einige Meter vom Kraftwerk entfernt, verursachte einen großen Krater und beschädigte das Gebäude leicht. Vierundzwanzig Stunden später erhielt der General einen Bericht, dass dort über Nacht eine Kuppel aus silbrigem Metall errichtet worden war.

Sie bedeckte das Maschinenhaus, und ein Probeschuss mit einer einzigen schweren Granate bewies, dass diese Kuppel ebenso unempfindlich gegen Granatenbeschuss war wie die Schiffe selbst. Dann hatte der seltsame Krieg ernsthaft begonnen.

Aber er war die meiste Zeit über einseitig und absolut unwirksam. Obwohl die Kanoniere ununterbrochen schossen, gelang es ihnen nicht, zu einem der Schiffe durchzudringen. Die seltsame Kraft, die die Granaten in sicherer Entfernung explodieren ließ, versagte nicht einen Moment. Die Männer wurden immer verzweifelter, zumal die Schiffe gelegentlich zurückschlugen, was jedes Mal einen hohen Tribut an Menschenleben und Ausrüstung forderte. Schließlich fasste Professor Hasgrave einen Plan. Er war der festen Überzeugung, dass es sich bei all diesen seltsamen Energieerscheinungen um elektrische Phänomene handelte. Es sollte einen Weg geben, ihnen beizukommen. Der erste Mann, den Hasgrave informierte, war Walter Harling, der Mann, der den Harling-Damm angelegt hatte, der nun im Zentrum all dieser seltsamen Ereignisse war. Beide sprachen anschließend mit dem General und schließlich mit dem Präsidenten. Am Ende stimmten sie zu, Hasgraves Plan zu testen. Aber in Walter Harling tobte ein erbitterter Kampf – mit sich selbst.

DER PANZER brachte Harling durch Regen und Schlamm zu einem einfachen, aber ziemlich großen Gebäude, dem Sitz der Förster dieses Waldes, das jetzt als Hauptquartier für das Militärkommando diente. Der General wartete schon auf ihn. Er stand in der Tür und blickte auf die dunkle und regnerische Landschaft. Keiner von ihnen sprach, sie gaben sich still die Hand, jeder wusste, was der andere dachte.

»Die Ausrüstung ist bereit«, sagte der General schließlich.

»Das bin ich auch«, antwortete Harling.

Sie schüttelten sich die Hände.

»Rote Raketen«, sagte Harling.

»Rote Raketen«, wiederholte der General. »Viel Glück, Harling!«

Die Offiziere führten ihn über eine nasse Betonstraße, die am Ufer des Harling-Sees endete. Dort wartete ein Boot auf ihn. Und ein Geschwader von Wasserflugzeugen. Er hörte sie, zehn Minuten nachdem das Motorboot sein Ruderboot vom Ufer gezogen hatte. Als die Flugzeuge in der Luft waren, verstummte das Donnern des Artilleriefeuers allmählich. Harling wusste, was im Wald vor sich ging. Die Geschütze wurden inspiziert und auf ein bestimmtes Signal hin feuerbereit gemacht. Die Munition wurde in der Nähe der Geschütze aufgestapelt, damit sie sofort eingesetzt werden konnte. Automatische kreiselgesteuerte Geräte richteten die Läufe ganzer Batterien auf die Ziele aus. Die gigantischen Eisenbahngeschütze, die nicht so schnell feuern konnten, richteten ihre Läufe so aus, dass ihre überschweren Granaten genau an der richtigen Stelle und im richtigen Moment einschlugen. Fachmännisch ausgebildete Offiziere arbeiteten mit Rechenschiebern und Tabellen, um die richtige Pulvermenge zu finden, die für eine bestimmte Flugbahn bei einem bestimmten Luftdruck, einer bestimmten Dichte und einer bestimmten Temperatur erforderlich war.

»Wir sind jetzt eine halbe Meile von der Gefahrenzone entfernt«, sagte der Offizier im Motorboot. »Kappt die Taue!«

»Viel Glück!«

Harling wartete, bis das Motorboot im Regen verschwunden war. Dann begutachtete er sein Boot. Es war ohne das kleinste Stück Eisen gebaut. Von den Seiten des Holzbootes ragten Aluminiumstreben nach oben, die ein Netz aus glänzendem Kupferdraht trugen. Es bedeckte das Boot vollständig, gerade hoch genug, dass er aufrecht darin stehen konnte. An allen Seiten ragte das Kupfernetz in das Wasser und ließ genügend Platz, um die Ruder zu betätigen. Eine Art breiter Umhang aus Kupferdrahtgeflecht lag für ihn bereit. Er wurde über seinem Kopf von Streben gehalten, die an einem breiten Aluminiumkragen befestigt waren. Dieses »Cape« war lang genug, um in jeder Haltung, die er einnehmen konnte, den Boden um seine Füße herum zu berühren. Wie das Netz, das das Boot schützte, sollte es stark genug sein, um selbst heftige elektrische Schläge zu erden. Er zog sich das seltsame Kleidungsstück über und ruderte zu den Ventilsteuerungen seines Staudamms. Währenddessen tanzten die Flugzeuge – alles Aluminiumkonstruktionen, selbst die Motoren, die natürlich nicht sehr lange hielten – wie Mücken über den drei Schiffen und der Metallkuppel, die das Kraftwerk bedeckte. Die Flugzeuge versuchten so, die Aufmerksamkeit des Feindes auf sich zu lenken. Wenn er überhaupt auf ihre mickrigen Aktionen achtete.

ALS HARLING die unsichtbare Barriere passierte, spürte er ein leichtes Kribbeln auf der Haut. Es handelte sich tatsächlich um ein elektrisches Feld von großer Kraft, das auf eine Weise erzeugt und aufrechterhalten wurde, die der irdischen Wissenschaft unbekannt war. Plötzlich tauchte der Damm vor ihm aus der Dunkelheit auf, erschien wie eine massive, sieben Fuß hohe Mauer. Er folgte dessen Rundung mit dem Boot. Er kannte jeden Zentimeter dieser Staumauer – aber er hatte keine Zeit für sentimentale Erinnerungen. Er betete, dass die Ventilsteuerungen noch in Ordnung waren. Sie waren hydraulisch und würden durch das elektrische Feld nicht beeinträchtigt werden. Aber der »Feind« könnte sie zerstört haben; niemand war jemals in der Lage gewesen, sich ihnen zu nähern und sie zu untersuchen. Er fand eine der Metalltreppen, die von der Krone der Staumauer zum Grund des Sees führten. Er band das Boot daran fest und vergewisserte sich, dass die mehreren Dutzend roter Leuchtraketen, die in dem Kupfernetz aufgestellt waren, noch in der richtigen Position waren. Er nahm die Zündschnur, die in einem wasserdichten Gummischlauch steckte, da eine elektrische Zündung natürlich unmöglich war. Am Ende des Schlauches waren Streichhölzer in einer wasserdichten Hülle befestigt. Harling nahm das eine Ende der Zündschnur an sich. Dann hob er das Netz an und trat auf die Metalltreppe, immer darauf bedacht, dass sein Drahtgeflechtnetz im Wasser blieb. Er wartete auf elektrische Effekte; aber es gab keine. Glücklicherweise gab es einen Laufsteg, der im Inneren des Dammes entlanglief, der jetzt etwa einen Meter unterhalb der Wasserlinie lag. Er beschloss, dass der unter Wasser liegende Gang ein noch besserer Weg war als die Krone des Damms. Dort oben könnte er gesehen werden, auch wenn er kroch und trotz der Dunkelheit. Hasgrave hatte die Theorie, dass »die anderen« die Wärme, die sein Körper ausstrahlte, »sehen« könnten.

In der linken Hand hielt er die Streichholzschachtel und den Gummischlauch, in der anderen eine schwere Dienstpistole; niemand konnte wissen, was ihm in dem Ventilraum begegnen würde. Der Körper eines toten Mannes versperrte ihm den Weg, der Wachmann, der Dienst gehabt hatte, als die Invasoren kamen. In den vier Räumen gab es kein lebendes Wesen. Er überprüfte die Steuerungen, die seit Wochen von niemandem berührt worden waren, und sie schienen in Ordnung zu sein. Er probierte eines der kleinsten Ventile aus, es funktionierte. Er konnte mit dem ursprünglichen Plan weitermachen. Er öffnete die Streichholzschachtel. Die Streichhölzer waren trocken.

Dann drehte er die Räder, die die oberen Schleusen der beiden Überläufe öffneten. Aber er öffnete nicht die unteren Schleusen für die Hochwasserentlastung. Das Wasser sollte die beiden gigantischen Überlaufkanäle füllen und an der unteren Schleuse stoppen. Sollte diese Schleuse nachgeben, würde das Wasser nicht in den durch eine zweite Schleuse verschlossenen Kanal gelangen, sondern das Tal selbst überfluten. Deshalb wurden die Mechanismen ein für alle Mal so eingestellt, dass die unteren Schleusen nicht unabhängig voneinander bedient werden konnten. Sie konnten nur gemeinsam geöffnet und geschlossen werden. Harling ließ sie alle geschlossen, wie es die Instrumente auf der Tafel anzeigten. Er wartete drei Minuten, weil er wusste, dass alles von diesen drei mal sechzig Sekunden abhing. Hundertmal dachte er während der nächsten hundertfünfzig Sekunden, dass seine Uhr stehen geblieben war. Hundertmal vergewisserte er sich, dass es nicht der Fall war. Überall im Wald warteten die Offiziere der Geschützmannschaften, ihre Augen auf die Ziffernblätter der Uhren gerichtet, die Hände bereit, die Schnüre ihrer Kanonen zu ziehen. Die Piloten, die mit ihren Wasserflugzeugen verrückte Kunststücke über den ruhig liegenden drei fremden Schiffen vollführten, blickten auf die Krone des Staudamms.

Zwei Minuten und vierzig Sekunden.

Unzählige Tonnen Wasser stürzten die steil abfallenden röhrenförmigen Überlaufrinnen hinunter. Zwei Minuten und fünfundvierzig Sekunden.

Immer mehr Wasser strömte in die Überlaufrinnen. Der Pegel des Sees sank tatsächlich um Zentimeter, was durch den prasselnden Regen aber nicht zu erkennen war.

Zwei Minuten und fünfzig Sekunden.

Das Wasser muss die unteren Schleusen in zwanzig Sekunden erreichen.

Drei Sekunden … eine für das Anbrennen der Lunte, eine oder zwei für die Raketen, vier weitere für … Zwei Minuten und fünfundfünfzig Sekunden.

Er zündete sechs oder sieben Streichhölzer in einem Bündel an, hielt den Gummischlauch fest. Drei Minuten!

Jetzt noch zwei Sekunden warten. Harling zählte sie mit angestrengter Stimme, aber nicht »eins, zwei«, sondern höhere Zahlen, die auszusprechen eine Sekunde dauern würde.

»Einhunderteins« … »Einhundertzwei« …«

Er zündete die Lunte an, ließ sie auf den Boden fallen und warf sich hin.

Drei Sekunden später stiegen fünf Dutzend Army-Raketen in den Himmel. Obwohl sie nass waren, funktionierten die meisten von ihnen. Sie kämpften sich durch den Regen nach oben. Plötzlich leuchtete der Himmel hell und rot.

Mit einem gewaltigen Donnerschlag schossen vier Geschütze in die Luft, die Läufe zuckten unter dem Rückstoß. Die Granaten der Haubitzen trafen zuerst ein und explodierten über ihren üblichen Zielen, den Schiffen und der Kuppel.

Eine Sekunde später kamen die Vierundzwanzig-Zoll-Geschosse der Eisenbahnkanonen. Sie wurden mit tödlicher Genauigkeit abgefeuert. Zwei schlugen auf jeder Seite des Tals nebeneinander ein – und brachen die unteren Schleusen.

Eine Flut von Wasser ergoss sich aus den Überlaufrinnen und verteilte sich über das Tal, weil die zweiten Schleusen, die den Kanal verschlossen, immer noch den Weg versperrten. Im gleichen Augenblick schlugen die Geschosse von zwei kombinierten Batterien von Mörsern in Abschnitte des Damms ein, die unter dem nachlassenden Wasserdruck nicht mehr so stabil waren. Der Harling-Damm brach – und das Wasser donnerte ins Tal hinunter.

Es ergoss sich über die Kuppel und die Schiffe. Und mit dem Wasser kamen auch all die Granaten herunter, die Dutzende von Batterien schwerer Haubitzen in Reserve gehalten hatten.

Professor Hasgrave hatte recht behalten: Der abweisende Schild, auf dem die Granaten und Bomben immer explodiert waren, war verschwunden; irgendwie ließ das Wasser seine Kraft versagen. Die Lawine schwerer Granaten explodierte über den Rümpfen der Schiffe und in ihrem Inneren. Die Ziele existierten nicht mehr …

Der General selbst war mit im Rettungstrupp, der auf der Suche nach Harling ins Innere des Damms vordrang. Sie wussten nicht, was sie erwarteten würde. Aber was sie dann sahen, überraschte sie doch: Harling saß fast unbekleidet – seine Kleidung hing zum Trocknen über der Brüstung – in den Strahlen der frühen Morgensonne am einzigen Tisch im Kontrollraum. Er schrieb eifrig Gleichungen auf die Rückseite von Werbeplakaten. Und anstatt sich die Glückwünsche anzuhören, teilte er dem Rettungstrupp mit, dass der Harling-Damm schon vor dem Frühjahr wieder in Betrieb genommen werden könnte.

Willy Ley – Berliner, Raketenpionier, Weltraumhistoriker

Ideas, like large rivers, never have just one source.

Dieses Zitat von Willy Ley, *Ideen haben – wie große Flüsse – nie nur eine Quelle,* trifft auf die von ihm begleitete und kommentierte Entwicklung der Weltraumfahrt zu. Er war gerade einundzwanzig Jahre alt, als er seine ersten Erkenntnisse zur Raumfahrt nicht nur in Fachartikeln, sondern auch literarisch verarbeitete.

Willy Otto Oskar Ley wurde am 2. Oktober 1906 in Berlin geboren. Sein Vater Julius Otto Ley war ein Wein- und Spirituosenhändler aus Königsberg/Ostpreußen, daher stammt sein zweiter Vorname. Die Likörfabrik J. O. Ley stand in der Köttelstraße 6. Seine Mutter Frieda, geb. May, war die Tochter des evangelischen Küsters Oskar May aus Berlin. Von ihm bekam Willy seinen dritten Vornamen.

Um das Geschäft auszubauen, ging sein Vater 1910 nach Amerika, dann nach Großbritannien, wo er 1913 in London ein Delikatessengeschäft eröffnete. Die Mutter folgte ihm dorthin, sodass Willy mit deren drei Schwestern bei den Großeltern in Berlin blieb. Mit dem Ausbruch des Ersten Weltkrieges kehrte seine Mutter schnell nach Berlin zurück, im Arm die gerade acht Monate alte Hildegard, während sein Vater von den Engländern auf der Isle of Man interniert wurde. Er sollte erst 1919 nach Berlin zurückkehren, als Willy schon in der Schule war.

In den schweren Kriegsjahren musste die Mutter die Kinder erneut allein lassen, um sich im Berliner Umland als Hutmacherin zu verdingen. So sahen sie sich nur ein bis zwei Mal im Monat. Willy wuchs wohl behütet zwischen seinen Tanten und Großeltern in der Scharnhorststraße 24 auf. Er war ein guter Schüler und interessierte sich sehr für Naturwissenschaft und Technik. Trotz der Not dieser Jahre bot ihm das kaiserliche Berlin viel Anregung. Einer seiner Lieblingsorte war das Museum für Naturkunde – noch heute berühmt für seine Sammlungen und das große Saurierskelett – wo er viele Sonntage zubrachte. Es lag gleich um die Ecke in der Invalidenstraße. Die Besuche dort regten ihn an, selber ein Entdecker zu werden. So schrieb er das in einem Schulaufsatz zum Thema »Was möchte ich werden, wenn ich groß bin, und warum?« Er war sehr enttäuscht, dass er dafür eine schlechte Note bekam. Der Lehrer lobte zwar Schreibstil und Begründung. Aber das Ganze wäre natürlich Unsinn. Wie kann jemand mit seiner Herkunft ein solches Ziel haben. Vor der ganzen Klasse wurde sein Wunsch als unerfüllbar dargestellt. Aber ihn überzeugte die Rede nicht, er blieb bei seinem Berufswunsch.* Das Interesse für die untergegangene Welt der Saurier sollte ihn ein Leben lang begleiten.

Über die Bücher von Jules Verne, Kurd Laßwitz oder Carl Grunert sowie durch die Heftserie vom LUFTPIRATEN kam er früh mit den Ideen der Weltraumfahrt in Berührung. Besonders Vernes Buch über *Herctor Servadac's Abenteuer auf seiner Reise durch die Sonnenwelt* hat ihn fasziniert, mehr noch als die *Reise zum Mond*. Hier wird früh sein Interesse für Astronomie geweckt. Und Willy hatte ein Talent für Sprachen. So belegte er auf der 5. Städtischen Realschule / Fichte-Realschule No. 5 in der Stephanstraße 2 auf dem anderen Spreeufer (heute Moses-Mendelssohn-Schule) Kurse für Latein, Englisch und Französisch. Gern las er die Klassiker im Original. Später sollten

---

*   Ley: *Exotic Zoology*, New York, 1959, S. xi–xii

weitere Sprachen hinzukommen. Es wurden sechs, in denen er sich verständigen konnte.

Als er den Wunsch zu studieren äußerte, war dies für die Familie eines kleinen Geschäftsmannes ungewöhnlich und schwierig. Deutschland durchlebte gerade die schweren Nachkriegsjahre mit der Inflation. Die Familie beriet sich daraufhin mit dem evangelischen Geistlichen der Gemeinde, der sie ermutigte, Willys Ambitionen zu unterstützen. So nahm Willy Ley eine Tätigkeit als Angestellter in einer Großbank auf, um sich sein Studium selbst zu finanzieren. Das war eine für diese Zeit typische Werksstudentenkarriere. Er begann 1923 in Berlin und beendete seine Studien der Zoologie, Paläontologie und Astronomie 1927 in Königsberg, allerdings ohne einen akademischen Abschluss. Danach war er freier Schriftsteller und Journalist in Berlin, pflegte aber weiterhin seinen Brotberuf als Buchhalter. Während dieser Zeit war er kurzzeitig Mitglied der NSDAP, Gau Berlin. Die Mitgliedschaft endete 1928. Er trat in die SPD ein und arbeitete nun für den Sozialdemokratischen Pressedienst. Seine Beiträge zu naturwissenschaftlichen und technischen Fragen erschienen in verschiedenen Zeitungen der SPD in Deutschland und in Österreich.

Erste Berührung mit der Raumfahrttheorie

Während seines Studiums entdeckte er 1925 in einem Berliner Buchladen die Neuauflage von Max Valiers Büchlein *Vorstoß in den Weltenraum*. Er gab sein ganzes Geld dafür aus und kaufte auch noch *Die Erreichbarkeit der Himmelskörper* von Walter Hohmann. So musste er zu Fuß von der Dorotheenstraße über die Friedrichstraße bis nach Hause laufen. In der Dorotheenstraße befand sich das Büro der Ferrostaal AG, wo er als Buchhalter sein Geld verdiente.

Die anschaulichen, fast überschwänglichen Valierschen Schilderungen von *der Leuchtrakete zum Raumschiff* und über *die*

Willy Leys erstes Büchlein
über die Raumfahrt (1926)

Eroberung der Sternenwelten faszinierten ihn, befriedigten ihn aber nicht. So ging er »auf die Quellen zurück«, zu Hermann Oberths bahnbrechendem Werk *Die Rakete zu den Planeten-räumen* (1923). Letztlich war er mit Valiers populärem Büchlein unzufrieden (Oberth übrigens auch), sodass er sich 1926 hinsetzte und die Broschüre *Die Fahrt ins Weltall* herausbrachte, die sich sofort in mehreren Auflagen verkaufte.[*]

Er war gerade neunzehn Jahre alt, hatte unter den wirtschaftlich schwierigen Bedingungen der Inflation ein Studium begonnen und machte sich nun auf, ein Publizist und Chronist der ersten Schritte in den Weltraum zu werden. Die nächste Gelegenheit sollte sich gleich ergeben: Im Herbst 1926 öffnete die Sternwarte in Berlin-Treptow eine Ausstellung zum Thema Mars. Ein Freund machte ihn darauf aufmerksam. Sie verabredeten sich und besuchten gemeinsam die Sternwarte. Sie betrachteten nicht nur die Marsfotos und die Büchersammlung

---

[*]   Ley: *Rockets* (1944), S. 112

zum Thema. Ley kam auch mit dem Sohn des Direktors Archenhold ins Gespräch und erfuhr so, dass die Nachbauten des Gallileischen Fernrohrs gezeigt hatten, dass man mit ihnen wirklich keine Einzelheiten auf der Marsoberfläche erkennen konnte.* Der Besuch regte ihn dann zum Büchlein *Mars, der Kriegsplanet* (1927) an.

Bei einem Treffen im März 1927 mit Max Valier und Johannes Winkler anlässlich eines Vortrages in Breslau tauschte man sich über dieses Thema aus, besprach die Notwendigkeit, Kräfte zu bündeln, und Valier wies Ley auf die noch unbearbeitete Geschichte der Rakete hin. So wurde Willy Ley nicht nur zum Chronisten einer Entwicklung, die er selbst begleitete und vorantrieb. Er wurde auch zu einem anerkannten Historiker für die Raumfahrt. Zahlreiche Werke, beginnend mit dem *Grundriss einer Geschichte der Rakete* (1932), zeugen davon.

Nachdem auf Initiative Valiers am 5. Juli 1927 in Breslau der »Verein für Raumschiffahrt« gegründet worden war, erhielt Ley von Valier einen Werbebrief, in dem ihn dieser zur Mitgliedschaft einlud. Auch andere Persönlichkeiten, wie der Schriftsteller O. W. Gail oder Prof. Oberth wurden von Valier und Winkler – dem ersten Vorsitzenden des Vereins – angeschrieben. So wurde Willy Ley im August 1927 Mitglied Nr. 20 in diesem neuen Verein der Weltraumenthusiasten.

Willy Ley und der Verein für Raumschiffahrt

Nach Beendigung seiner Studien nahm Willy Ley seine publizistische Tätigkeit auf. In Vorträgen und Beiträgen widmete er sich fortan der Raumfahrt. Daneben galt sein Interesse aber auch immer der Zoologie und der Paläontologie. Seine neues Buch enthielt daher Plaudereien über Echsen und Saurier: *Drachengeflüster* (1927). Das Heftchen *Mars, der Kriegsplanet* (1927)

---

*   Ley: *Mars, der Kriegsplanet* (1927), S. 5

Autogrammkarte
Leys für das Buch
*Die Möglichkeit der Welt-
raumfahrt*, 1928

ist eine Monografie der bis dahin erschienenen Studien und
Betrachtungen über unseren Nachbarplaneten.

Der schleppende Verkauf von Hohmanns Arbeit zeigte an,
dass dieses Thema anders popularisiert werden musste. Auch
die Vereinszeitschrift DIE RAKETE konnte dies nicht leisten.

Daher reifte in Willy Ley der Plan, einen Sammelband mit Beiträgen mehrerer Wissenschaftler herauszugeben. Es sollte ein *les-
bares* Buch werden, das vielleicht nicht den Mann auf der Straße,
wohl aber Naturwissenschaftler, Ingenieure, Lehrer und höhere
Beamte überzeugte. Im Vorwort schrieb er dazu: *Mein Gedanke
damals war, unter Heranziehung aller Autoren deutscher Sprache,
die öffentlich bejahend zur Weltraumfrage Stellung genommen
haben, ein nach Möglichkeit umfassendes Raketenbuch zusammenzustellen, das gleichzeitig für möglichst viele verständlich sein sollte,
denn auf das Interesse der Öffentlichkeit sind wir Raumfahrtleute*

Willy Ley war Herausgeber dieser Sammlung mit Beiträgen von Oberth, Hohmann und anderen zur Weltraumfahrt.

mehr als jeder andere technische bzw. wissenschaftliche Zweig angewiesen. Über die Publikation sollten aus dem Leserkreis neue Mitglieder für den Verein gewonnen werden, um die notwendigen Mittel für Raketenexperimente zu bekommen. Letztlich war es das Ziel, das »zu diesem deutschen Raketenbuch das deutsche Weltschiff entsteht«. Also schrieb er führende Vereinsmitglieder wie Winkler, Oberth, Valier, Hohmann oder von Hoefft an und stimmte mit ihnen Beiträge ab. Letztlich waren in der *Möglichkeit der Weltraumfahrt* neben Ley selbst Karl Debus, Hermann Oberth, Franz von Hoefft, Guido von Pirquet und Friedrich Sander vertreten. Nur Max Valier schaffte es nicht, den Beitrag über die Geschichte der Rakete bis Redaktionsschluss zu liefern, da er sich in seine Raketenexperimente mit Fritz von Opel verstrickt hatte. Hierüber reagierte man im Verein entsprechend verschnupft. Während man sich seit Monaten um eine seriöse

Präsentation des Themas gegenüber der Öffentlichkeit bemühte – wobei das Buch Anfang 1928 dazu einen wichtigen Beitrag leisten wollte – und es als eine »Kulturaufgabe« beschrieb, das Raumschiff zu schaffen, ritt Valier auf unsicheren Pulverraketen durch die Presse. Im Verein »fletschte man kollektiv die Zähne«, wie Willy Ley später einmal bemerkte.*

Im Sommer 1928 kam es darüber hinaus zu einem heftigen verbalen Schlagabtausch zwischen den Befürwortern und Gegnern der Raumfahrt. So behauptete 1927 Prof. Hans Lorenz von der Universität Danzig in der Zeitschrift des Vereins Deutscher Ingenieure, dass ein Verlassen des Erdraumes physikalisch nicht möglich wäre. Oberth und Lorenz trafen auf der Tagung der Wissenschaftlichen Gesellschaft für Luftfahrt im Juni 1928 in Zoppot aufeinander. Willy Ley, der dem Ereignis beiwohnte, konnte feststellen, dass Oberth zwar kein brillanter Redner war, aber er nahm Lorenz in nur fünfzehn Minuten auseinander und wies noch einmal seine Ableitungen nach. Lorenz musste einräumen, dass er nur die ersten und letzten Seiten von Oberths Arbeit gelesen hatte, und war völlig blamiert. Danach bemerkte einer der umstehenden Professoren Oberth gegenüber, dass er noch niemals erlebt habe, dass der Beitrag eines renommierten Kollegen in so kurzer Zeit *flachgebügelt* worden sei. Am Nachmittag ergab sich die Möglichkeit für ein erstes persönliches Gespräch zwischen Willy Ley, Hermann Oberth und dessen Frau in Zoppot. Man fuhr dann wieder nach Berlin zurück, wo Prof. Oberth mit leitenden Beamten Gespräche führen wollte.

Gleichzeitig konnte man im Verein feststellen, dass sich dieser in den ersten zwölf Monaten prächtig entwickelt hatte. Man zählte bereits mehr als 500 Mitglieder, auch über Deutschland und Österreich hinaus. Zahlreiche grundlegende Versuche zur Schubkraftmessung, zum Andruck auf menschliche Körper bei Beschleunigung, zu Flugexperimenten und weitere theoretische

---

*   Ley: »The End of the Rocket Society«, ASTOUNDING SCIENCE FICTION, Aug. 1943, S. 69.

Überlegungen waren erfolgt. Genannt wurden auch die öffentlichkeitswirksamen Raketenwagenexperimente von Opel, Valier und Sander. Über Beiträge und Spenden konnte ein Grundstock von 1000 Reichsmark angespart werden.

Während Willy Ley die erste Auflage seines Sammelbandes überarbeitete, erreichte ihn in seinem Büro eine Rohrpost-sendung von Oberth. Fritz Lang suchte für seinen Film *Frau im Mond* einen wissenschaftlichen Berater. Hierfür hätte sich Max Valier angeboten, war aber nicht angenommen worden.*
Stattdessen schickte Fritz Lang auf Empfehlung von Ley ein langes Telegramm nach Mediasch und bat Oberth im September 1928 um Mitarbeit. Dieser meldete sich aus seinem Hotel umgehend bei Willy Ley und bat ihn zu sich. Er hatte eine schreckliche Erkältung aus Rumänien mitgebracht. Aber beide sahen in diesem Angebot eine Möglichkeit, ihre Ideen zur Raumfahrt einem breiten Publikum nahezubringen. Auch wenn sich Oberth im Zuge der Dreharbeiten furchtbar über die Mondbesucher ohne Raumanzug aufregte – der Stumm-film erforderte noch die mimische Umsetzung der Szene. Oberth wurde für die nächsten Monate als Berater angeheuert und Ley bekam den Auftrag für ein Dutzend Artikel über die Dreharbeiten, die dann in den Publikationen der Ufa sowie in Tageszeitungen erschienen. Mitte Januar 1929 traf man sich in der Filmkulisse in den Ufa-Studios in Neubabelsberg. Mit dabei war auch der Erfinder Hermann Ganswindt.

Als Ley den enormen Aufwand für die Vorbereitung und Realisierung der Filmaufnahmen sah, gewann er den Ein-druck, dass hier Mittel für ihre wissenschaftliche Arbeit übrig sein sollten. Also stichelte er bei Oberth: »Professor, wir sind hier beim Film, mit Fritz Lang höchstpersönlich. Hier spielt Geld keine Rolle. Hier gibt es die Mittel, um Ihre Formeln Wirklichkeit werden zu lassen.« Aber man deutete an, dass hierzu schon Gespräche geführt wurden. So entstand die Idee

---

*   Ebd. S. 70.

Gruppenfoto im Szenenbild von »Frau im Mond« mit Otto Kanturek, Hermann Oberth, Gustl Gstettenbaur, Regisseur Fritz Lang, Willy Fritsch, Hermann Ganswindt, Willy Ley (v. l. n. r.)

der Ufa-Reklame-Rakete. Sowohl Lang als auch die Ufa stellten je 5000 Reichsmark für die Herstellung einer Rakete zur Verfügung, die zur Uraufführung starten sollte – auch wenn der Vertrag dies nicht festschrieb. Anfang Juli 1929 unterschrieben beide Seiten den entsprechenden Vertrag. Neben den Studios in Neu-Babelsberg wurde für Oberth ein Labor eingerichtet und er begann mit Experimenten zu Raketendüsen und Treibstoffen. Er entwickelte und erprobte die »Kegeldüse«, wies die Selbstzerreißung der Benzintröpfchen bei der Verbrennung mit Sauerstoff nach und erlitt Anfang September 1929 schwere Verletzungen bei einer Benzinexplosion. Zu seinem Assistenten Alexander B. Scherschewsky kam Rudolf Nebel hinzu.

In dieser Zeit erschien Willy Leys Roman *Die Starfield Company* als Fortsetzungsroman in deutschen und österreichischen Tageszeitungen. Zu einer Buchveröffentlichung, wie vom Berliner Roderich Fechner Verlag angekündigt, kam es aber nicht

WILLY LEY
STARFIELD COMPANY
ROMAN
Gebunden RM. 4.80

In diesem Roman verwendet Ley den ganzen
Umfang seiner Kenntnis des Raketenpro-
jektes. Und mit der Leidenschaft des Zu-
kunftstechnikers und der humorvollen Nüch-
ternheit eines modernen Menschen baut er
die Verwirklichung der Idee so kühn auf, daß
jeder nicht nur mit fliegendem Atem das
Buch liest und eine Raketenfahrt miterlebt,
sondern sich an den Kopf greift und sich
sagt, daß hier, jetzt, wirklich, im zwanzigsten
Jahrhundert der Mensch die Mythen aller
Völker durch die Tat übertrifft.

Der Mittelpunkt des Romans und das Haupt
der Starfield Company ist Cora, ein organi-
satorisches Genie und eine schöne Frau . . .

RODERICH FECHNER VERLAG
BERLIN-WILMERSDORF

Ankündigung seines Romans
Starfield Company für 1929.

mehr, da der Insolvenz anmelden musste.* Wie er in seiner
Betrachtung zur Drehbuchvorlage von Thea von Harbou
bemerkte, wären in der letzten Zeit schon genügend Raum-
fahrtromane erschienen, »wobei ich nicht ganz unschuldig bin«.
Trotzdem versuchte er, eine Übersetzung in den USA fertigen
zu lassen. Aber auch dieses Vorhaben scheiterte. Ebenso wie der
Versuch, ein Science-Fiction-Magazin nach amerikanischem
Vorbild zu etablieren. Der angefragte Verlag Dr. Selle-Eysler,
Berlin, lehnte diese Idee umgehend ab.

---

* Der Roman erschien dann 2011 im Shayol-Verlag, Berlin.

In seinen Roman lässt Ley den aktuellen Stand der Raketen-forschung einfließen. Die Fragen um die Düsenform, die ver-wendeten Treibstoffe oder Startkonfiguration werden von den Protagonisten Robinson, Prof. Mizumdar und Cora bearbeitet und den notwendigen Tests unterworfen. Wie bei Oberth beschrieben, kommen Wasserstoff und Sauerstoff als Brennstoffe zum Einsatz. Dabei berufen sich die Forscher auf die Ergebnisse deutscher, russischer und amerikanischer Forscher, die »vor Jahren ähnliche Versuche« gemacht haben (S. 42). Immerhin spielt die Handlung des Romans im Jahr 1980. Auch der Begriff *Ofen* für die Brennkammer stammt von Oberth. Ebenfalls hat Ley von ihm das Startprinzip seines Raumschiffes übernommen. Dazu wird es durch zwei Luftschiffe auf eine Höhe von mehr als zehn Kilometern geschleppt und von dort gestartet. Sein Raum-schiff verfügt bereits über die Fähigkeiten eines Space Shuttles, kann selbstständig starten und landen sowie im Weltraum manö-vrieren. Dazu besitzt es eine schwenkbare Steuerdüse. Auch die Idee einer *Schwenkdüse* kommt also von Oberth. Ebenso finden sich bei Ley Überlegungen zur Errichtung von künstlichen Himmelskörpern auf einer geostationären Bahn (S. 57). Dies geht ebenfalls auf Hermann Oberth zurück, der in seinem Werk künstliche Himmelskörper als *kleine Monde* bezeichnete. Oberth sah in ihnen eine Möglichkeit, erdumspannende telegrafische Verbindungen über Raumstationen aufzubauen, die Erde zu beobachten und zu fotografieren und erkannte deren strategi-sche Bedeutung. Die Raketen, die im Roman auf die künstliche Mondbasis der Außerirdischen abgeschossen werden, sind nach dem Mehrstufenprinzip aufgebaut. Mit deren Bezeichnung »A1« griff Ley um Jahre in die Zukunft. Denn das erste Raketentrieb-werk, das Wernher von Braun Anfang 1933 testete, hieß »Aggre-gat 1«, kurz A1.

Aber weder zum Filmstart von *Frau im Mond* in Berlin im Oktober 1929 noch zur Premiere in den USA wurde eine Rakete fertig. Wie ein Artikel von 1930 zeigt, versuchte Ley, dies in der Öffentlichkeit zu entschuldigen und mit Oberths

Annonce für den Film *Frau im Mond*

Verpflichtungen in Rumänien zu begründen. Gleichzeitig zeigen die Fachartikel den wirklichen Stand der Raketentwicklung. Zwar hatte Robert Goddard bereits 1926 in den USA eine Rakete mit Flüssigtreibstoff gestartet (was in Europa aufgrund seiner Geheimniskrämerei unbekannt geblieben war). Aber von den Zielwerten der Ufa-Reklame-Rakete war man noch weit entfernt. Oberth beteuerte später einmal, nie wieder etwas »auf Termin zu erfinden«.

Auch wenn der Film ein Kassenschlager war, wuchsen die Mitgliederzahlen im Verein nicht wie erhofft. Ende 1929 stagnierten die Mitgliedszahlen bei 600. Schon vorher war Winkler durch die Produktion der Vereinszeitschrift DIE RAKETE selbst in finanzielle Schwierigkeiten geraten. Das Titelbild entfiel, die Seitenzahl halbierte sich. Willy Ley versuchte nun, das Blatt durch eine inhaltliche Erweiterung attraktiver zu machen, und präsentierte ab Mai 1929 die »Unterhaltungsbeilage«. Seine Honorarvereinbarung für die Schriftleitung beinhaltete, dass er erst ab 1000 Vereinsmitgliedern entlohnt werde, aber der Erfolg stellte sich nicht mehr ein. Mit der Dezember-Nummer 1929 musste die Publikation aufgrund der hohen Verbindlichkeiten eingestellt werden. Die erste Euphorie war verflogen und die Weltwirtschaftskrise zeigte ihre Folgen. Um dieses wichtige Kommunikationsmittel für die Mitglieder zu ersetzen, gaben Rudolf Nebel und Willy Ley ab April 1930 das Mitteilungsblatt des Vereins heraus.

Eines Abends als Willy Ley nach Hause kam, klang ihm klassisches Klavierspiel entgegen. Er ging neugierig ins Zimmer; dort saß ein junger Mann am Instrument, der sich das Warten mit Klavierübungen vertrieb. Nach gemeinsamer Erinnerung war es wohl Beethovens »Mondscheinsonate«. Dieser Junge stellte sich als Wernher von Braun, frischgebackener Abiturient und Mitglied des Vereins seit Juni 1928, vor und hoffte, über Willy Ley in Kontakt mit seinem Idol Hermann Oberth zu kommen. Auch er war infiziert vom Gedanken der Raumfahrt. Nach anfänglich schlechten schulischen Leistungen entdeckte er Mathematik und die Naturwissenschaften als seine Passion auf dem Weg zu den Sternen. Frühe Skizzen und Kurzgeschichten belegen seinen Wunsch, selbst am »Rad des Fortschritts« zu drehen. Nach dem erfolgreichen Abitur zurück im Berliner Elternhaus brachte er seine Freizeit in den Verein ein.

Der erste Raketenflugplatz der Welt

Gleichzeitig begann eine Verlagerung des Vereins für Raumschiffahrt von Breslau nach Berlin. Anfang 1929 fanden erste Gespräche in Berlin statt, dort eine Geschäftsstelle einzurichten. Im August erfolgte dies dann offiziell, der Patentanwalt Wurm übernahm die Berliner Filiale. Am 15. Oktober 1929 war die Uraufführung von *Frau im Mond*, Artikel von Willy Ley und anderen Journalisten berichteten über dieses Ereignis. Winkler war im September 1929 von Breslau zu den Junkers-Werken in Dessau gewechselt und Max Valier kam Anfang 1930 nach Berlin, um in den Heylandt-Werken neue Experimente mit Flüssigkeitstriebwerken aufzunehmen. Der Verein wurde in

Berlin immer stärker präsent. Nachdem Winkler von Willy Ley im Januar 1930 erfahren hatte, dass Oberth immer noch in Rumänien weilte, entschied er sich, mit dem Verein und der Idee stärker in die Öffentlichkeit zu gehen, um verlorenes Vertrauen zurückzugewinnen. Am 4. März 1930 fand die erste öffentliche Mitgliederversammlung statt. Im April besuchten 200 Gäste die Vorträge von Winkler und Nebel zu Problemen der Raumfahrt. Im Mai war man mit einer Werbewoche auf dem Leipziger Platz und im Kaufhaus Wertheim präsent. Die Ufa-Rakete wurde dabei zu Werbezwecken eingesetzt, nachdem der Verein sie (auf Vorschlag Leys) für 1000 Reichsmark erworben hatte.

Rudolf Nebel war es in der Zwischenzeit gelungen, die Experimente so weit voranzutreiben, dass er Anfang März 1930 von der Reichswehr einen Vorschuss von 5000 Reichsmark für die Vorführung eines Abschusses im Waffenprüfamt erhielt. Die Herren waren dann auch auf der Veranstaltung im April anwesend. Nebel, zu dessen Mannschaft inzwischen der Feinmechaniker Klaus Riedel gehörte, arbeitete an modifizierten Triebwerken und Raketen, die nur aus dem notwendigen Minimum (Minimum-Raketen – Mirak) aufgebaut waren. Ley traf sich mit Max Valier, um ihn wieder stärker in die Vereinsarbeit einzubinden und die Aktivitäten abzustimmen. Wenige Tage später kam Valier bei einem Experiment in seinem Berliner Labor ums Leben, er war das erste Opfer der Weltraumfahrt. Mitte Juli 1930 gelang es, einen ersten Test bei der Chemisch-Technischen Reichsanstalt durchzuführen und sich die Leistung beglaubigen zu lassen. Die Neuentwicklung von Nebels Raketenmotor funktionierte noch nicht, aber Oberths Kegeldüse erbrachte Resultate, für die Dr. Franz Ritter von der Reichsanstalt ein Zertifikat ausstellte. Danach ging Oberth wieder zum Schuldienst nach Mediasch zurück, während Nebel, Riedel und Kurt Heinisch ihre Experimente auf dem Feld hinter dem Hof von Riedels Großmutter in Bernstadt a. d. Eigen in Sachsen fortsetzten. Hier konnte man einige erfolgreiche Brenntests durchführen und berichtete auf Postkarten nach Berlin. Der geplante Raketenstart Anfang September endete aber mit einer Explosion des Triebwerks, sodass man beschloss, die Arbeiten in Berlin fortzusetzen. Willy Ley musste mehr und mehr die Vereinsorganisation und die Moderation zwischen dem Vorsitzenden Winkler, Oberth, dem neuen Geschäftsführer Rudolf Nebel (der eigentlich nur die fälligen Mitgliedsbeiträge einsammeln sollte) und dem Leiter der Berliner Geschäftsstelle Erich Wurm übernehmen. Daher stellte er im August 1930 den Antrag auf Aufnahme in den Vorstand. Zum 1. November 1930 wurde er als 2. Vorsitzender bestätigt, während Oberth den Vorsitz von Winkler übernahm.

Erste Mitteilungen aus dem VfR erschienen bereits Mitte 1930 im Bulletin of the American Interplanetary Society.* Im Sommer hatte Willy Ley durch seine Korrespondenz mit Freunden in den USA Berührung mit der amerikanischen Science Fiction bekommen. Der amerikanische Autor R. F. Starzl schickte ihm einige Exemplare von SCIENCE WONDER QUARTERLY und andere SF-Magazine. Ley nutzte die Gelegenheit, seinerseits an den Herausgeber zu schreiben, und berichtete über die Aktivitäten der deutschen Raumfahrtgesellschaft.** Gleichzeitig schrieb er im SPD-VORWÄRTS über »Science Fiction in USA.«. Dies erwähnte er auch in seinem ersten Brief an die amerikanischen Leser vom September 1930, wo er u. a. schrieb, dass er Vorträge zur Geschichte der Rakete sowie zur Science Fiction gehalten habe. Gleichzeitig hatten Oberth, Winkler und Nebel Vorträge zu Themen der Raumfahrt gehalten.

Da die erste Weltraumzeitschrift DIE RAKETE unter Federführung von Johannes Winkler Ende 1929 aufgrund finanzieller Probleme ihr Erscheinen einstellen musste, gaben Ley und

---

*   BULLETIN OF THE AMERICAN INTERPLANETARY SOCIETY No. 2, 1930 (July), New York.

**   WONDER STORIES: »The Reader speaks«, Sept. 1930, S. 370, weitere Briefe erschienen dann im Jan. 1931, Jan. 1932, Aug. 1932.

Nebel nun die Mitteilungen des VfR – Geschäftsstelle Berlin heraus, um die Mitglieder über die nächsten Schritte und die Erfolge zu informieren.

Da die Versuche in Bernstadt gezeigt hatten, dass man ein sicheres Testgelände brauchte, suchte man nun in Berlin und Umgebung. Ende September 1930 gelang es Nebel, einen Teil des ehemaligen Truppenübungsplatzes Berlin-Tegel für jährlich zehn Reichsmark zu pachten. Das Gelände des früheren Schießplatzes in der Nähe einer Polizeikaserne lag weit genug draußen, um in der nächsten Zeit Triebwerktests und Raketenstarts vorzubereiten. Der erste Raketenflugplatz der Welt entstand am nordwestlichen Rand Berlins. Von Oktober 1930 bis März 1931 liefen die Aufräum- und Ausstattungsarbeiten.

Neben den vielen deutschen Mitgliedern hatten sich auch immer mehr ausländische Wissenschaftler und Vereine dem Verein für Raumschiffahrt angeschlossen. Die Korrespondenz wuchs, sodass Willy Ley als Vizepräsident diese Aufgabe und die neue Abteilung »Ausland« übernahm. Zum Jahreswechsel gab es Grüße von Hugo Gernsback, R. F. Starzl und Lilith Lorrain. Y. Perlemann schickte aus Leningrad einen Bericht über die Raketenforschung in der Sowjetunion, der in den Februarmitteilungen abgedruckt wurde.

Ley schätze damals ein, dass Ende 1930 die ersten wichtigen Ziele des Vereins erreicht seien:

• durch die Veröffentlichungen und Vorträge waren die theoretischen Grundlagen für die Raumfahrt gelegt,
• in der Öffentlichkeit war ein seriöses Bild von der Weltraumfahrt entstanden,
• der Verein hatte einen erheblichen Betrag für Experimente und Ausrüstung gesammelt,
• die entwickelten Triebwerke hatten eine erste Leistungsprüfung bestanden und waren sogar zertifiziert worden,
• mit dem Raketenflugplatz hatte man ein eigenes Testgelände zur Verfügung.

Damit bestanden gute Voraussetzungen, die nächsten Schritte in den Weltraum vorzubereiten. Die ersten Erfolge sollten sich bald einstellen: Am 21. Februar 1931 hob erstmals eine Flüssigkeitsrakete mit eigener Kraft vom europäischen Boden ab. Dies gelang Johannes Winkler in Dessau. Am 14. März legte seine Rakete einen richtigen Flug hin.*

Zu dieser Zeit konnte Ley seine erste SF-Kurzgeschichte »1000 Meter unter dem Nordpol« (unter dem Pseudonym Robert Willey) in DAS MAGAZIN veröffentlichen.

Im April 1931 besuchte der Vorsitzende der amerikanischen interplanetaren Gesellschaft (AIS), G. Edward Pendray, den Raketenflugplatz. Er landete am 10. April 1931 von Paris kommend auf dem Flughafen Berlin-Tempelhof, wo Willy Ley ihn empfing. Man erläuterte ihm vor Ort den Stand der Arbeiten. Ihm konnte ein Testlauf vorgeführt werden und man verabredete eine intensivere Kooperation. Dazu wollte die amerikanische Seite die deutschen Versuche mit finanziellen Mitteln unterstützen. Auch von der Bildung eines Verbundes der Organisationen über die USA, Frankreich, Deutschland, Österreich bis Russland war die Rede. In der Augustnummer von POPULAR SCIENCE MONTHLY erschien daraufhin ein mehrseitiger Beitrag über den Stand der Raketenforschung in Deutschland, speziell in Berlin. Eine zusammenfassende Darstellung aller Notizen mit Skizzen der Raketentypen aus Berlin veröffentlichte Pendray in der Juliausgabe der AIS-Vereinsmitteilungen.

Wenige Wochen später gelang Klaus Riedel der nächste erfolgreiche Start in Berlin. Nebel weilte gerade zu einer Marineausstellung in Kiel, als sich das Triebwerk auf dem Prüfstand langsam nach oben in Bewegung setzte. Ganz aufgeregt rief er Ley an und berichtete, »das Baby hat sich bei einem Testlauf selbständig gemacht, ging hoch wie ein Fahrstuhl, fiel wieder zurück und hat sich das Genick gebrochen«. Das »Genick« war

---

* Dieser Tag gilt heute als Datum für den Start der ersten europäischen Flüssigkeitsrakete.

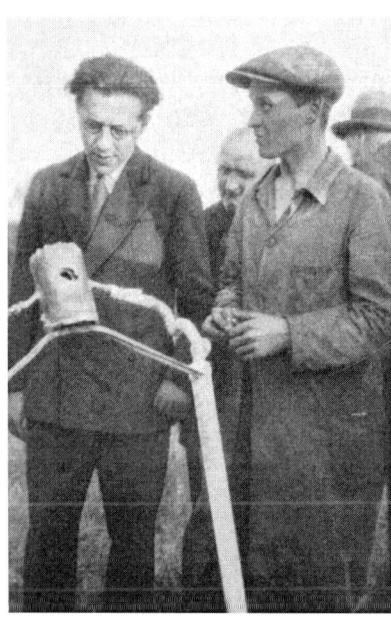

Willy Ley und Paul Ehmayr begutachten auf den Raketenflugplatz Berlin einen durchgebrannten Raketenmotor.

eine Treibstoffleitung, die schnell ersetzt werden konnte, sodass wenige Tage später der neue »Repulsor« abhob und über 600 m flog. Der Begriff »Repulsor« wurde von Willy Ley vorgeschlagen, um sich von den anderen Mirak-Lösungen abzugrenzen, und geht auf den Treibstoff »Repulsit« im Roman *Auf zwei Plane-ten* von Kurd Laßwitz zurück. Der Bericht über diesen Berliner Erstflug landete gleich bei Nebel im Briefkasten, sodass er die Nachricht nach seiner Rückkehr aus Kiel vorfand.

Trotz dieser Erfolge musste der Vorstand konstatieren, dass die finanziellen Mittel nicht reichten. Nur noch 150 zahlende Mitglieder zählte der Verein Mitte 1931. Wäre nicht der Mäzen Hugo Hückel gewesen – der gleichfalls Winkler finanzierte –, so hätte die Entwicklung hier wohl ein Ende gefunden. Da Oberth überraschend aus dem Verein austrat, lag die ganze Vereinsorganisation nun bei Willy Ley. Dieses organisato-rische Defizit machte sich Rudolf Nebel zunutze und ver-größerte seinen Aktionsradius als Geschäftsführer und »Leiter des Raketenflugplatzes« erheblich. Seine Mannschaft erreichte im August 1931 Höhen von einem Kilometer und sichere Landungen der Testkörper dank Fallschirm. Diese nähten die Freundinnen von Klaus Riedel und anderen Männern auf dem Raketenflugplatz.

Auf Drängen von Hückel kam Johannes Winkler zwar im Herbst 1931 auch auf den Raketenflugplatz nach Berlin. Aber es gelang beiden Mannschaften nicht, sich auf eine Zusammenarbeit zu verständigen. Nebel beanspruchte die Leitung des Teams auf dem Testgelände, Winkler pochte auf seinen technischen Vorsprung. Ley fand immer nur verschlossene Werkstatträume vor; die von Hückel beabsichtigte arbeitsteilige Nutzung der Technik, der Messstände und Dewargefäße fand nicht statt. Den Vertragsentwurf von Nebel empfand Winkler als Zurücksetzung seiner Erfolge. So suchte er sich 1932 neue Startplätze für seine Rakete Modell-2.

Mit dem neuen Vorsitzenden, Major von Dickhuth-Harrach, übernahm im Dezember 1931 zwar ein altgedienter Militär die Vereinsführung, aber er entlastete Willy Ley für die nächste Zeit. So konnte man sich wieder auf die Vereinsarbeit konzentrieren und strebte eine organisatorische Trennung von Verein und Raketenflugplatz an. Von Dickhuth konstatierte ein *Vernebeln* der Situation, aber Konsequenzen wurden noch nicht gezogen. Nebel nutzte die Gelegenheit, am Vorstand vorbei für seine Aktivitäten neue Geldquellen zu erschließen. Wernher von Braun wurde trotz seiner Jugend auf Empfehlung von Willy Ley in den Vorstand des Vereins gewählt. Willy Ley nahm sich erstmals wieder Zeit und reiste für eine Woche zu seinen Eltern nach Königsberg. Dort gab er ständig Interviews, war auf Vorträgen und in Seminaren, sodass er nach seiner Rückkehr erst einmal einen vollen Tag ausschlief. Gleichzeitig konnte er vor Ort klären, welches Verhältnis von Wasser und Alkohol mindestens eingehalten werden sollte, damit die Mischung auch brennt. Das wusste Julius Ley natürlich und konnte helfen. Somit war Riedel in der Lage, das explosive Benzin-Sauerstoff-Gemisch durch ein Alkohol-Wasser-Sauerstoff-Gemisch zu ersetzen. Dass diese Experimente weiterhin gefährlich waren, bekam auch Willy Ley zu spüren: Über viele Jahre trug er Splitter eines explodierten Raketenmotors in einer Hand.

Nebel verabredete im Frühjahr 1932 mit dem Heereswaffenamt einen Raketentest im Kummersdorf. Im Juli 1932 sollte ein Flug über 1500 m vorgeführt werden, wofür eine Prämie ausgesetzt war. Aber die Flugweite wurde nicht erreicht, das Militär stufte das Ganze als Misserfolg ein und es wurde nur ein Ausgleich für die Material- und Transportkosten gezahlt. Mit auf dem Testplatz war der junge Student Wernher von Braun. Bereits im November wechselte er als Zivilangestellter zum Heereswaffenamt nach Kummersdorf, nachdem Major Becker und Dornberger ihn überzeugt hatten, dass Raketen nur durch das Militär erfolgreich zu bauen waren.

Zu Nebels weiteren Aktivitäten gehört das kuriose Kapitel der »Magdeburger Pilotenrakete«. Nach dem Fehlschlag mit dem Militär entwickelte man im Herbst 1932 eine acht Meter hohe Rakete, die einen Mann tragen sollte. Dafür stellte die Stadt Magdeburg neben einem Startgelände 20.000 Reichsmark zur Verfügung. Gleichzeitig sollte damit ein Beweis für die Hohlwelttheorie angetreten werden. Nachdem der Verein auch das Mitteilungsblättchen einstellen musste, publizierte Nebel sein Mitteilungsblatt des Raketenflugplatzes, sowie Ende 1932 eine Broschüre *Raketenflug*. Der Verein war zwar Träger aller Beschäftigungsmaßnahmen auf dem Raketenflugplatz (Freiwilliger Arbeitsdienst), Nutznießer waren aber der Flugplatz und Nebel selbst. Dies führte zu weiterer Entfremdung. Im Frühjahr 1933 gab v. Dickhuth-Harrach seinem Stellvertreter Ley den Auftrag, ein Dossier über Nebel zusammenzustellen. Als es dann bei einer Prüfung Unstimmigkeiten gab, zog der Vorstand die Notbremse: Sie zeigten Nebel bei der Staatsanwaltschaft wegen Betruges an und schlossen ihn im Oktober 1933 aus dem Verein aus. Gleichzeitig versuchte Nebel, einen neuen Verein »Raketenflugplatz Berlin« zu gründen. Dies wurde aber durch das Reichswehrministerium hintertrieben. Mit der Machtübernahme der Nationalsozialisten veränderte sich die Situation grundlegend. Zwar versuchten die Nazis, auch den Verein zu übernehmen. Aber im Vorstand waren nur »Arier« und mit dem Vorsitzenden hatte man einen ehemaligen Frontkämpfer, sodass die junge Nazitruppe wieder abzog. Die Staatsanwaltschaft lehnte aber Ende November 1933 eine Anklage gegen Nebel ab. So stiegen Ley und von Dickhuth Ende 1933 aus dem Verein für Raumschiffahrt aus und wechselten (mit einigen weiteren Mitgliedern) in den Verein für Fortschrittliche Verkehrstechnik. Von Dickhuth übernahm den Vereinsvorsitz. Diesen Verein hatte der Erfinder und Patentanwalt Dr. Otto Steinitz bereits 1920 gegründet. Zeitweilig arbeitete er als Patentanwalt für Oberth, und auch Willy Ley verkehrte mit ihm und der Familie. Willy Ley übernahm gleich wieder die Schriftleitung einer Vereinszeitschrift DAS NEUE FAHRZEUG, die ab Februar 1934 regelmäßig bis 1937 erschien. Und er versuchte, mit Steinitz und von Dickhuth-Harrach eigene Raketenentwicklungen aufzusetzen.

Willy Ley verlässt Deutschland

Aber nach 1933 behagte Ley die Atmosphäre in Deutschland nicht mehr. Er fürchtete auch Konsequenzen für sich. So schrieb er Wolfgang Ehrenberg Mitte August 1933: »Nun, ich denke, die NSDAP will sich erst mal über mich informieren, ich habe derhalt, nun erst mal jede Unklarheit ausgeschlossen, auch gleich meine damalige zwangsweise SPD-Mitgliedschaft angegeben. Notfalls kriegen Sie meinen nächsten Brief aus Oranienburg (Konz-Lager).« In einer Auscinandersetzung mit Scherschewsky wurde auch Leys politische Verortung sichtbar. Während Scherschewsky es ablehnte, gemeinsam in einem Verein mit Arbeitern und Arbeitslosen zu sein, war Ley empört über die Arroganz Scherschewskys und bezeichnete ihn als den arbeiterfeindlichsten Bourgeois. Über sich meinte er: »Ich bin Sozialist.« In einem Brief vom Mai 1934 gegenüber G. E. Pendray schrieb er: »Ich sollte ein bisschen blonder sein in diesen Zeiten.« Sein schwarzes, gewelltes Haar, sein Aussehen entsprachen nicht dem arischen Rasseideal. So passierte es ihm bei einer Gelegenheit, als er mit einer jungen blonden Frau (die Jüdin war) in Berlin spazieren ging, dass sie beschimpft wurde, warum sie denn mit so einem »dreckigen Juden« herumlaufe. Auch machte er sich Sorgen über seine SPD-Mitgliedschaft, da viele Kommunisten und Sozialdemokraten von den Nazis inhaftiert wurden. Anfang 1934, als der Berliner Verein schon Auflösungserscheinungen zeigte, kam Philip Cleator aus England nach Berlin und traf sich dort mit Willy Ley und Rudolf Nebel. Ley wurde daraufhin Mitglied in der gerade gegründeten British Interplanetary Society (Mitgliedsnummer 390). Cleator und er hatten sich 1931 über das SF-Magazin WONDER STORIES kennengelernt, wo Willy Ley über die deutschen Aktivitäten berichtete und somit auch die Briten zur Vereinsbildung anregte.

Als das Reichspropagandaministerium Vorgaben zu Berichten über Raketen machte, schränkten sich seine Arbeitsbedingungen ein. Folglich bereitete er offiziell eine »Journalistenreise« ins Ausland vor. Im genannten Brief an Pendray schrieb er auch davon, dass er die Welt sehen möchte, insbesondere England und die USA. Im Oktober 1934 erreichte Cleator ein geheimnisvoller Brief aus Holland, den ein Freund von dort abgeschickt hatte. Darin stellte Ley fest, dass die Post geöffnet werde und zukünftig bitte keine offiziellen Briefumschläge oder Briefköpfe der Raketengesellschaften mehr verwendet werden sollten, »Rakete« wäre zum Tabu-Wort geworden. In einem intensiven Brief- und Telegrammwechsel mit Pendray bereitete er eine Reise in die USA vor. Seine Bücher und Fotos schickte er in einem Paket voraus. Pendray bürgte bei den US-Behörden für ihn. Aber vom US-Konsulat in Berlin erhielt er wegen seiner Sehschwäche auf einem Auge kein Dauervisum, sondern nur ein mehrmonatiges Besuchervisum. Trotzdem bestieg er am

Willy Ley bei seiner Ankunft in New York an Bord der *Olympic*.

3. Februar 1935 am Bahnhof Zoo den Zug nach Düsseldorf, von dort weiter nach Hoek van Holland, mit der Fähre nach Harwich und dann weiter mit dem Zug nach London. In der Tasche hatte er die zulässigen zehn Reichsmark in Form von zwei neuen Fünfmarkstücken sowie das US-Touristenvisum für 1,25 Reichsmark. In London tauschte er das deutsche Geld in Schillinge und traf sich mit seinem alten Bekannten Prof. Low von der British Interplanetary Society. Dann ging es weiter zu Philip Cleator in Liverpool. In Liverpool wartete er auf eine Passage in die USA. Auch nutzte er die Gelegenheit, sich mit Mitgliedern der Raumfahrtgesellschaft zu treffen. Die gebuchte Fahrt der MS »Doric« wurde mangels Passagieren abgesagt, sodass er sich ein paar Tage später in Southampton auf der »Olympic« einschiffte. Ende Januar 1935 kabelte er an Pendray, dass seine Passage bestätigt sei und sich für ihn nun »ein alter Traum erfüllt«. Am 21. Februar 1935 traf er in New York ein, wo ihn seine Bekannten von der American Rocket Society erwarteten. Er wurde von G. Edward Pendray aufgenommen, der ihn auch bei den Einreiseformalitäten unterstützte und für ihn bürgte. Gleich nach seiner Ankunft bereitete er einen Vortrag über die Raketenentwicklungen in Deutschland vor. Der fand am 8. März 1935

Willy Ley im weißen Schutzanzug bereitet den Start einer
Postrakete auf den Greenwood Lake vor.

im Rahmen der Veranstaltungen der American Interplanetary
Society vor 800 Zuhörern statt. In den ersten Jahren war ihm
aufgrund der Einwanderungsgesetze eine Vollbeschäftigung ver-
wehrt. Er hielt sich mit Übersetzungen über Wasser, verdiente
bis zu 50 US-Dollar im Monat. Ende 1936 begann er auch, SF-
Kurzgeschichten zu verfassen. Die erste wurde bereits im Februar 1937 im SF-Magazin ASTOUNDING STORIES publiziert (»At
the Perihelion«). Das brachte zusätzliche Einnahmen. Zur
Abgrenzung seiner wissenschaftlichen Arbeiten nutzte er dafür
das Pseudonym Robert Willey. In dieser Zeit konnte er an zahlreichen Raketentests in den USA teilnehmen und selber Experimente durchführen. Darüber berichtete er in Artikeln, die nach
seiner Abreise in Deutschland sowie Großbritannien erschienen.
So veröffentlichte die Zeitschrift DAS NEUE FAHRZEUG 1936 eine
Artikelserie über die Raketenexperimente auf dem Greenwood-
See.* Der New Yorker Briefmarkenhändler Frido Kessler hatte
Willy Ley (und andere Raketenspezialisten) bereits kurz nach
seiner Ankunft im April 1935 angeheuert, um eine Raketenpost

---

* Ley: »Die Versuche auf dem Greenwood-See«, DAS NEUE FAHRZEUG 3
(1936), Nr. 3 u. Nr. 4.

abzuschießen. Ley brachte seine Triebwerksentwicklungen aus Deutschland hier zum Einsatz.

1937 war er für einige Zeit auf Kuba. Unter anderem durch Kinobesuche vertiefte er seine Englischkenntnisse. Mit der Rückkehr aus Kuba in die USA nach einigen Monaten verbesserten sich seine Einwanderungsbedingungen. Kurzzeitig war er mit der deutschen Journalistin Margot Hübener, die als Schriftleiterin für den Reichsverband der Deutschen Presse in den USA tätig war, verheiratet. Diese Liaison löste sich aber wohl schnell wieder. In dieser Zeit publizierte er auch zahlreiche Artikel in deutschen Regionalzeitungen zu wissenschaftlichen Themen. So erschien 1937 u. a. ein Beitrag über die verlorene und wieder entdeckte Bouvet-Insel. Die wurde dann ein Schauplatz in seiner nächsten SF-Story.

Willy Ley als Publizist und Raketenspezialist

Ab 1938 konnte er mehrere SF-Stories in bekannten Magazinen unterbringen. So erschien »Orbit XXIII H« 1938 in ASTOUNDING SCIENCE FICTION, »Fog« 1940 ebenfalls dort, und »The Invasion« 1940 in SUPER SCIENCE STORIES. Die Geschichten sind durchweg recht martialisch, voll von Waffen und Kriegsgetümmel. Mal ist es eine Revolution, die zurückgeschlagen wird (»Fog«), mal eine Invasion Außerirdischer, die erfolglos mit schweren Waffen bekämpft wird (»Invasion«). Einige seiner Storys erschienen nach dem Krieg auch in Anthologien, wurden bisher aber nicht ins Deutsche übersetzt. Gleichzeitig verfasste er zahlreiche Fachartikel, nicht nur zur Raumfahrt, für die Pulp-Magazine. Seine SF-Geschichten brachten ihn in Verbindung mit dem Science-Fiction-Fandom und anderen Autoren, u. a. Robert Heinlein, in den USA. So nahm er im Januar 1939 an einem SF-Treffen auf Long Island teil und trat mit einem Vortrag auf. Diese Kontakte sollten sein Leben lang halten. Eine lebenslange Freundschaft verband ihn mit anderen

Leys grundlegendes Werk über die Geschichte von Raketen und die Raumfahrt (1944).

Auswanderern wie Herbert Schäfer, Otto Steinitz oder Fritz Lang. Anfang 1940 übernahm er in der Redaktion der linken New Yorker Zeitung PM die Wissenschaftsredaktion. Hier lernte er auch seine Frau Olga, eine Exilrussin, kennen. Sie heirateten nach Weihnachten 1941.

Im Januar 1943 erhielt er den Einberufungsbefehl, wurde aber aufgrund seiner Sehschwäche gleich wieder ausgemustert. Die Tochter Sandra kam 1944 zu Welt. Im gleichen Jahr erschien sein Werk *Rockets*, und Willy Ley wurde in den USA eingebürgert. War er im Herbst 1944 noch skeptisch, was die Raketenangriffe Deutschlands auf Großbritannien anging, weil Raketen zu ungenau und uneffektiv wären, so war er Anfang 1947 bereits auf dem US-Versuchsgelände White Sands, um den Testflug einer erbeuteten V2-Rakete zu beobachten (das war allerdings ein Fehlstart). Ende 1944, als sich die Berichte über Raketenangriffe auf London mehrten, begann er, gezielt Material hierüber zu sammeln. Wenn überhaupt, dann vermutete er Prof. Oberth hinter diesen Entwicklungen. Aufklärung sollte er erst mit dem Besuch Wernher von Brauns Ende 1946 bekommen.* Durch die Vermittlung von Robert Heinlein kam er 1945 an das Washington Institut of Technology in der Hoffnung, hier Raketen für meteorologische Zwecke entwickeln zu können. Dies erfüllte sich letztlich aber nicht, da die deutschen Raketenspezialisten ab 1946 diese Aufgaben übernahmen. So wurde er freier Schriftsteller und Publizist.

Ende 1944 flüchteten seine Eltern aus Königsberg vor der Front in Richtung Deutschland und kamen Anfang 1945 in Dresden an. Sie erlebten den alliierten Luftangriff, sein Vater verstarb dort an den Strapazen der Flucht. Seine Mutter zog mit seiner Schwester Hildegard weiter bis nach Wiesbaden.

Die Tochter Xenia wurde 1947 geboren. Kurz zuvor hatte er Wernher von Braun nach mehr als zehn Jahren wiedergetroffen. Der war im September 1945 mit der ersten Gruppe seines Peenemünder Raketenteams in den USA angekommen. Am 6. Dezember 1946 trafen sie sich in Leys New Yorker Wohnung, öffneten eine Flasche Wein, redeten, rauchten, öffneten eine weitere Flasche und tauschten sich bis in den frühen Morgen über das vergangene Jahrzehnt aus. All die neuen Erkenntnisse flossen gleich in seine bekannte Publikation *Rockets and Space Travel* (1947) ein. Für diese Edition kam er mit dem bekannten Illustrator Chesley Bonestell in Kontakt, der die kommende Propaganda-Serie mit Wernher von Braun über die Weltraumfahrt ausgestaltete. Eines seiner bestverkauften Bücher war dann *The Conquest of Space* (1949).

Im Oktober 1947 gehörte er zu den Gründern des legendären »Hydra-Clubs«, eines Verbundes professioneller SF-Autoren. Die Gründung fand in der Wohnung von Frederick Pohl statt. Mit dazu gehörten u. a. Lester del Rey, David Kyle oder Harry Harrison. Man traf sich regelmäßig, stellte sich gegenseitig ein

---

*   Ley: »Count von Braun«, JOURNAL OF THE BRITISH INTERPLANETARY SOCIETY 6 (1947) No. 5, S. 154–156.

Willy Ley (r.) mit Heinz Haber und Wernher von Braun bei einer Besprechung zu Disneys Raumfahrtkampagne 1954.

Buch des Monats vor und tauschte seine Erfahrungen mit Verlegern und SF-Fans aus. Auch ein Magazin war geplant, kam aber über eine Nummer nicht hinaus.

Gemeinsam mit Wernher von Braun startete er Anfang der 50er-Jahre eine erfolgreiche Raumfahrtkampagne in den USA. Größter Erfolg neben Artikeln in populären Magazinen war eine von Disney produzierte Fernsehserie. So wurde er in den USA zu einem unbestrittenen Experten der Weltraumfahrt.

Neben seiner wissenschaftlich-publizistischen Arbeit interessierte Willy Ley sich weiterhin für Science Fiction, war in Magazinen präsent, pflegte ab 1953 über mehr als zehn Jahre eine Kolumne in GALAXY und besuchte SF-Treffen. Für die Fernsehserie *Tom Corbett – Space Cadet* gewann man ihn als Berater, eine Aufgabe, die er schon für *Frau im Mond* wahrgenommen hatte. Für eine Comic-Strip-Serie in Tageszeitungen lieferte er wissenschaftlich-technische Erklärungen, die dann von Zeichnern für die Wochenendausgabe grafisch umgesetzt wurden. Die 1952er Geburtstagsnummer von GALAXY stellte ihn zusammen mit vielen anderen Autoren auf dem Titelblatt vor. Über fast zehn Jahre hatte er eine monatliche Kolumne

Ley war Berater für die Serie TOM CORBETT und hatte fast 20 Jahre eine Kolumne in GALAXY.

in GALAXY. Für seine Verdienste um die Popularisierung der Raumfahrt wurde er zweimal (1953, 1956) mit dem ›Hugo‹ ausgezeichnet. Auch nach Deutschland entstanden wieder Kontakte. So gehörte er neben Hugo Gernsback zu den ersten Unterstützern des neu gegründeten Science Fiction Clubs Deutschland. Seine Bücher wurden u. a. auch ins Deutsche übersetzt. Daneben gab er zusammen mit seiner Frau Olga Bücher über exotische Zoologie heraus. So erschien z. B. 1948 *The Lungfish, the Dodo and the Unicorn*.

Zwanzig Jahre nach seiner Ankunft in der Neuen Welt konnte er Anfang Juli 1955 Prof. Hermann Oberth nach dessen Überfahrt als Erster auf amerikanischem Boden begrüßen. Seit dem Rückzug Oberths aus dem Verein hatten sie sich nicht mehr gesehen.

In den Tagen, Wochen, ja Monaten nach dem Start von Sputnik 1 war er Ende 1957 ein gefragter Gesprächspartner. In zahlreichen Interviews und Artikeln musste er zum »Sputnik-Schock« Stellung nehmen und warb in der Folgezeit verstärkt für ein amerikanisches Raumfahrtprogramm. So trat er auch als Werbepartner für die Modellbaufirma Monogram auf, die

Ley mit seiner Tochter Xenia als Werbeträge für Monograms Modell-
bausätze.

Leys zweite Leidenschaft war die Paläontologie.

Willy Ley erhielt zahlreiche Auszeichnungen.

neben Revell Bausätze für Raumschiffe ins Programm nahm. Er war Mitglied in zahlreichen wissenschaftlichen Vereinigungen. Ab 1958 arbeitete Willy Ley beratend für verschiedene Institutionen; 1959 erhielt er die Ehrendoktorwürde an der Universität Adelphi. In den Folgejahren erschienen weitere Bücher über Weltraumfahrt von ihm, und er war unermüdlich zu Vorträgen unterwegs. Nach 1960 hatten die USA einen Präsidenten, der willens war, den technologischen Vorsprung seines Landes mit einer Mondlandung zu demonstrieren. Leys publizistische Arbeit leistete dazu einen wichtigen Beitrag. In jenen Jahren schloss er ein Langzeitprojekt ab – die Geschichte der Astronomie seit Babylon. Sie erschien 1963 unter dem Titel *Watchers in the Skies* (dt. *Himmelskunde*, 1965). Daneben verfasste er weitere Sachbücher und zahlreiche Artikel.

Ab 1967 traten ernsthafte Gesundheitsprobleme auf. Er war immer starker Raucher gewesen, hinzu kam Übergewicht. Er starb am 24. Juni 1969 in New York mitten in seinen Reisevorbereitungen nach Houston an einer Herzattacke, nur wenige Tage bevor mit Neil Armstrong der erste Mensch seinen Fuß auf den Mond setzte. Deutschland hat er nie mehr besucht. Die Wissenschaftsgemeinde ehrte ihn mit der Benennung eines Kraters auf der Mondrückseite (L: 154° W, B: 43° N).

MEM⊙RANDA

www.memoranda.eu

Originalausgabe
Herausgegeben von
Wolfgang Both
Klappenbroschur
290 Seiten
auch als E-Book

Die erste deutschsprachige Science-Fiction-Anthologie mit acht zeitgenössischen Autor:innen aus der Türkei. Mit einem Vorwort des Herausgebers. Abgerundet wird das Buch durch einen Artikel über die Geschichte der türkischen Phantastik vom Osmanischen Reich bis zur Gegenwart – eine ideale Einführung in bislang unbekannte literarische Gefilde – sowie durch ein Nachwort der Übersetzerin.

MEMORANDA

www.memoranda.eu

Originalausgabe

Herausgegeben von
Sylvana Freyberg,
Alexandra Dickmann &
Jaewon Nielbock-Yoon

Klappenbroschur

204 Seiten

auch als E-Book

Dieses Buch vereint zum ersten Mal sieben beeindruckende Erzählungen südkoreanischer Science-Fiction-AutorInnen und gibt neue Einblicke in die faszinierende Literaturszene des Landes. Mit je einer Geschichte von Kim Bo-Young, einer der einzigartigsten und bedeutendsten Autorinnen Südkoreas, sowie von Bora Chung, Autorin von *Der Fluch des Hasen*, eine Kurzgeschichtensammlung, die für den Internationalen Booker Prize 2022 auf der Shortlist stand.

MEMORANDA

MEMORANDA veröffentlicht vornehmlich Sachbücher zu den Themen Science Fiction und Fantasy, darunter Werke zur Geschichte des Genres oder neue Titel und ausgewählte Neuausgaben der 1994 begründeten Reihe ›SF Personality‹, aber auch Erzählungen und Romane deutscher sowie internationaler Autoren.

Die MEMORANDA-Bücher erschienen von 2015 bis 2019 im Golkonda Verlag und werden seit Januar 2020 von Hardy Kettlitz im Memoranda Verlag herausgegeben.

Sollten Sie von Ihrem Händler die Auskunft erhalten, dass ein Buch nicht lieferbar ist, wenden Sie sich bitte direkt an den Verlag.

Eine Übersicht zu den lieferbaren Titeln finden Sie auf

www.memoranda.eu